古典文獻研究輯刊

十七編

曾永義 主編

第4冊

傳統文論與書論會通研究（下）

資成都 著

國家圖書館出版品預行編目資料

傳統文論與書論會通研究(下)／資成都 著 — 初版 — 新北市：
花木蘭文化事業有限公司，2018〔民 107〕
目 2+184 面；19×26 公分
（古典文學研究輯刊 十七編；第 4 冊）
ISBN 978-986-485-321-2（精裝）
1. 中國文學 2. 書法 3. 文學理論
820.8   107001697

ISBN-978-986-485-321-2

古典文學研究輯刊
十七編 第四冊   ISBN：978-986-485-321-2

傳統文論與書論會通研究（下）

作　　者　資成都
主　　編　曾永義
總 編 輯　杜潔祥
副總編輯　楊嘉樂
編　　輯　許郁翎、王筑　美術編輯　陳逸婷
出　　版　花木蘭文化事業有限公司
發 行 人　高小娟
聯絡地址　235 新北市中和區中安街七二號十三樓
　　　　　電話：02-2923-1455／傳眞：02-2923-1452
網　　址　http://www.huamulan.tw 信箱 hml810518@gmail.com
印　　刷　普羅文化出版廣告事業
初　　版　2018 年 3 月
全書字數　415363 字
定　　價　十七編 26 冊（精裝）新台幣 50,000 元

傳統文論與書論會通研究（下）

資成都　著

目次

第五章　風格論

　　風格是作品完成後，給予人的特殊感覺。明朝陸時雍《詩鏡總論》云：「石之有棱，水之有折，此處最爲可觀。人道謂之『廉隅』，詩道謂之『風格』。世衰道，恃此乃能有立。」〔註 1〕「石之有棱，水之有折」，是不平常處，最引人注目處；風格之意當已顯現。陸氏又與廉隅相比，廉是廉潔，隅是棱角，形容經過磨鍊，使自己品行端方，有志節，在「世衰道微」的時代，人格依此而自顯。總歸，都是特殊之意。徐利明《中國書法風格史》云：「對一件藝術作品來說，主要是指作品中所表現出的具有獨特意義的審美趣味及其藝術特色。」〔註2〕意與前相同。

　　晉葛洪《抱朴子·疾謬》中已經用到「風格」一詞：「以傾倚申腳者爲妖妍標秀，以風格端嚴者爲田舍朴駿。」〔註3〕南朝宋劉義慶《世說新語·德行》云：「李元禮風格秀整，高自標持，欲以天下名教是非爲己任。」〔註 4〕唐房玄齡等人合著《晉書·庾亮傳》云：「毫美姿容，善談論，性好《莊》、《老》，風格峻整」〔註5〕等，都是同一意義，不曾有過變異。而且，不是非出現「風格」二字不可，凡是敘述一個人或一件作品特有風神格調的形容，都屬於風格一詞的範圍。

〔註 1〕 陸時雍撰《詩鏡總論》。丁福保編訂《歷代詩話續編》（臺北市：木鐸出版社，民 73）頁 1419。
〔註 2〕 徐利名著《中國書法風格史》（河南：河南美術出版社，1997）頁 1。
〔註 3〕 葛洪《抱朴子內外篇》（北京市，中華書局，1985）外篇，卷二五，頁 605。
〔註 4〕 劉義慶著、楊勇校箋《世說新語校箋》（臺北市：正文書局，民 81）頁 4。
〔註 5〕 房玄齡等撰《晉書》（臺北市：鼎文書局，民 68）卷七十三，頁 1915。

風格用在詩文上。文論最早出現的，可能屬曹丕《典論・論文》的一段文字：

> 王粲長於辭賦，徐幹時有齊氣，然粲之匹也。如粲之〈初征〉、〈登樓〉、〈槐賦〉、〈征思〉，幹之〈玄猿〉、〈漏卮〉、〈圓扇〉、〈橘賦〉，雖張、蔡不過也。然於他文，未能稱是。琳、瑀之章表書記，今之雋也。應瑒和而不壯；劉楨壯而不密。孔融體氣高妙，有過人者；然不能持論，理不勝詞；以至乎雜以嘲戲；及其所善，揚、班儔也。
>
> 〔註6〕

這段字夾七夾八地談論建安七子各自所長，其中「徐幹時有齊氣」、「應瑒和而不壯；劉楨壯而不密。孔融體氣高妙，有過人者」數語，涉及後人所認為的「風格」；另外，曹丕在〈與吳質書〉云：「公幹有逸氣」〔註7〕，同樣是指劉楨文章給予人的感覺。

因為範圍太廣，本論文僅擇取影響風格的因素及文論、書論中風格的呈現方式兩項分別陳述。

第一節　風格成因

一位作家或書家，造成其作品風格的原因可能有多種。以一般性言，不外乎作者個人因素及書家所處之時空。時即政治動向、時風趨向。《文心雕龍・時序》：「文變染乎世情，興廢繫乎時序」〔註8〕，正是言此。至於空，則指生長地域。以下就這幾方面，觀察文論及書論是否有交集之處。

一、受政治影響

此處言受政治影響是指政府的措施，包括帝王的喜愛，對文學或書法風格的影響。紀載上因政治而受影響的，最先，不是文學，不是書法，而是音樂。《禮記・樂記》有一段文字：

> 凡音者，生人心者也。情動於中，故形於聲；聲成文，謂之音。是

〔註6〕昭明太子撰《文選》（臺北縣板橋鎮：藝文印書館，民72）卷五十二，頁734。
〔註7〕昭明太子撰《文選》（臺北縣板橋鎮：藝文印書館，民72）卷四十二，頁603。
　　　公幹，劉楨字，建安七子之一。
〔註8〕劉勰撰、范文瀾注《文心雕龍注》（臺北市：開明書局，民57）卷二，頁24。
　　　譯文：文章是興盛還是衰落，關係到時代心緒的轉變。

> 故治世之音安以樂，其政和；亂世之音怨以怒，其政乖；亡國之音
> 哀以思，其民困。聲音之道，與政通矣。〔註9〕

這段主旨原于在說明聲音是人心情的反應。政治良窳，影響及於百姓，於是
不同的政治氛圍，百姓的感受有別，發出的聲音不同，自然產生不同的音樂
風格。從這段引文，可看到不同的時代，產生不同的樂風，而其中的關鍵卻
是政治。因此，末句云：「聲音之道，與政通矣」。

（一）文論中的政治

漢代，〈毛詩序〉抄襲了〈樂記〉中音樂與政治間的語句〔註10〕，將音樂
的反應，過渡到詩：

> 治世之音安以樂，其政和；亂世之意怨以怒，其政乖，亡國之音哀
> 以思，其民困。〔註11〕

文字與〈樂記〉全然相同；不同的是同樣的文字，〈樂記〉對象是音樂，〈毛
詩序〉對象則是詩。詩與樂之間，「樂辭曰詩，詩聲曰歌」〔註12〕，樂為聲音，
可聽；詩為歌詞，可觀。《左傳》言「季札觀樂」，用一「觀」字，原因在此。
進而主張詩隨時代的變化而變化。解釋過詩的三種表現方式後，接著說：

> 王道衰，禮義廢，政教失，國異政，家殊俗，而變風、變雅作矣。
>
> 〔註13〕

詩的三種表現方：風，本義是風（諷），喻義是道德影響、風俗和諷諫。可看
出上層對下層的影響；雅，優雅或正統，再分大雅、小雅，可能是指不同形
式的音樂；頌，原指伴隨頌歌的舞蹈。而「變」字時常隱含脫離正常，甚至
是災變。暗示，反常的時代產生反常的文學。除了文字與〈樂記〉同，影響
詩風的關鍵，同樣在政治。

東漢鄭玄接續這個觀念，在〈詩譜序〉中加以發展。根據時代先後，區
分出「正經」與「變風」、「變雅」。前者包括周朝早期賢君統治下寫的詩，後
者產生於「王道」衰微之後，在暴君或昏君的統治之下。如此，所謂「正」（正

〔註9〕 鄭玄注《禮記》（臺北市：新興書局，民60）卷十一，頁127。
〔註10〕 郭紹虞言：「〈大序〉中幾項重要之點，大率不外抄襲周秦舊說。」郭著《中
　　　　國文學批評史》（臺北市：盤庚出版社，民67）上卷，頁48、49。
〔註11〕 昭明太子撰《文選》（臺北縣板橋鎮：藝文印書館，民72）卷四十五，頁649。
〔註12〕 〈樂府〉。劉勰撰、范文瀾注《文心雕龍注》（臺北市：開明書局，民57）卷
　　　　二，頁25。
〔註13〕 同註11。

常或正統）與所謂「變」（反常或離經）的對照，暗示社會的正常或反常決定文學的正常或反常。鄭玄含蓄地將這種詩觀歸於孔子；將孔子所說的詩「可以觀」，解釋爲「觀風俗之興衰」。

　　文風隨政情升降的觀念，在後世的論述中，屢屢爲人提及。如劉勰《文心·時序》篇儼然是一篇簡略的文學史，卻含著濃濃政治影響文學的意味。起首，從唐堯時代到西周滅亡，期間朝代的興替，盛世與亂世的文風，作者作出如下的敘述：

> 時運空移，質文代變。古今情理，如可言乎！昔在陶唐，德盛化鈞。野老吐「何力」之談，郊童含「不識」之歌。有虞繼作，政阜民暇。「薰風」詩於元后，「爛雲」歌於列臣。盡其美者何？乃心樂而聲泰也。至大禹敷土，「九序」詠功；成湯聖敬，「猗歟」作頌。逮姬文之德盛，〈周南〉勤而不怨；大王之化淳，〈邠風〉樂而不淫。幽厲昏而〈板〉〈蕩〉怒，平王微而〈黍離〉哀。故知歌謠文理，與世夫移。風動於上，而波震於下。〔註14〕

時代運會，交互推移，每個時代都有它的文學主流，因此文章風格的質樸或華麗，也隨著時代的不同，更迭變化。從古到今的才情文理，就可以循著交互推移的道理，來談一談它發展的大概。下文舉出盛世有盛世的歌，衰世有衰世之音。唐堯之時，道德盛美，教化廣被，因此野老唱〈擊壤〉之歌，郊童兒童之謠。虞舜之時，政教盛美，民生安適，舜彈五絃之琴，詠〈薰風〉之詩，群臣唱〈卿雲〉之歌。堯舜的歌謠爲什麼能達到盡善盡美？是因爲政

〔註14〕劉勰撰、范文瀾注《文心雕龍注》（臺北市：開明書局，民57）卷九，頁22。〈擊壤歌〉：「日出而作，日入而息，鑿井而飲，耕田而食，帝力何有於我哉！」交童謠：「立我烝民，莫匪爾極，不識不知，順帝之則。」薰風詩及南風歌：「南風之薰兮，可以解吾民之慍兮，南風之時兮，可以阜吾民之才。」〈卿雲歌〉：「卿雲爛兮，糺縵縵兮，日月光華，旦復旦兮。」臣民唱和：「明明上天，爛然星陳，日月光華，弘於一人。」夷序指水、火、金、木、土、穀、正德、利用、厚生等九項。聖敬：《詩·商頌·長發》：「湯降不遲，聖敬日躋。」躋：升。《詩·商頌·那》：「猗與那歟。」勤而不怨：《詩·周·汝墳序》：「婦人能閔其君子（之勤勞），由勉之以正也。」大王：周文王之祖，即古公亶父。武王有天下，追尊爲大王。邠風樂而不淫：邠風即東山詩四章。《詩·豳風·東山序》：「四章樂男女之及時也」，雖嚴「樂及時」，卻不至於淫亂。板蕩：《詩·大雅·板序》：「凡伯刺厲王也。」〈蕩序〉：「蕩，召穆公傷周室之大壞也。厲王無道，天下蕩蕩，無綱紀文章，故作是詩也。」二詩均刺厲王，幽王爲連帶說。《詩·王風·黍離序》：「黍離，閔周室之顛覆，徬徨不忍去而作是詩也。」

通人和，於是「心樂而聲泰」。大禹治水有成，萬民頌德。商湯修德日進，臣民作〈猗歟〉歌頌。周文王道德隆盛，〈周南〉詩讚美他勤而無怨。大王教化淳厚，〈邠風〉之詩樂而不淫。幽王、厲王，昏庸暴虐，所以〈板〉、〈蕩〉之詩發出怨怒之氣。平王東遷，王室衰微，〈黍離〉之詩表現其哀怨。由此可知，這個概念更清楚地闡述了文隨時變，文隨政情而變。「風動於上而波震於下。」固然是〈詩大序〉以來的觀念，也為孔子曾說：「君子之德，風；小人之德，草。草上之風，必偃。」〔註15〕背書。

其後，有唐魏徵的《隋書‧經籍志集部序》云：「世有澆淳，時移治亂，文體變遷，邪正或殊。」〔註16〕劉禹錫〈唐故尚書禮部員外郎柳君集紀〉云：「八音與政通，而文章與時高下。」〔註17〕宋朝歐陽脩《新唐書‧藝文志》云：「歷代盛衰，文章與時高下。」〔註18〕曾鞏〈王子直文集序〉云：「文章之得失，豈不繫於治亂哉？」〔註19〕元人虞集〈李仲淵詩槀序〉：「世道有升降，風氣有盛衰，而文采隨之。」〔註20〕明朝王禕〈練伯上詩序〉云：「氣運有升降，而文章與之為盛衰。」〔註21〕清世錢謙益〈復李叔則書〉云：「夫文章者，天地變化之所為也。天地變化與人心之精華交相擊發，而文章之變不可勝窮。」〔註22〕尤侗〈己丑真風記序〉云：「故文莫變於天地，人以天地之文造文，文與天地始，與天地中，與天地終。天地變而世變，世變而文變。」〔註23〕由唐至清，同類的論述不可勝數。一則印證政治影響文風，也同時印證文學的本之自然與人性。

上述影響文風中，離不開的是政治與文風間的關係，而政治之中，影響尤大者，自是最上層的帝王（包括王侯）。

〔註15〕 《下論》卷六〈顏淵〉，頁83。朱熹集註《四書集註》（臺北市：世界書局，民55）。

〔註16〕 魏徵等撰《隋書》（臺北市：鼎文書局，民68）卷三十五，頁1091。澆淳：澆薄與淳樸。

〔註17〕 劉禹錫著、瞿蛻園箋證《劉禹錫集箋證》（上海市：上海古籍出版社，1989）卷十九，頁513。

〔註18〕 歐陽脩、宋祁等奉敕撰《新校本新唐書》（臺北市：鼎文書局，民68）卷五十九，頁1421。

〔註19〕 曾鞏撰《曾南豐全集》（臺北市：河洛圖書出版社，民64）卷四，頁41。

〔註20〕 虞集撰《道園學古錄》（臺北市：臺灣商務印書館，民57）卷六，頁112。

〔註21〕 王禕著《王忠文公集》（北京市：中華書局，1985）卷二，頁50。

〔註22〕 錢謙益著《牧齋有學集》卷三十九。續修四庫全書編纂委員會編《續修四庫全書》（上海市：上海古籍出版社，1995）1391冊，頁390。

〔註23〕 尤侗撰《西堂雜俎》（臺北市：廣文書局，民59）卷上，頁30。

　　劉勰在《文心雕龍・詮賦》中敘述賦的源流時說：「靈均唱《騷》，始廣聲
貌。然則賦也者，受命於《詩》人，拓宇於《楚辭》也。……漢初詞人，順流
而作，陸賈扣其端，賈誼振其緒，枚、馬同其風，王、揚騁其勢；皋、朔已下，
品物畢圖。繁積於宣時，校閱於成世，進御之賦千有餘首，討其源流，信興楚
而盛漢矣。」〔註24〕看起來，這是水到渠成的現象，但為什麼在《詩經》的時
代，賦不過是六義之一，到漢朝時卻蔚為大國？其中的關鍵在帝王。

　　《詩三百》與漢賦之間經歷過《楚辭》這一階段。眾所周知，西漢的統治
者多來自楚地，特重楚聲。如漢高祖劉邦、漢武帝劉徹就親自擬楚聲，作楚調，
而為〈大風歌〉、〈鴻鵠歌〉、〈秋風辭〉等。上有好者，下必有甚焉，楚辭很快
便受到文士的重視。縱使是王侯，影響仍不可小覷，《漢書・地理志》云：

> 漢興，高祖王兄子濞於吳，招致天下之娛游子弟枚乘、鄒陽、嚴夫
> 子之徒，興於文、景之際。而淮南王亦都壽春，招賓客著書。而吳
> 有嚴助、朱買臣貴顯漢朝，文辭并發，故世傳楚辭。〔註25〕

劉濞，漢高祖劉邦之姪，劉邦兄長劉喜長子，被劉邦封為吳王。淮南王劉安，
劉邦之孫，劉長之子。招門客一同撰寫《鴻烈》（後世稱《淮南子》）。王侯身分雖
非帝王，卻是一人之下，萬人之上，故能帶領楚辭進入漢室天下。

　　經過漢初的休養生息，到武帝，帝國在政治、經濟、軍事、文化各方面
都達到顛峰狀。與此同時，漢賦也迎來高峰期。班固在〈兩都賦序〉中描寫
武、宣時的盛況：

> 至於武、宣之世，……故言語侍從之臣，若司馬相如、虞丘壽王、
> 東方朔、枚皋、王褒、劉向之屬，朝夕論思，日月獻納。而公卿大
> 臣御史大夫倪寬、太常孔臧、太中大夫董仲舒、宗正劉德、太子太
> 傅蕭望之等時時間作。……故孝成之世，論而錄之，蓋奏御者千有
> 餘篇。〔註26〕

帝國的昌盛，帝王的需求，後來揚雄評漢人之賦屈、宋早期騷賦的差別在「麗
以淫。」〔註27〕人們也不斷解釋，《詩三百》時代的「賦」與漢「賦」的不

〔註24〕劉勰撰、范文瀾注《文心雕龍注》（臺北市：開明書局，民57）卷二，頁46
　　　　～47。
〔註25〕班固撰、顏師古注《漢書》（臺北市：鼎文書局，民69）卷二八七，頁1668。
〔註26〕昭明太子撰《文選》（臺北縣板橋鎮：藝文印書館，民72）卷一，頁21～22。
〔註27〕〈吾子〉。揚雄撰、李軌注《法言》（臺北市：臺灣中華書局，民55）卷七，
　　　　頁1。

同，在於直陳與誇張。就時代影響文學風格看，「諸子之徒，心非鬱陶，苟馳夸飾，鬻聲釣世，此為文而造情也。故為情者要約而寫眞，為文者淫麗而煩濫」〔註28〕，這是不得不爾的現象。

漢末，曹氏父子出，文學又是一番新局。《文心》記：

> 自獻帝播遷，文學蓬轉，建安之末，區宇方輯。魏武以相王之尊，雅愛詩章；文帝以副君之重，妙善辭賦；陳思以公子之豪，下筆琳瑯；並體貌英逸，故才俊雲蒸。仲宣委質於漢南，孔璋歸命於河北，偉長從宦於青土，公幹徇質於海隅，德璉綜其斐然之思，元瑜展其翩翩之樂。文蔚、休伯之儔，于（子）叔、德祖之侶，傲雅觴豆之前，雍容衽席之上；灑筆以成酣歌，和墨以藉談笑。觀其時文，雅好慷慨，良由世積亂離，風衰俗怨，并志深而筆長，故梗概而多氣。〔註29〕

自從漢獻帝流離遷徙之後，文人學士就像九秋蓬草般隨風飄散，直到建安末年，禍亂漸平，天下才稍微安定。曹操以丞相兼魏王的尊貴地位，卻能愛好詩文辭章；曹丕身為太子，卻擅長辭賦；曹植以公子侯爵的豪邁，下筆流利有金石聲。他們都極端禮遇英偉超逸的文士，所以一時之間，才華出眾的作家風起雲湧。像是王粲仲宣自荊州歸附，陳琳孔璋從冀州投效，徐幹偉長由北海來仕宦，劉楨公幹自東平來獻身。應瑒德璉綜合文采紛披之才，阮瑀元瑜展現翩翩自得之趣。又像路文蔚、繁伯休之類的文人，邯鄲淳、楊德祖一般的才士，以風雅傲岸於天子的宴會之前，從容談笑於几席之上。他們瀟灑揮毫，即可寫成合樂的詩歌；縱筆和墨，就能成為談笑之助。從當時的文辭來看，喜歡用慷慨悲歌的語，這實在是長久以來，百姓遭受離亂之苦，風俗衰頹，人心哀怨，以致文人學士情意深隱，筆致悠長，激昂悲歌，作品中埋藏許多哀怨之氣的緣故。當時曹操雖非帝王，卻是握有實權的「相王」。曹丕終登帝位；而曹植終為王侯。時值亂離，先有軍閥割據，後為三國紛爭，能出現七子等作家，若不是三曲，恐難為力。至於文風慷慨悲歌，則「亂世之音怨以怒」使然。

〔註28〕　〈情采〉。劉勰撰、范文瀾注《文心雕龍注》（臺北市：開明書局，民57）卷七，頁1。鬱陶：憂思積聚貌。苟馳夸飾：隨意揮灑誇張不實之詞。鬻聲釣世：沽名釣譽。

〔註29〕　〈時序〉。劉勰撰、范文瀾注《文心雕龍注》（臺北市：開明書局，民57）卷九，頁23。蓬轉：蓬草隨風轉移。區宇方輯：天下正安定。副君：太子。徇質：猶委質、託身。路粹，字文蔚。繁欽，字伯休。邯鄲淳，字子叔。楊修，字德祖。觴豆：飲食，指宴席。衽席：臥席。并志深而筆長：志同道合又擅長文筆。梗概：慷慨。

南朝不乏多文之君王。如宋孝武帝「讀書七行俱下，才藻甚美。」〔註30〕宋明帝「好讀書，愛文義。在藩時，撰《江左以來文章志》，又續《衛瓘所注論語》二卷，行於世。」〔註31〕梁武帝宋登基前，「竟陵王子良開西邸，招文學，高祖（武帝）與沈約、謝朓、王融、蕭琛、范雲、任昉、陸倕等並遊焉，號曰八友。」「及登寶位，躬制贊、序、詔誥、銘、誄、說、箴、頌、牋、奏諸文，又百二十卷。」〔註32〕梁元帝「軍書羽檄，文章詔誥，點毫便就，殆不游手。常曰：『我韜於文士，愧於武夫。』」〔註33〕等等。

層峰如此，於是厚待文學之士。《南史》記劉宋宗室，武帝劉裕之姪，臨川王劉義慶，云：

> 少善騎乘，及長，不復跨馬，招聚才學之士，遠近必至。太尉袁淑，文冠當時，義慶在江州請為衛軍諮議。其餘吳郡陸展、東海何長瑜、鮑照等，並有辭章之美，引為佐吏國臣。〔註34〕

《宋書》記建平宣簡王劉宏之子劉景素，云：

> 景素好文章書籍，招集才義之士，傾身禮接，以收名譽。由是朝野翕然，莫不屬意焉。〔註35〕

《南史》記齊武帝蕭頤長子蕭長懋，云：

> 文武士多所招集，會稽虞炎、濟陽范岫、汝南周顒、陳郡袁廓，並以學行才能，應對左右。〔註36〕

到梁朝，《南史·文學傳論》云：「其流彌盛。蓋由時主儒雅，篤好文章，故才秀之士，煥乎俱集。于時武帝每所臨幸，輒命群臣賦詩，其文之善者賜以金帛。是以縉紳之士，咸知自勵。」〔註37〕武帝如此，元帝如此，昭明太子亦復如此。上層所好，下必從之。南朝末季，宮體如此而來。

〔註30〕 〈宋本紀·孝武帝駿記〉。李延壽撰《南史》（臺北市：鼎文書局，民68）卷二，頁55。

〔註31〕 〈明帝紀〉。沈約撰《宋書》（臺北市：鼎文書局，民68）卷二，頁55。

〔註32〕 〈梁本紀·武衍紀〉。同註30，卷六，頁168；卷七，頁223。

〔註33〕 〈梁本紀·元帝繹〉。同註30，卷八，頁243。

〔註34〕 〈臨川王·劉義慶傳〉。李延壽撰《南史》（臺北市：鼎文書局，民68）卷十三，頁359～360。跨馬：騎馬，意謂尚武。

〔註35〕 《文九王傳》。沈約撰《宋書》（臺北市：鼎文書局，民68）卷七十二，頁1861。翕然：一致。

〔註36〕 〈齊高帝諸子傳〉。同註34，卷四十四，頁1099。

〔註37〕 〈文學傳論〉。同註34，卷七十二，頁1762。縉紳之士：官宦代稱。

所謂「宮體詩」，是指以寫閨閣情懷為主要內容，講求聲律、對偶與辭采華美，詩風靡麗輕豔。早初，齊梁之際的永明體在聲律、對偶上已經是宮體詩的前奏，沈約、謝朓的某些詩作已經具備宮體詩的初形。但是後來的發展，卻是受帝王影響。蕭綱以太子和皇帝的身分寫作並倡導這種詩體，從而影響了一代詩風。《隋書‧經籍志》載：

> 梁簡文（蕭綱）之在東宮，亦好篇什，清辭巧製，止乎衽席之間；雕琢蔓藻，思極閨闈之內。後生好事，遞相放習，朝野紛紛，號為宮體。〔註38〕

《梁書‧簡文帝本紀》云：「帝雅好題詩，其序云：『余七歲有詩癖，長而不倦。』然傷於輕豔，當時號宮體。」〔註39〕雖然史家稱「傷於輕豔」，當上有好者，下必風從。這種風格及於陳後主及其身邊的十狎客。〔註40〕餘波一直蔓延至隋代以至唐初，一代英主太宗，未能扭轉文風，他自己也寫宮體詩，而且在他的宮廷裡，梁、陳詩風仍佔據主要地位。這就是帝王，或王侯上層對文風的影響。

科舉制度始於隋，成於唐。帝王對文風的影響固然不小，並非所有帝王都如此，「人存政存，人亡政息」，因此時間、空間必然有限。影響時、空範圍更大的，莫過於科舉。科舉的形成，本來是為了打破漢、魏以來九品中正的用人制度，而以透過考試來選拔官吏。唐代以科舉取士，詩是唐代科舉考試的科目之一，使天下的讀書人把寫詩當作參加考試，求取功名的途徑。唐朝成為詩的黃金時代，科舉的推波助瀾，不可小視。

散文取代駢文，也賴科舉。宋初依隨唐制，雖然在科第程序、形式上有所改革，但在內容上，一仍前習，進士科先詩賦後策論，而以詩賦為要。舉子除了想要通過仕宦之門，還必須針對應試模式。

歐陽脩早年，流行的「時文」是「劉、楊之作」。〔註41〕以四六駢文為特徵的「西崑體」，風靡文壇。代表作家有楊億、劉筠、錢惟演、晏殊等。楊、劉皆居朝廷要職，多次權知或同知貢舉〔註42〕，對科場文風影響之巨，可想

〔註38〕 魏徵等撰《隋書》（臺北市：鼎文書局，民68）卷三十五，頁1090。

〔註39〕 魏徵、姚思廉同撰《梁書》（臺北市：鼎文書局，民67）卷四，頁109。

〔註40〕 見第四章第一節〈文論中的休閒〉。

〔註41〕 《居士外集二‧記舊本韓文後》。歐陽脩撰《歐陽脩全集》（臺北市：河洛圖書出版社，民64）卷三，頁136。

〔註42〕 知：主持。權知：代為主持。同知：共同主持。貢舉：科舉制度按種類劃分，主

而知。歐陽脩榮登進士之後，因為深受「時文」之苦，入仕後歷慶曆新政（1043），又歷嘉祐貢舉（1057），亦借科舉之力，轉變天下文風，「天下學者日盛，務通經術，多作古文。」〔註 43〕自宋而後，散文取代駢文，成為文章正宗，這是眾所周知的事。

其後借科舉以扭轉文風者，如金朝章宗時，文壇趨向工穩巧構、浮豔華靡。貞祐元年（1214）金宣宗南渡遷都河南開封以後，文壇耆宿趙秉文、李純甫、楊雲翼和王若虛等人，開始利用知貢舉機會，創導雅正雄健、貞剛渾厚、華實相扶、骨力遒上的審美標準，使詩、文創作機杼和風貌煥然一新，這是一例。

又如明代八股行之既久，末年大量發展出以研討八股文與詩、文創作的文人社團。做為準備科舉考試的文人，在社團內接受科舉考試訓練和八股文創作的學習，同時又從事詩、文創作。社團文人的科舉思維，對他們詩、文創作具有深刻影響，形成明末文壇以六經為根底的儒者古文。〔註 44〕社團文人往往借鏡時文法入古文，或借鏡古文法入時文，使明末文學創作與理論批評具有不同往昔的鮮明特色，這未嘗不是受八股制義間接影響的一例。〔註 45〕

（二）書論中的政治

書論受政治力的影響同樣可見。

見於紀載最早的，可能屬曹操嘉梁鵠書。從漢末曹操為相王時期起，到西晉末衛恆尚言「今宮殿題署多是鵠書。」又云：「鵠弟子毛夕教於秘書，今八分皆弘法也。」〔註 46〕如果我們從建安元年算起，到西晉之亡，前後綿延一百二十年〔註 47〕，可見曹操對書風的影響力。

帝王影響書風的，第一位可能是梁武帝的古質論。

從漢、魏到南朝，書風是由古質走向妍美的道路。這是人性的要求，然

要有貢舉、制舉、武舉、童子舉等。其中，貢舉是定期舉行的，因此被稱作「常科」，取士數量最多，延續時間最長，社會影響也最大。
〔註43〕 《奏議集・條約舉人懷挾文字箚子》。歐陽脩撰《歐陽脩全集》（臺北市：河洛圖書出版社，民 64）卷四，頁 242。
〔註44〕 見第三章第二節〈文論上的涵泳〉艾南英、錢謙益之說。
〔註45〕 制義：科舉考試中應試文體之一種：宋王安石所首倡，神宗熙寧四年（1071），始以之試士。規定由四書五經中課題，其後遵行，未之有改。以其依經立義，故曰經義。以其為制科所用，後沿稱制義，或稱制藝。
〔註46〕 房玄齡等撰《晉書》（臺北市：鼎文書局，民 68）卷三十六，頁 1065。
〔註47〕 按建安元年，西元 196 年；西安愍帝建興元年，西元 316 年：前後 120 年。

而梁武帝的貶抑王獻之，讓我們第一次看到帝王對書法的影響。梁武帝在述說觀鍾繇書法十二意之後，有段文字：

> 世之學者宗二王，元常逸迹，曾不睥睨。羲之有過人之論，後生遂爾雷同。元常謂之古肥，子敬謂之今瘦；今古既殊，肥瘦頗反。……。又子敬之不迨逸少，猶逸少之不迨元常。學子敬者如畫虎也，學元常者如畫龍也。〔註48〕

從虞龢的〈論書表〉我們已經知道王羲之父子的書風已經風靡於宋、齊、梁沿宋之後，勢亦不免。因此，梁武帝說：「世之學者，宗二王，元常逸迹，曾不睥睨。」〔註49〕梁武帝認為一代不如一代：「子敬之不迨逸少，猶逸少之不迨元常。」他的結論是「學子敬者如畫虎也，學元常者如畫龍也。」

這樣的看法，加上他自己的書風，「狀貌亦古」〔註50〕，因此影響他的臣子學書、評書的方向。「斯理既明，諸畫虎之徒，當日就輟筆，反古歸眞，方弘盛世。」〔註51〕整個書風的天平即刻由妍美偏向古質。第一，書法家轉向，以蕭子雲為例：

> 臣子雲奉勅使臣寫〈千字文〉，今已上呈。臣昔不能拔賞，隨世所貴，規模子敬，多歷年所。三十六，著《晉史》一部。至〈二王列傳〉，欲作〈論草隸法〉，言不盡意，遂不能成，止〈論飛白〉一勢而已。十餘年來，始見勅旨〈論書〉一卷，商略筆勢，洞達字勢：又以「逸少不及元常，猶子敬不及逸少」，因此研思，方悟隸字，始變子敬，全法元常。迨今以來，自覺功進。此稟自天論，臣先來猶恨已無臨池之勤，又不氽聖旨之奧，仰延明詔，伏增悚息。〔註52〕

〔註48〕張彥遠集《法書要錄》卷二，頁18～19。見楊家駱主編《唐人書學論著》（臺北市：世界書局，民64）。逸迹：超常的書跡。睥睨：斜著眼看，側目而視。曾不睥睨：不曾受過正眼看待。本段文字內容參看第六章第二節〈書論中的主質〉梁武帝述說〈觀鍾繇書法十二意〉。

〔註49〕按：陶隱居回梁武帝論書啓，同樣如此說：「比世皆高尚子敬，子敬、元常繼以齊名，貴斯式略，海內非惟不復知有元常，於逸少亦然。」〈陶隱居又啓〉。張彥遠集《法書要錄》卷二，頁22。見楊家駱主編《唐人書學論著》（臺北市：世界書局，民64）。

〔註50〕〈張懷瓘書斷下〉。張彥遠集《法書要錄》卷九，頁140。見楊家駱主編《唐人書學論著》（臺北市：世界書局，民64）。

〔註51〕〈陶隱居又啓〉。同註50，頁22。

〔註52〕〈蕭子雲啓〉。同註50，卷一，頁13。規模：模仿。商略：評論。洞達：通曉、明白。隸字：眞書。

以上是書法家蕭子雲進呈武帝的奏摺，說明自己習書「始變子敬，全法元常」
的歷程。張懷瓘《書斷》亦云：「其真書，少師子敬，晚學元常。」〔註53〕第
二，書評家迎合：袁昂的〈古今書評〉是一篇評論二十五位書家風格的文字，
我們看如何描寫鍾、張、二王四人：

> 王右軍書如謝家子弟，縱復不端正者，爽爽有一種風氣。

> 王子敬書如河、洛間少年，雖有充悅，而舉體沓拖，殊不可耐。

> 鍾司徒書，字十二種意，意外殊妙，實亦多奇。

> 張伯英書如漢武帝愛道，憑虛欲仙。〔註54〕

這裡的鍾司徒下文說：「字十二種意，意外殊妙，實亦多奇」，這分明是指梁
武帝所寫的〈觀鍾繇書法十二意〉。因此，這裡的鍾司徒，當指鍾繇。作者或
許因為梁武帝有此篇文章在前，又奉旨評書，於是便宜行事，引文以代評語。
梁武帝想來未見滿意，袁昂在文末附列如下：

> 臣謂鍾繇書意氣密麗，若飛源戲海，舞鶴遊天，行間茂密，實亦難

> 過。〔註55〕

我們把評鍾繇的「若飛源戲海，舞鶴遊天」、張芝的「如漢武帝愛道，憑虛欲
仙」和評羲之的「不端正者」、獻之的「舉體沓拖」並列比對，還是看出迎合
上意的心理。〔註56〕同一個時代的庾肩吾，作〈書品〉，列張芝、鍾繇、王羲
之為「上之上」；但列王獻之為「上之中」。

第二度是唐太宗奠定大唐書法的根基。《宣和書譜》云：

> 方天下混一，四方無虞，乃留心翰墨，粉飾治具。雅好王羲之字，

> 心慕手追，出內帑金帛，購人間遺墨，得真、行、草二千二百紙來。

> 上萬機之餘，不廢模倣。先是，釋智永善羲之書，而虞世南師之，

〔註53〕〈張懷瓘書斷中〉。同註50，卷八，頁132。

〔註54〕〈袁昂古今書評〉。同註50，卷二，頁32。充悅：令人喜悅。沓拖：拖泥帶
水。王獻之書跡常有的特色是起首楷書，中則行書，末則草書。殊不可耐：
頗不耐看。茂密：行距寬而字距近。漢武帝愛道，憑虛欲仙：猶如不食人間
煙火，意謂非凡間之物。

〔註55〕〈袁昂古今書評〉。張彥遠集《法書要錄》卷二，頁33。見楊家駱主編《唐人
書學論著》（臺北市：世界書局，民64）。

〔註56〕按：該文「李斯」下多出「張芝經（驚）奇，鍾繇特絕，逸少鼎能，獻之冠
世，四賢共類，洪芳不滅。」列獻之為四賢之一，與上文之意不相合，疑是
後人加入。

頗得其體，太宗乃以書師世南。……嘗謂朝臣曰：「書學小道，初非急務，時或留心，猶勝弃日，然亦未有不學而得者。朕少時臨陣料敵，以形勢爲主，今吾學書亦然。」又嘗作〈筆法〉、〈指意〉、〈筆意〉三說以訓學者，蓋所得其在是歟？……置洪（弘）文館，選貴遊子弟有字性者，出禁中所藏書，令斅學焉。海內有善書者，亦許遣入館。由是，十年間翕然向化。〔註57〕

就皇室言，豈只十年！「大抵有唐自太宗以還，世相祖襲，至代宗家學未墜。」〔註58〕「大抵唐以文皇喜字書之學，故後世子孫尚得遺法，至於張官置吏，以爲侍書，世不乏人，良以此也。」〔註59〕

書法歷史的發展，從劉宋時起，人們風靡的是王獻之書。〔註60〕陶弘景就曾說：「比世皆尚子敬書，……海內非惟不復知有元常，於逸少亦然。」〔註61〕唐太宗不獨「雅好王羲之字，心慕手追，出內帑金帛，購人間遺墨，得眞、行、草二千二百紙來。上萬機之餘，不廢模倣。先是，釋智永善羲之書，而虞世南師之，頗得其體，太宗乃以書師世南。」表現出對王字喜好的實際行動。還特地爲《晉書》王羲之傳作贊。因唐太宗的提倡，王羲之攀上中國書法史的高峰。就是盛唐異軍突起的張旭，後人在敘述筆法承傳時，也不得不與王羲之攀上關係：「後漢崔子玉歷鍾、王以下，傳授至於永禪師，而至張旭。」〔註62〕後世風行的「永」字八法，也附會自王羲之始：「李陽冰云：『昔逸少上（當是「工」字之誤）書，遂歷多載，十五年中偏攻「永」字。』」〔註63〕可見唐太宗以帝王身分對書風、書論的影響力。

第三度是唐玄宗尚肥。米芾《海岳名言》云：

唐官告在世，爲褚、陸、徐嶠之體，殊有不俗者。開元以來，緣明

〔註57〕宣和間官修《宣和書譜》卷一，頁31～32。見楊家駱主編《宣和書譜》（臺北市：世界書局，民64）。斅學：學習。翕然：一致。向化：歸服。

〔註58〕同註57，卷一，頁41。

〔註59〕同註57，卷一，頁43。

〔註60〕見本章本節〈書論中的愛美〉。

〔註61〕〈陶隱居又啓〉。張彥遠集《法書要錄》卷二，頁22。見楊家駱主編《唐人書學論著》（臺北市：世界書局，民64）。

〔註62〕韓方明〈授筆要說〉。陳思《書苑菁華》卷二十。永瑢、紀昀等撰《欽定四庫全書》（上海市：上海古籍出版社，1987）814冊，頁200。

〔註63〕〈永字八法〉。同註62，卷三。814冊，頁200。

皇字體肥俗，始有徐浩，以合時君所好；經生字亦自此肥。開元以
前古氣，無復有矣。〔註64〕

官告即告身。古代官吏的委任狀。〔註65〕由此看來，張旭與顏眞卿筆畫尙肥
書風的流行〔註66〕，有其來自帝王的喜好。

　　清朝，陳交禧對於唐代歷帝王的愛好書法作如下評述：「唐初歐、虞、褚
諸公，承六朝之遺，得其淵源，古雅渾厚之氣，嶔崎歷落之概，聚於筆端。
當時又得右文好學尙論之主，君臣契重，故其精華發越，尤覺千古生色。稍
後，乃有鍾、徐、陸、薛、顏、柳輩出，充擴變化，不可思議。即韓昌黎、
白香山、劉賓客詩人巨公，無不筆墨雅馴，彬彬可觀。要之，流風餘韻必有
創始主持者特起而振作，方能數百載相傳不絕也。」〔註67〕

　　宋朝太宗欲比肩唐之太宗，舉凡唐之太宗所爲者，亦必爲之，甚且邁越
前之太宗。朱長文《續書斷・宸翰述》云：

太宗方在躍淵，留神墨妙，斷行片簡，已爲時人所寶。及既即位，
區內砥平，朝廷燕寧，萬機之暇，手不釋卷，學書至於夜分，而夙
興如常。……始即位之後，募求善書者，許自言於公車。置御書院，
首得蜀人王著，以爲翰林侍書。時呂文仲爲翰林侍讀，與著更宿禁
中。每歲九月後，夜召侍書、侍讀及待詔，書藝於小殿。張燭令對
御書字，亦以詢採外事，常至乙夜而罷。是時禁庭書詔，筆跡丕變，
劉五代之蕪，而追盛唐之舊法，粲然可觀矣。〔註68〕

宋太宗對書法的貢獻尙不只此，又命「徐鉉、句中正刊定許愼《許文》，正天
下字學」，又「購於天下，……勒爲法帖十卷，以賜近臣。後二府大臣初拜者

〔註64〕　米芾撰《海岳名言》頁2。見楊家駱主編《宋元人書學論著》（臺北市：世界
　　　　書局，民61）。經生字：寫佛經所使用的書體。由於宗教的心理趨向，制約寫
　　　　經品書體上的表現，因尊古、敬虔等觀念，寫經字體要求規整，與書法的抒
　　　　情表現相左。

〔註65〕　參看第四章第一節〈書論中的實用觀〉。

〔註66〕　按：顏書肥，人所共見。「張妙於肥」，見黃庭堅撰《山谷題跋》卷四〈題
　　　　絳本法帖〉。楊家駱主編《宋人題跋》上（臺北市：世界書局，民81）頁
　　　　220。

〔註67〕　《綠陰亭集・偶論》。崔爾平選編《明清書法論文選》（上海：上海書店，1994）
　　　　頁483～484。

〔註68〕　朱長文撰《墨池篇》卷三。永瑢、紀昀等撰《欽定四庫全書》（上海市：上海
　　　　古籍出版社，1987）812冊，頁731～732。公車：官署。劉：劇。

皆賜之，遂傳天下，學者得以師法。」〔註69〕這就是名聞後世的《淳化秘閣法帖》，並開啓了近千年的法帖時代。米芾的《書史》評云：「一時公卿以上之所好，遂悉學鍾、王。」〔註70〕歷代摹刻、翻刻版本繁多，影響及於明、清。

　　除了帝王，科舉取士，也影響書風。南宋朱弁的《曲洧舊聞》對唐、宋書風作過比較：

> 唐以身、言、書、判設科，故一時之士無不習書，猶有晉、宋餘風。
>
> 今閒有唐人遺蹟，雖非知名之人，亦往往可觀。本朝此科廢，書遂
>
> 無用於世，非性自好之者不習，故工書益少，亦勢使之然也。〔註71〕

事實上唐太宗對書法的講究，表現在他的喜愛上，雖設立書學，用意在官員書寫能力的培養。〔註72〕高宗總章二年（669），以書、判取士〔註73〕，用意亦如此，皆未見借科舉以左右書寫風格。〔註74〕宋人則不然，米芾《書史》云：

> 李宗諤主文既久，士子始學其書。肥扁朴拙，是時不騰錄，以投其
>
> 好，取用科第。自此惟趣時書貴矣。宋宣獻公綬作參政，傾朝學之，
>
> 號曰朝體。韓忠獻公琦好顏書，世俗皆學顏體。及蔡襄貴，士庶又
>
> 皆學之。王文公安石作相，士俗亦皆學其體。自此古法不講。〔註75〕

「騰錄」當作「謄錄」。宋世開科取士之後，徇私舞弊現象日益嚴重。對此，宋代建立了糊名（又稱「彌封」或「封彌」）和謄錄制度，以減少舞弊。〔註76〕但，從米芾的紀錄可以看出，謄錄制度未見確實執行，考生為求出路，無所不為。在士子前途的考量下，被不同時期主考官的書風所左右。

〔註69〕 同註68，頁732。

〔註70〕 米芾撰《書史》頁56。見楊家駱主編《宋元人書學論著》（臺北市：世界書局，民61）。

〔註71〕 朱戒的《曲洧舊聞》（北京市：中華書局，1985）卷九，頁72。

〔註72〕 張九齡等撰、李林甫等注《唐六典》卷二十一，國子監條。見《文淵閣四庫全書》（臺北市：臺灣商務印書館，民72）冊595，頁199、201～202。

〔註73〕 王若欽等編《冊府元龜》（臺北市：臺灣中華書局，民61）十三冊，卷六二九，銓選部‧條制，頁7545。

〔註74〕 按：即使是顏元孫的《干祿字書》，大曆九年顏真卿手書，並摹刻上石。與漢朝蔡邕《熹平石經》、魏《三體石經》相同，都為規範字之正確為主，非為書法。

〔註75〕 米芾撰《書史》頁56～57。見楊家駱主編《宋元人書學論著》（臺北市：世界書局，民61）。

〔註76〕 按：先由彌封人員將考生的姓名、籍貫等密封起來，再由謄錄人員將試卷內容原封不動地謄錄出來，將謄錄的試卷交給考官評閱。這樣，考官評閱試卷時，既不知道考生的姓名，連考生的字跡也無從辨認。

其他用在官府的書體，如院體，唐、宋翰林院書家用來稱院內流行的書法風格。由於它的形貌大抵承學王字，尤其是釋懷仁的《集王聖教序》，所以後來凡學習該碑的書法都稱爲院體。唐德宗時翰林學士吳通微的《楚金禪師碑》，是院體書法的代表作。

又如臺閣體、館閣體，也應屬政治影響書寫風格的因素之一。臺閣體的形成是在明朝初年，明朝書法家沈度的楷書清秀婉麗，深受明成祖喜愛，並譽爲「我朝王羲之」〔註77〕。朝廷的重要典籍皆委由沈度書寫，於是當時的讀書人紛紛效仿以迎合帝王的喜好。甚至當時的「臺閣重臣」如楊士奇、楊榮、楊溥爲皇帝起草詔告時，亦採用這種字體，號稱「博大昌明體」，因爲他們位居臺閣，這種書體亦稱爲「臺閣體」。

到了清代康熙、乾隆年間，明代的臺閣體演變成館閣體。館閣體，是清代朝廷公文的標準楷書書體，強調書寫字形、大小、粗細的統一，字體烏黑、方正、光潔，「俗語所謂墨、圓、光、方是也。」〔註78〕清代科舉也要求以館閣體書寫，不以標準館閣體書寫者無法進入翰林院。〔註79〕康有爲的《廣藝舟雙楫》云：「翰林大考試差、朝殿試、散館，皆捨文而論書。其中格者，編、檢授學士；進士殿試得及第；廟考一等，上者魁多士，下者入翰林。其書不工者，編、檢罰俸，進士、庶吉士散爲知縣。御史，言官也；軍機，政府也，一以書課試。下至中書教習，皆試以楷法。內廷筆翰，南齋供之，而諸翰林時分其事，故詞館尤以書爲專業。……是故得者若升天，失者若墜地，失墜之由，皆於楷法榮辱之所關，豈不重哉？」〔註80〕「墨、圓、光、方」的館

〔註77〕 〈巧藝〉：「太宗微善書者試而官之，最喜雲間二沈學士，尤重度書，每稱曰：『我朝王羲之。』」李紹文撰《皇明世說新語》卷六。見《明代傳記叢刊》（臺北市：明文書局，民80）22冊，頁373。

〔註78〕 金安清《水窗春囈》卷下。華人德主編《歷代筆記書論彙編》（南京市：江蘇教育出版社，1996）頁530。

〔註79〕 陳康祺撰《郎潛紀聞》（臺北縣永和市：文海出版社，民59）卷七，頁4：「乾隆朝已重字不重文矣。」又云起自宣，即道光帝。見下注《郎潛二筆》。

〔註80〕 康有爲撰《廣藝舟雙楫》頁60。見楊家駱主編《近人書學論著》上（臺北市：世界書局，民73）。按：王士禎《分甘餘話》卷二：「本朝狀元必選書法之優者。」陳康祺撰《郎潛二筆》卷十一，頁3～4：「近數十年，殿廷考試，專尚楷法，不復問策論之優劣，以致空疏淺陋，競列清班，甚至有抄襲前一科鼎甲策，仍列鼎甲者。而讀卷諸公，評隲楷法，又苛求之點畫之間，有一古體、帖體，依《說文》篆隸而不合時式者，即工楷亦置下等。……此風不知開自何時，後詢之童少宰華云：『宣宗初登極，以每日披覽奏本外，中外題本，蠅

閣體是基本要求，康氏對清朝一代書風也略作敘述：

> 蓋以書取士，啓於乾隆之世。當斯時也，盛用吳興，間及清臣，未
> 爲多覯。嘉、道之間，以吳興較弱，兼重信本，故道光季世，郭蘭
> 石、張翰風二家，大盛於時，名流書體相似。……歐、趙之後，繼
> 以清臣。……自茲以後，雜體並興，歐、顏、趙、柳，諸家採用。……
> 同、光之後，歐、趙相兼。歐欲其整齊也，趙欲其圓潤也。近代法
> 趙，取其圓滿而速成也。……〔註81〕

足見以書取士，影響書風之大。生在當時，聞風不變，也難。

二、受愛美影響

時代風尙可以有多種，愛美是人的天性，姑以漢世至南朝，甚至其後求
妍美風尙爲例。

西漢，辭賦是文學主流。評賦最出名，莫過於揚雄的：

> 詩人之賦麗以則，辭人之賦麗以淫。〔註82〕

這句話，祝堯在《古賦辨體》中以形與內容角度作解：「詩人之賦，以其吟詠
情性也，……其情不自知而形於辭，其辭不自知而合於理。情形於辭，故麗
而可觀；辭合於理，故則而可法。如或失於情，尙辭而不尙意，別無興起之
妙，而於則也何有？……漢興，賦家專取《詩》中賦之一義以爲賦，又取《騷》
中贍麗之辭以爲辭，若情若理，有不暇及。故其爲麗也，異乎《風》、《騷》
之麗，而『則』之與『淫』，遂判矣。」〔註83〕他在這裡把揚雄的意見，說明
得十分透徹。《三百首》、屈原等詩人的賦美得內外兼具、辭情兼備；枚乘、
司馬相如等辭人的賦美得誇張，遠過其實。《西京雜記》即曾說：「司馬長卿

頭細書，高可數尺，雖窮日夜之力，未能遍閱，若竟不置目，恐啓欺蒙嘗之
弊。嘗問之曹文振公鏞，公曰：「皇上幾暇，但抽閱數本，見有點畫謬誤者，
用朱筆抹出。發出後，臣下傳觀，知乙覽所及，細微不遺，自不敢怠忽從事
矣。」尚可其言，從之。於是一時廷臣，承望風旨，以爲奏摺且然，何況士
子試卷，而變本加厲，遂至一畫之長短，一點之肥瘦，無不尋瑕索垢，評第
妍嗤。』」見《山東文獻集成》（濟南市：山東大學出版社，2009）第三輯，
冊23，頁13。

〔註81〕 同註80，頁61。
〔註82〕 〈吾子〉。揚雄撰、李軌注《法言》（臺北市：臺灣中華書局，民55）卷二，
頁1。
〔註83〕 《文章辨體序說》頁27。吳訥等著《文體序說三種》（臺北市：大安出版社，
1998）。

賦，時人皆稱典而麗，雖詩人之作不能加也。」〔註84〕我們單就揚雄的兩句，看出的是「麗以淫」超乎「麗以則」，代表的是漢代崇尚妍美的心態，遠超越春秋以前。

《漢書·揚雄傳》有一段非常符合人性的記載：

往時武帝好神仙，相如上〈大人賦〉，欲以風，帝反縹縹有陵雲之志。

繇是言之，賦勸而不止，明矣。〔註85〕

「大人」隱喻天子，賦中描寫「大人」遨遊天庭，與真人相周旋，以群仙為侍從，過訪堯舜和西王母，乘風凌虛，長生不死，逍遙自在，是迎合漢武帝喜好神仙，求長生不死的心理。風者，勸也，是原本司馬相如上〈大人賦〉的目的。結果這篇賦想像豐富，文字靡麗。武帝讀後「反縹縹有凌雲之志」，這是人性。愛美超越原先的目的，賦家又能奈何？

雖然在揚雄眼中，西漢時代的辭人作賦已經是「麗以淫」，時代的演變卻不曾回歸質樸。時風只有越來越朝向美的追尋，只是美的方式改變。駢儷之風倡於曹植，盛於晉初，風靡於六朝。曹植雖漸趨工整，仍不失東漢典型。至晉太康，漸趨繁縟。三張、二陸、兩潘、一左，才思名望不亞於「建安七子」，但看陸機〈辨亡〉諸篇，張載〈權論〉，潘尼〈芙蓉賦〉，潘岳〈南陽長公主誄〉，都意偶辭麗，幾乎純粹四六。東晉偏安，元嘉（宋文帝年號）相繼，文辭更為冶豔。繼元喜之後，則為永明（齊武帝年號），沈約、謝朓、王融等，為文以音韻為準，講究宮商協調。於是聲音之道大開，作文不求意義的明白，但求音律的和諧。雕繪益趨纖巧，綺麗流於輕豔。梁武帝父子，在文學上的身分、地位、影響極類似曹家父子。簡文帝愛作豔曲，名曰「宮體」。至陳後主好舞酣歌，荒淫無度。〈玉樹後庭花〉一曲，彰顯的是六朝唯美文學代表之一。

文學尚美，書法何能例外？

（一）文論中的愛美

時風如此，魏、晉之後的文論，同樣標示了人們對於文章求美的心態：

詩賦欲麗。〔註86〕

以上是曹丕《典論·論文》中的一句。雖只一句，已經明白表示，作詩作賦，就是要「麗」。

〔註84〕劉歆撰《西京雜記》（臺北市：臺灣商務印書館，民68）頁13。
〔註85〕〈揚雄傳〉。班固撰《漢書》（臺北市：鼎文書局，民69）卷五十七，頁3575。
〔註86〕昭明太子撰《文選》（臺北縣板橋鎮：藝文印書館，民72）卷五十二，頁734。

陸機的為文標準是：

> 其為物也多姿，其為體也屢遷，其會意也尚巧，其遣言也貴妍。
>
> 〔註87〕

他認為萬物姿態不一，萬物屢有變化，但是，領會事理要巧，運用詞藻要美。所有文體皆當用辭艷麗。

西晉皇甫謐〈三都賦序〉說：

> 古人稱不歌而頌謂之賦，然則賦也者所以因物造端，敷弘體理，欲
> 人不能加也。引而申之，故文必極美；觸類而長之，故辭必盡麗。
> 然則美麗之文，賦之作也。〔註88〕

賦之為作，因外物起頭。內容、義理極盡鋪陳誇張之能事，想要達到別人不能再多填加一筆的地步。「文必極美；觸類而長之，故辭必盡麗。然則美麗之文，賦之作也。」皇甫謐係針對賦，詩呢？劉勰《文心雕龍‧明詩》則曰：

> 四言正體，則雅潤為本；五言流調，則清麗居宗。〔註89〕

文須「美麗」，詩須「清麗」，為「麗」則一。

東晉葛洪已經領悟到時代的推移與語言的變遷，他的規律是由古質走向妍美；美是時代前進的必然：

> 古者事事醇素，今則莫不彫飾，時移世改，理自然也。至於羅錦麗
> 而且堅，寧可謂之減於蓑衣；輜軿妍而又牢，寧可不及椎車也。……
> 世人皆知快於曩矣，何以獨文章不及古邪？〔註90〕

羅錦，錦繡的毛織地毯；輜軿，有帷幔的車子。現今的絲毛織品，勝過古之蓑衣；現今有帷幕的車輛，也勝過古時的椎車。物質生活所需，莫不日新月異，越來越方便，越來越美觀。世人都知道這些事情優於古人，為什麼文章不能不朝著妍美前進，而認為後世的文章不及古人呢？

南朝齊梁間，探討文風的論述不少。劉勰《文心雕龍‧通變》舉出由質變文的歷史軌跡為證：

> 九代詠歌，志合文則。黃歌〈斷竹〉，質之至也；唐歌〈在昔〉，則

〔註87〕 同註86，卷十七，頁247。
〔註88〕 同註86，卷四十五，頁652。
〔註89〕 劉勰撰、范文瀾注《文心雕龍注》（臺北市：開明書局，民57）卷二，頁2。
〔註90〕 〈鈞世〉。葛洪《抱朴子內外篇》（北京市，中華書局，1985）外篇，卷三〇，頁632。

廣於黃世；虞歌〈卿雲〉，文於唐時；夏歌〈雕牆〉，縟於虞代；商、周篇什，麗於夏年。至於序志述時，其揆一也。

暨楚之騷文，矩式周文；漢之賦頌，影寫楚世；魏之策制，顧慕漢風；晉之辭章，瞻望魏采。

摧而論之，則黃、唐淳而質，虞、夏質而辨，商、周麗而雅，楚、漢侈而豔，魏、晉淺而綺，宋初訛而新。從質及訛，彌近彌澹。何則？競今疎古，風味氣衰也。〔註91〕

文分三節：第一節簡單而代表性地說明一代比一代文風趨向華美，但是其基本都是相同的：「序志述時」。第二節後代參考前代。第三節，文風趨向由質及妍，韻味卻日益淺薄。

北朝顏之推生於梁世，卒於隋初，歷仕南朝梁、陳，北朝齊、周，算是接續劉勰之言，感嘆他所看到的時代文風是：

今世相承，趨末棄本，率多浮豔。辭與理競，辭勝而理伏；事與才爭，事繁而才損。放逸者流宕而忘歸，穿鑿者補綴而不足，時俗如此，安能獨違？〔註92〕

「時俗如此」一語，可見時代風尚。昭明太子的一段文字，比較簡明地道盡文壇求美的前後心態：

若夫椎輪為大輅之始，大輅寧有椎輪之質；增冰為積水所成，積水曾微增冰之凜。何哉？蓋踵其事而增華，變其本而加厲，物既有之，文亦宜然。隨時變改，難可詳悉。〔註93〕

〔註91〕 同註89，卷六，頁17。九代指黃、唐、虞、夏、商、周、漢、魏、晉。志合文則：都合乎文章發展的軌範。〈斷竹〉：「斷竹：續竹。飛土：逐宍（肉）。」〈在昔〉當事〈載蜡〉：《禮記‧郊特牲》：「伊耆始為蜡，祝道：『土反其宅，水歸其壑。昆蟲毋作，草木歸其澤！』」伊耆或曰即唐堯。載蜡：即「始為蜡」之意。〈卿雲〉：見前。雕牆：夏有〈五子之歌〉五首，其二曰：「訓有之：內作色荒，外作禽荒，甘酒嗜音，峻宇雕牆：有一於此，未或不亡。」揆：道。矩式周人：意謂楚之騷文，係模仿周《詩三百》而來。摧：大致。澹：味薄。

〔註92〕 〈文章〉。顏之推撰《顏氏家訓》（臺北市：臺灣中華書局，民57）卷四，頁9。

〔註93〕 〈文選序〉。昭明太子撰《文選》（臺北縣板橋鎮：藝文印書館，民72）頁1。椎輪：無輻條的原始車輪。大輅：古代華美的大車。踵其事而增華，變其本而加厲：踵，腳後跟，引申為繼承之意。繼其原有而更加華美，變得比原本更加嚴重。

時代永遠是向前奔馳的，人們所看到的，永遠都是歷經長遠歲月演變後，最美麗的「當代」。前人或評曰「小制之區畛，奇巧之機要」，或評為「繁華損枝，膏腴害骨」〔註94〕，不可否認，這就是當時觀念中的文學之美。

　　風氣如此，作家之風格亦必朝此方向而行。裴子野〈雕蟲論〉形容當時競趨浮華時尚的風氣如下：

> 自是閭閻年少，貴游總角，罔不擯落六藝，吟詠情性，學者以博依為急務，謂章句為專魯，淫文破典，斐爾為功。〔註95〕

梁元帝的《金樓子》也說：

> 夫今之俗，搢紳稚齒，閭巷小生，學以浮動為貴；用百家則多尚輕側，涉經紀則不通大旨，苟取成章，貴在悅目。龍骨豕足，隨時之義；牛頭馬髀，彊相附會。事等張君之弧，徒觀外澤；亦如南陽之里，難救窮檢矣。〔註96〕

時代風尚如此，評論也必然如此。沈約《宋書‧謝靈運傳》評屈原、宋玉、賈誼、司馬相如「英辭潤金石，高義薄雲天」，言建安文學「以情緯文，以文被質」，稱潘岳、陸機之作「縟旨星稠，繁文綺合」，論顏延之、謝靈運之作「體裁明密，並方軌前秀，垂範後昆。」〔註97〕這是時尚的必然。反之，鍾嶸《詩品》論東晉玄言詩「理過其辭，淡乎寡味」、「詩皆平典，似《道德論》」，也是時風之必然。至於列陶淵明詩入中品，列曹操詩於下品，又何需訝異？〔註98〕

〔註94〕〈詮賦〉。劉勰撰、范文瀾注《文心雕龍注》（臺北市：開明書局，民57）卷二，頁47。小制之區畛，奇巧之機要：這種短篇小制的作品（指魏晉南北朝流行駢賦，又稱「小賦」），與長篇鉅著的漢賦是有區別的，它體裁新奇，辭句巧麗，是寫作這類文章的要訣。繁華損枝，膏腴害骨：就像繁花朵朵，卻有損枝條；脂肪過多，傷及骨髓。

〔註95〕嚴可均校輯《全上古三代秦漢三國六朝文》（北京市：中華書局，1958）《全梁文》卷五十三，頁3262。閭閻年少：里巷內外的年輕人。貴游總角：貴族家屬的小孩。擯落：棄置。博依：疑是博奕之誤，指小道。章句：剖章析句的基本功夫。專魯：迂腐。淫文：巧言深文。破典：熟爛的典故。斐爾為功：大放異彩。

〔註96〕〈立言篇〉。孝元帝撰《金樓子》（臺北市：臺灣商務印書館，民64）卷四，頁33。

〔註97〕〈謝靈運傳〉。沈約《宋書》（臺北市：鼎文書局，民68）卷六十七，頁1778、1779。

〔註98〕鍾嶸著《詩品》。何文煥編訂《歷代詩話》臺北縣：藝文印書館，民60）頁7、13、15。

　　這種愛美的文學觀，雖然在唐宋以後爲復古思潮所掩，但仍不絕如縷。即以與韓愈並肩的柳宗元而言，也認爲文飾不可廢。其〈楊評事文集後序〉云：「文之用，辭令褒貶、導揚諷誦而已。雖其言鄙野，足以備於用，然而闕其文采，固不足以竦動時聽，夸示後學。」〔註99〕而韓愈弟子李翱，亦云：「義雖深，理雖當，詞不工者不成文，宜不能傳也。」〔註100〕

　　時至晚唐五代，復古思潮已成過去，騈儷餘波又有迴旋震盪之勢，律賦、四六都於此時完成其體製，詩詞也趨於濃豔綺麗之習。史學界劉昫也不認爲「是古非今」爲是。〔註101〕宋初，楊億所領導的西崑體，在石介的看法，就是「窮妍極態，綴風力（當作月），弄花草，淫巧侈麗，浮華纂組」的結合。〔註102〕騈文化而爲四六之後，在當時更是日常的應用文：用於詔制、判讀或表啓，這是四六的正體；用於制舉，即所謂律賦，可稱之爲四六的變體。

　　元、明是詞、曲天下，王世貞云：「大抵北主勁切雄麗，南主清峭柔遠。」〔註103〕王驥德《曲律》卻說：

> 詞曲不炳雄勁險峻，只一味嫵媚閒豔，便稱合作，是故蘇長公、辛幼安並眞兩廡，不得入室。

> 作曲如美人，須自眉目齒髮，以至十筍雙鉤，色色妍麗，又自笄黛衣履，以至語笑行動，事事襯副，始可言曲。〔註104〕

　　蘇長公，蘇軾；辛幼安，辛棄疾。後人稱豪放派。依作者的意思，「並眞兩廡，不得入室」，只堪陪祀。詞須「嫵媚閒豔」，曲更如此，「自眉目齒髮，

〔註99〕　柳宗元撰《柳宗元集》（臺北縣土城市：頂淵文化事業，2002）卷二十一，頁578。按：〈答吳武陵論非國語書〉亦云：「輔時及物之道，不可陳於今，則宜垂於後。言而不文則泥，然則文者，固不可少耶。」（卷三十一，頁824。）

〔註100〕〈答朱載言書〉。董誥等編《全唐文》（上海市：上海古籍出版社，1990）卷六百三十五，頁2840。

〔註101〕〈文苑傳序〉：「昔仲尼演三代之《易》，刪諸國之詩，非求勝於昔賢，要取名於今代。實以淳朴之時傷質，民俗之語不經，故飾以文言，考之絃誦，然後致遠不泥，永代作程，即知是古非今，未爲通論。」劉昫等撰《舊唐書》（臺北市：鼎文書局，民68）卷一百九十上，頁1982。

〔註102〕〈怪説中〉《石徂徠集》下。石介撰《石徂徠集》二（北京市：中華書局，1985）卷之下，頁75。

〔註103〕王世貞撰《曲藻》。楊家駱主編《歷代詩史長編二輯》（臺北市：中國學典館復館籌備處出版：鼎文經銷，民63）四，頁25。

〔註104〕王驥德撰《曲律》。同註103，四，頁179。廡：堂下周圍的廊屋。十筍雙鉤：十隻玉指，兩隻手臂。笄黛：髮簪。襯副：相互襯托。

以至十筍雙鈎，色色妍麗，又自笄黛衣服，以至語笑行動，事事襯副」，無一不美。後，清代劇作家黃圖珌亦云：「詞雖詩餘，然貴乎香豔清幽，有若時花美女，乃爲神品；不在詩家蒼勁古樸間論其工拙也。」〔註105〕

　　清朝，馮班與袁枚都爲豔體詩找到根據；尤其是袁枚，作詩不反對藻飾、音節、用典，認爲古文，「名之爲文，故不可俚。」〔註106〕阮元對於「文」之美，不是憑藉感官，而是以文之形式，認爲只有押韻和對偶的作品才能稱之，重振六朝作爲「純文學」的概念。在〈文言說〉一文中說：

　　　　孔子於乾坤之言，自名曰「文」：此千古文章之祖也。爲文章也，不務協音以成韻，修詞以達遠，使人易誦易記；而惟以單行之語，縱橫恣肆，動輒千言萬字：不知此乃古人所謂直言之「言」，論難之「語」；非言之有文者也，非孔子所謂「文」也。〔註107〕

文分三節：「孔子於乾坤之言，自名曰『文』」指的是孔子作《易·文言》：「協音以成韻，修詞以達遠，使人易誦易記」說明「文」當重視音律、對偶：「以單行之語，縱橫恣肆，動輒千言萬字，不知此乃古人所謂直言之『言』，論難之『語』」認爲散文式的獨白或議論，都非「文」，也非「美」。〔註108〕

　　阮元的理論與其附帶所提倡的駢文，認爲是唯一正統的文學表現工具，這個概念影響及於清末民初的劉師培和黃侃。〔註109〕

　　文學之文，在一開始即主張文飾，文飾就是美。不論後來以類比或形式，都脫離不了美。不論後世之文是否如此，尚美的觀念，不曾因古文的提倡而消失：這就是傳統文論尚美的理論。

2. 書論中的愛美

　　書法係求字形、架構、章法之美：屬於視覺直觀的感受。合理的推測，

〔註105〕黃圖珌撰《看山閣集閒筆·文學部·詞采》。同註102，七，頁140。

〔註106〕〈與邵厚庵太守論杜茶村文書〉。袁枚撰《小倉山房詩文集》（臺北市：臺灣中華書局，民55）卷十九，頁5。

〔註107〕《揅經室三集》卷二〈文言說〉，頁567。阮元撰《揅經室集》（臺北市：臺灣商務印書館，民56）。

〔註108〕阮元的〈書梁昭明太子文選序後〉進一步認爲：既然昭明太子公然將經、史、子從《文選》中剔除，這些就不能當作「文」，只有以對偶和押韻這種形式美加以修飾的作品，才能賦予「文」的名稱。阮元《揅經室三集》卷二，頁569～570。同註107。

〔註109〕劉師培《中古中國文學史》（臺北市：鼎文書局，民66）〈概論〉頁1～2，明顯主張只有使用對偶的作品，才值得稱之爲「文」。同樣的觀念，在黃侃《文心雕龍札記》（臺北市：新文豐出版，民68）〈麗辭〉頁145～151也可看出。

可能比文章之崇尙美觀更早。清末民初張之屛《書法眞詮》就曾說過：「古代造字者，皆係不識字之人，於今雖不得見，如古鎭幣，往往有一二字，庶其近之，而均極工妙，何也？蓋雖獷狂時代，其中一必有優秀份子，具審美之思想者，乃能造字，絕非椎魯之人也。」〔註110〕中田勇次郎《中國書法理論史》說得更爲明白：「在文字形成過程中，人們從很古的時候起，就開始有意識地把字寫得漂亮些。」並且說：「隨著時代的發展，文字的形體變得更加整齊、美觀和裝飾化了。看看殷周時期古同器上的各種款識，就能發現這種演變的蹤跡。」〔註111〕郭沫若的《殷契萃編・自序》、唐復年的《金文鑑賞》都可證明這種說法：

> 卜辭契於龜骨，其契之精而字之美，每令吾輩數千載後人神往。……細於方寸之片，刻文數十：壯者其一字之大，徑可運寸。而行之疏密，字之結構，迴環照應，井井有條。……技欲其精，則練之須熟，今世用筆墨者猶然，何況用刀骨邪？……足知存世契文，實一代法書，而書之契之者，乃殷世之鍾、王、顏、柳也。〔註112〕

> 有人以爲談書法藝術只能從隸、楷始，更有人認爲魏晉南北朝以後才有眞正的書法藝術。今天看來，這種人認識是不夠全面的，其原因可能是對青銅器了解不多，對銘文知之更少的緣故。〔註113〕

書論雖然晚出，漢魏六朝著作中顯示書法之美的風潮隨在多有。其中以「書勢」爲題的篇章，文中使用大量摹擬自然現象的華美辭藻，來反覆形容這些文字之美。描述古文、篆書、隸書、草書的作者，分別是東晉衛恆、東漢蔡邕、三國魏成公綏、東漢崔瑗，其他如王珉〈行書狀〉、楊泉〈草書賦〉、劉邵〈飛白書勢〉、索靖〈草書勢〉、王僧虔〈書賦〉、蕭衍〈草書狀〉、歐陽詢〈用筆論〉，另有託名王羲之的〈用筆賦〉、〈草書勢〉等，都屬同一性質。一方面我們可以看出人們對於書法美的描寫與讚嘆，另一方面這些都屬駢體，也可見從東漢到南朝、初唐，整體唯美思潮的趨向。書法本是線條及其組合的藝術，要描述，不是一件容易的事。如今，當我們閱讀時，或許礙於字義，

〔註110〕 張之屛撰《書法眞詮》。見崔爾平選編《明清書法論文選》（上海：上海書店，1994）頁1059。
〔註111〕 中田勇次郎著、盧永璘著《中國書法理論史》（天津：天津古籍出版社，1987）頁6。
〔註112〕 〈自序〉。郭沫若著《殷契萃編》（北京：科學出版社，1965）頁10、11。
〔註113〕 唐復年著《金文鑑賞》（北京：北京燕山出版社，1991）頁9。

內容未必全然理解，但是，知道作者傾全力形容該書體之美的目標，則無可懷疑。

上述書體，在東漢被記載蔚為風潮的是草書，趙一的〈非草書〉因此而作。其中有一段文字，說明反對草書的原因之一——美不可學。原文如下：

> 凡人各殊氣血，異筋骨。心有疏密，手有巧拙。書之好醜，在心與手，可強為哉？若人顏有美惡，豈可學以相若耶？昔西施心疼，捧胸而顰，眾愚効之，祇增其醜；趙女善舞，行步媚盡，學者弗獲，失節匐匐。夫杜、崔、張子，皆有超俗絕世之才，博學餘暇，游手于斯，後世慕焉，專用為務，……然其為字，無益於工拙，亦如効顰者之增醜，學步者之失節也。〔註114〕

重心本在說明字之美醜本屬先天，非後天學習可得，並引東施効顰、邯鄲學步為例。書之美醜是否可學是一回事，我們卻從其中得知人們希望把字寫好，一心求美的心態：「鑽堅仰高，忘其疲勞，夕惕不息，仄不暇食。十日一筆，月數丸墨。領袖如皂，唇齒常黑。雖處眾座，不遑談戲，展指畫地，以草劇壁，臂穿皮刮，指爪摧折，見鰓出血，猶不休輟。」〔註115〕

風氣所鍾，有學書法的人們，自然產生被學習的對象，這就是工書者。東晉衛恆《四體書勢》所提到的書法家，古文有邯鄲淳及恆之祖衛覬，篆書有李斯、曹嘉、邯鄲淳、韋誕、蔡邕，隸書有師宜官、梁鵠、邯鄲淳、毛弘、左子邑，行書有劉德升、鍾繇、胡昭，草書有張伯英、張文舒、姜孟穎、梁孔達、田彥和、韋仲將、羅叔景、趙元嗣、張超等。到北朝魏王愔的《古今文字志目》，中卷秦、漢、吳有書家五十九人，下卷魏、晉五十八人，合計一百十七人。南朝梁庾肩吾〈書品〉，記載漢至齊、梁，能真、草者一百二十三人。南朝宋羊欣的〈采古來能書人名〉，列自秦至晉能書者凡六十九人。

書法從此被確認為藝術品，有了欣賞、蒐集的人們。《四體書勢》有如下的記載：

> 靈帝好書，時多能者，而師宜官為最，大則一字徑丈，小則方寸千言，甚矜其能。或時不持酒錢，詣酒家飲。因書其壁，顧觀者以酬

〔註114〕〈後漢趙一非草書〉。張彥遠集《法書要錄》卷一，頁2。見楊家駱主編《唐人書學論著》（臺北市：世界書局，民64）。媚盡：妖冶嫵媚。失節匐匐：比喻盲目效仿以致失去自己原來不行的節奏爬行而歸。

〔註115〕〈後漢趙一非草書〉。張彥遠集《法書要錄》卷一，頁2。見楊家駱主編《唐人書學論著》（臺北市：世界書局，民64）。

酒值，計錢足而減之。〔註116〕

另一位梁鵠竊學師宜官，且因爲善書的緣故，官至選部尚書。《四體書勢》記漢末，時局動亂，鵠投奔劉表：「魏武帝破荊州，募求鵠。」當時不少人擁有梁鵠手跡，魏武帝對鵠書的喜愛是：「懸著帳中，及以釘壁玩之，以爲勝宜官。」〔註117〕

　　南朝宋明帝泰始年間書法家虞龢，奉詔與巢尙之、徐希秀、孫奉伯編次二王書，〈論書表〉部分文字敘述東晉末葉到劉宋間，幾位風靡王羲之父子法帖的情形：

> 桓玄耽玩不能釋手，乃撰二王紙迹，雜有縑素，正、行之尤美者，各爲一帙，常置左右。及南奔，雖甚狼狽，猶以自隨；擒獲之後，莫知所在。劉毅頗尙風流，亦甚愛書，傾意搜求，及將敗，大有所得。盧循素善尺牘，尤珍名法。西南豪士，咸慕其風，人無長幼，翕然尙之，家贏金幣，競遠尋求。於是京師三吳之迹頗散四方。羲之爲會稽，獻之爲吳興，故三吳之近地，偏多遺迹也。又是末年道美之時，……。新渝惠侯雅所愛重，懸金招買，不計貴賤，而輕薄之徒銳意摹學，以茅屋漏汁染變紙色，加以勞辱，使類久書，眞僞相糅，莫之能別。故惠侯所蓄，多有非眞。然招聚既多，時有佳迹。〔註118〕

從以上片段文字，不論桓玄、劉毅、盧循、新渝惠侯，蒐集、行徑、影響，縱有不同，我們可以得知人們對書法美的愛好。這種蒐集二王法帖的情形，經過南朝宋明帝、梁武帝的蒐集，綿延到唐朝。張懷瓘有〈二王等書錄〉專記其事。

　　同樣是虞龢〈論書表〉對於人們蒐集法書的心態，有如下的敘述：

> 臣聞爻畫既肇，文字載興，六藝歸其善，八體宣其妙。厥後群能間出，洎乎漢、魏，鍾、張擅美，晉末二王稱英。羲之書云：「頃尋諸名書，鍾、張信爲絕倫，其餘不足存。」

〔註116〕房玄齡等撰《晉書》（臺北市：鼎文書局，民68）卷三十六，頁1064。內容參考第三章第一節〈書論上的摹擬說〉梁鵠竊學師宜官。

〔註117〕同註116。

〔註118〕〈梁中書侍郎虞龢論書表〉。張彥遠集《法書要錄》卷二，頁14～15。見楊家駱主編《唐人書學論著》（臺北市：世界書局，民64）。按：虞龢非梁人，文中「孝武」係「宋孝正帝」，故當爲宋時。

又云：「吾書比之鍾、張，當抗行；張草猶當雁行。」羊欣云：「羲
之便是小推張，不知獻之自謂云何？」又云：「張字形不及右軍，自
然不及小王。」謝安嘗問子敬：「君書何如右軍？」答云：「故當勝。」
安云：「物論殊不爾。」子敬答曰：「世人那得知？」〔註119〕

這是一段比較中見眞章的文字。文分三節：第一節借王羲之的說法，過濾出
到王羲之止，傑出的書家唯有鍾繇、張芝而已。第二節，王羲之與鍾、張相
較，王羲之自認爲不相上下，「抗行」是同等、平行；「雁行」是如雁相次而
行。然而羊欣卻認爲張芝既不如王羲之，也不如獻之；影射後人超越前人。
第三節引謝安與王獻之的對話，王獻之自認超越父親，謝安頗不以爲然。在
虞龢的看法是：

夫古質而今妍，數之常；愛妍而薄質，人之情也。鍾、張方之二王，
可謂古矣，豈得無妍質之殊？且二王暮年皆勝於少，父子之間又爲
今古，子敬窺其妍玅，固其宜也。〔註120〕

他看到的是長江後浪推前浪，一代新人換舊人，王獻之勝出，理所當然。更
重要的是：他提出了人們對美追求的常態：「夫古質而今妍，數之常也；愛妍
而薄質，人之情也。」也看出愛美、求美是時尚的必然。清人錢泳《書學》
亦云：「一人之身，情致蘊於內，姿媚見乎外，不可無也；作書亦然。」並把
書法美的開始歸之於王羲之：「古人之書，原無所謂姿媚者，自右軍一開風氣，
遂至姿媚橫生，爲後世行草祖法。今人有謂姿媚爲大病者，非也。」〔註121〕
我們再看二王父子差別在哪裡？〈論書表〉有段文字：

獻之始學父書，正體乃不相似；至於絕筆章草，殊相擬類，筆迹流
懌，宛轉妍媚，乃欲過之。〔註122〕

「筆迹流懌，宛轉妍媚，乃欲過之」，簡單地說就是比父親的字更漂亮。另一
個比較性的文字，見於王僧虔的〈論書〉：

郗超草書亞於二王，緊媚過其父。〔註123〕

〔註119〕同註118。
〔註120〕〈梁中書侍郎虞龢論書表〉。張彥遠集《法書要錄》卷二，頁 14。見楊家駱
　　　　主編《唐人書學論著》（臺北市：世界書局，民64）。
〔註121〕〈書學・總論〉。錢泳撰《履園叢話》（臺北市：大立出版社，民71）十一上，
　　　　頁 295。
〔註122〕同註120，頁17。絕筆：絕妙的作品。殊相擬類：十分相似。流懌：流利。
〔註123〕〈南齊王僧虔論書〉。同註120，卷一，頁 9。

其父是指郗愔，而郗超是郗愔之子。郗愔是郗鑒之子，郗鑒女嫁王羲之，郗愔是羲之妻弟。郗愔亦善書，「章草亞於右軍。」〔註124〕郗愔與郗超之別，同於羲之與獻之，代表的是時代風尚朝向「妍媚」、「緊媚」的方向前進。我們從梁武帝與陶弘景來往的書啟中，可見當時的趨向：

> 世之學者宗二王，元常逸迹，曾不瞥眄。〔註125〕

> 比世皆高尚子敬書，……海內非惟不復知有元常，於逸少亦然。〔註126〕

唐朝張懷瓘的《書斷》，其中師法獻之而成名的書家，有宋文帝「規模大令」、羊欣「師資大令，時亦眾矣，非無雲塵之遠；若親承妙旨，入於室者，唯獨此公」、邱道護「親師於子敬」、薄紹之「憲章小王」、謝靈運「模憲小王」、孔琳之「師於小王」、齊高帝「祖述子敬」、蕭子雲「眞書少師子敬」、歐陽詢「眞行之書，雖於大令，亦別成一體」、虞世南「其書得大令之宏規」。〔註127〕此數書家，從南朝宋，歷齊、梁至初唐，時間不可謂不長。獻之的「媚」是他們追隨的目標。這就是尚美傾向，也是虞龢所說的人情之常。後來，明末董其昌以唐人詩的節律與書法相比，云：「唐人詩律與其書法類似，皆以穠麗爲主。」〔註128〕說明了書法崇尚優美的時代整體趨向。

右軍父子孰優執劣？眾所周知，到唐朝時，在太宗強力推崇王羲之下，扭轉了羲之的頹勢。其〈王羲之傳論〉先是批評歷來諸名家張芝、師宜官、鍾繇、王獻之、蕭子雲等，而後下的結論是：

> 此數子者，皆譽過其實。所以詳查古今、研精篆、素，盡善盡美，其惟王逸少乎！觀其點曳之工，裁成之妙，烟霏霧結，狀若斷而還連；鳳翥龍蟠，勢如斜而反直。翫之不覺爲倦，覽之莫識其端。心摹手追，此人而已；其餘區區之類，何足論哉！〔註129〕

唐太宗稱王羲之書跡「盡善盡美」，後孫過庭又爲它找到理論依據——中和：

> 志氣和平，不激不厲，而風規自遠。〔註130〕

〔註124〕 同註123。
〔註125〕 〈梁武帝觀鍾繇書法十二意〉。張彥遠集《法書要錄》卷二，頁 18〜19。見楊家駱主編《唐人書學論著》（臺北市：世界書局，民64）。
〔註126〕 〈陶隱居又啟〉。同註125，頁22。
〔註127〕 〈張懷瓘書斷中、下〉。同註125，卷八、九，頁130〜139。
〔註128〕 董其昌撰《容臺集》（四）（臺北市：國立中央圖書館，民57）頁1890。
〔註129〕 房玄齡等撰《晉書》（臺北市：鼎文書局，民68）卷八十，頁2108。
〔註130〕 孫虔禮《書譜序》（臺北市：國立故宮博物院，民76）頁29。

看起來不見特殊的評語，卻子建立的爲人標準，他說：「質勝文則野，文勝質則史。文質彬彬，然後君子。」〔註131〕也是古人選美的最高標準：「天下之佳人，莫若楚國；楚國之麗者，莫若臣里；臣里之美者，莫若臣東家之子。東家之子，增之一分則太長，減之一分則太短。著粉則太白，施朱則太赤。」〔註132〕

　　相應於中和之美，書論中呈現相同的論調：傳爲歐陽詢的〈傳授訣〉、虞世南〈筆髓論〉，有相同的說法：

　　　　當審字勢，四面停均，八邊具備；短長合度，麤細折中；心眼準程，
　　　　疎密敧正。最不可忙，忙則失勢；次不可緩，緩則骨癡；又不可瘦，
　　　　瘦當形枯；復不可肥，肥即質濁。〔註133〕

　　　　太緩而無筋，太急而無骨，側管則鈍慢而肉多，豎筆則乾枯而露骨。

　　　　終其誤（按：當是「悟」字）也，篴而不銳，細而能壯，長者不爲有餘，
　　　　短者不爲不足。〔註134〕

歐陽詢、虞世南，都是生活在以美爲訴求的南朝與初唐。所形容的美，仔細分析，與孔子、宋玉的說法相同：不能冒犯一個「太」字。〔註135〕

　　盛唐至北宋，「惟觀神彩，不見字形」，「風神骨氣者居上，妍美功用者居下」的觀念興起〔註136〕，強調風神骨氣的結果，棄妍美字形於不顧，明朝祝允明對這種現象深惡痛絕，云：「宋初，能者尚秉昔榘，爰至中葉，大換顏面。雖神骨少含晉度，九往一居，在其躬尚可。邇來徒靡從，瀾倒風下，違宗戾祖，乃以大變。千載典謨，崇朝敗之，何暇哂之，亦應太息流涕耳。暨夫海濱殘照，顛謬百出，一二守文之外，怪形盈世，吾於是不能已於痛哭矣。」〔註137〕他的基本觀念以鍾、張、二王爲主軸，也就是妍美爲上，自然發出以上的言論。

〔註131〕　《上論》卷三，頁37。朱熹集註《四書集註》（臺北市：世界書局，民55）。
〔註132〕　〈登徒子好色賦一手並序〉。昭明太子撰《文選》（臺北縣板橋鎮：藝文印書館，民72）卷十九，頁274。
〔註133〕　〈歐陽詢傳授訣〉。王原祁纂輯《佩文齋書畫譜》（北京市：中國書店，民58）卷五，頁139。
〔註134〕　〈虞世南筆髓論〉。韋續編纂《墨藪》頁37。見楊家駱主編《唐人書學論著》（臺北市：世界書局，民64）。
〔註135〕　朱光潛著《談美》（台南市：信宏出版社，民76）頁87。
〔註136〕　分見〈張懷瓘文字論〉、〈張懷瓘書議〉。張彥遠集《法書要錄》卷四，頁70、67。見楊家駱主編《唐人書學論著》（臺北市：世界書局，民64）。按：表書家，唐爲張旭、顏眞卿，宋爲蘇軾、黃庭堅。
〔註137〕　祝允明〈書述〉。王原祁等纂輯《佩文齋書畫譜》（北京市：中國書店，民1984）卷十，頁267。

在時代風尚之下，想脫離這個範圍的書家，如張融，《南史》載：「融善草書，常自美其能。帝曰：『卿書殊有骨力，但恨無二王法。』答曰：『非恨臣無二王法，亦恨二王無臣法。』……常歎云：『不恨我不見古人，所恨古人又不見我。』」〔註138〕無二王法的後果，在同一世代庾肩吾的〈書品〉，張融被列名「下之中」。

顏眞卿之爲後世推崇，原因在於人品，至於書跡，李後主云：「眞卿之書，有楷法而無佳處，正如叉手並腳田舍漢耳。」〔註139〕明朝楊愼《墨池璅錄》云：「書法之壞。自顏眞卿始，自顏而下，終晚唐無晉韻矣。」〔註140〕

北宋尚意大家的蘇軾與米芾，項穆評云：「蘇似肥豔美婢，擡作夫人，舉止邪陋而大足，當令掩口。米若風流公子，染患癩疾，馳馬試劍而叫笑，旁若無人。」〔註141〕

南宋後，人們漸漸從唐、宋諸賢，又回到王羲之或王羲之影響下的講求中和之路。如明朝解縉《春雨雜述》云：

> 昔右軍之敘《蘭亭》，字既盡美，尤善布置，所謂增一分太長，虧一
> 分太短。魚鬣鳥翅，花鬚蝶芒，油然粲然，各止其所。縱橫曲折，
> 無不如意，毫髮之間，直無遺憾。近時惟趙文敏公深得其旨，而詹
> 逸菴之於署書亦然。今欲增減其一分，易置其一筆、一點、一畫，
> 一毫髮高下之間，闊隘偶殊，妍醜迥異。〔註142〕

「增一分太長，虧一分太短」是上文宋玉〈登徒子好色賦〉中形容美女的名句，見前引，用之於此，很難不令人聯想書法美的形象。文中的趙文敏公即趙孟頫，詹逸菴即詹希元。作者以此二人分別代表元朝及明朝初年的書家，也代表元及明初的書風傾向。〔註143〕明末風行至清的董其昌，也是以美取勝。

〔註138〕〈張融傳〉。李延壽撰《南史》（臺北市：鼎文書局，民68）卷三十二，頁835。

〔註139〕鄭杓述、劉有定釋《衍極》卷三，頁279。見楊家駱主編《宋元人書學論著》（臺北市：世界書局，民61）。

〔註140〕楊愼《墨池璅錄》卷三。見永瑢、紀昀等撰《欽定四庫全書》（上海市：上海古籍出版社，1987）816冊，頁6。

〔註141〕項穆撰《書法雅言》頁49。見楊家駱主編《明人書學論著》（臺北市：世界書局，民62）。

〔註142〕解縉撰《春雨雜述》頁3～4。同註141。

〔註143〕《四友齋書論》：「宋時，惟蔡忠惠、米南宮用晉法，亦只是具體而微，直至元時有趙集賢出，始盡右軍之妙，而得晉人正脉。」何良俊《四友齋書論》頁7。解縉撰《春雨雜述·書學傳授》：「吳興趙文敏公孟頫……康里平章

清初陳奕禧對董書的評語是:「董字如月下美人折名花,虛無綽約,在不即不離處會心,自是天授聰明姿色。」〔註144〕美而又有適當的距離,比之中和美,又加距離感,如此的美,又有多少人能拒絕?

清末民初康有爲的《廣義舟雙楫》云:「人未有不爲風氣所限者。」「夫古今風氣不同,人生其時,輒爲風氣所局。」〔註145〕誠爲確論。

三、受南北影響

最早提出不同地域,導至風格不同的紀載,是《左傳‧襄公二十九年》紀載季札觀樂。〔註146〕其後,戰國末期的《呂氏春秋‧音初》篇雖說音有南北,但也有東西。最早明白標示南北之異的,可能是漢朝戴聖編輯的《禮記》,〈中庸〉有一段孔子與子路的對話:

> 子路問強。子曰:「南方之強興,北方之強興,抑而強與?寬柔以教,
>
> 不報無道,南方之強也:君子居之。衽金革,死而不厭,北方之強
>
> 也:而強者居之。……」〔註147〕

這原本是討論何謂強者的一段話,卻已經揭示南方與北方的不同:南方優柔而北方強悍。

本單元所言,不在個別人物,也不在個別地區,而在整體塊面的南北。「東部和西部雖然也有差異,但相對說來,不那麼顯著。」〔註148〕

文學中,產生於春秋時期的《詩經》和戰國時期的《楚辭》,分野就不僅僅是南音與北音,而且成爲南北文學的代表,兩種不同詩體形式的典範,後世常用「風」、「騷」對舉來區別它們的特徵。

《詩經》按音樂性質,分風、雅、頌。風有十五國風,除「周南」、「召南」地處汝水、漢水一帶,其餘都在北方;雅是天子所在京都的樂歌;頌分

子山得其奇偉……子山在南臺時,臨川危太樸、饒介之得其傳授,而太樸以教宋璲仲珩、杜環叔循、詹希元孟舉。」解縉撰《春雨雜述》頁5。以上並見楊家駱主編《明人書學論著》(臺北市:世界書局,民62)。

〔註144〕陳奕禧《綠陰亭集》。崔爾平選編《明清書法論文選》(上海:上海書店,1994)頁487。

〔註145〕康有爲撰《廣藝舟雙楫》頁15、29~30。見楊家駱主編《近人書學論著》(臺北市:世界書局,民73)。

〔註146〕楊伯峻著《春秋左傳注》(臺北市:源流文化事業,民71)頁1161~1165。

〔註147〕《中庸》頁6。朱熹集註《四書集註》(臺北市:世界書局,民55)。

〔註148〕袁行霈著《中國文學概論》(臺北市:五南圖書出版公司,民77)頁41。

周頌、魯頌、商頌，都是北方王侯祭祀用的樂歌。因此，代表北方文學。

「楚辭」這個名稱，本身就已經標注是楚地的歌辭，具有濃厚的地方色彩。宋代黃伯思在〈新校楚辭序〉云：「蓋屈、宋諸騷，皆書楚語，作楚聲，紀楚地，名楚物，故可謂之楚辭。」〔註149〕概括說明了楚就是南方楚國的風土人情。因此是代表南方文學。

（一）文論中的南北

文論中明白標示南北比對的，已經是唐朝的事。唐李延壽《北史‧文苑傳序》云：

> 暨永明、天監之際，太和、天保之間，洛陽、江左，文雅尤盛。彼此好尚，互有異同。江左宮商發越，貴於清綺；河朔詞義貞剛，重乎氣質。氣質則理勝其詞，清綺則文過其意。理勝者便於時用，文華者宜於詠歌。此其南北詞人得失之大較也。〔註150〕

北方陽剛、南方陰柔，不同的地性，產生不同的人文：「江左宮商發越，貴於清綺；河朔詞義貞剛，重乎氣質。氣質則理勝其詞，清綺則文過其意。理勝者便於時用，文華者宜於詠歌。」引文分出的是南朝與北朝的差異，在於地域之別。文論分南北的開始，當是由於史學家以歷史眼光綜論過往。

晚唐弘法大師的《文鏡秘府論》，也試圖從歷史的演變看南北：

> 夫子演《易》，極思於〈繫辭〉，言句簡易，體是詩骨。夫子傳於游、夏，游、夏傳於荀卿、孟軻，方有四言、五言，效古而作。荀、孟傳於司馬遷，遷傳於賈誼。誼謫居長沙，遂不得志，風土既殊，遷逐怨上，屬物心興，少於《風》、《雅》；復有騷人之作，皆有怨刺，失於本宗。乃知司馬遷爲北宗，賈生爲南宗，從此分焉。〔註151〕

空海，日人，俗名佐伯眞魚，密宗灌頂法名遍照金剛，諡號弘法大師。日本佛教僧侶，至中國學習唐密，是日本佛教眞言宗的開山祖師。說法似乎比照禪之南北二宗，可能不免牽強；至少他想從異國甚至方外人的視界，試圖爲我國文學的南北之異，找出淵源。

〔註149〕 呂祖謙詮次《宋文鑑》（臺北市：臺灣商務印書館，民72）九十二。見永瑢、紀昀等撰《欽定四庫全書》（上海市：上海古籍出版社，1987）1351 冊，頁80。

〔註150〕 李延壽撰《北史》（臺北市：鼎文書局，民68）卷八十三，頁2782。按：同樣字句，又見《隋書》卷七十六。

〔註151〕 〈論文意〉。弘法大師撰《文鏡秘府論》（臺北市：河洛圖書出版社，民65）南，頁128。

宋朝開科取士，比起唐代人數大增。進士一科，發覺西北人數偏少，司馬光建議「逐路取士」。〔註152〕歐陽脩即以風俗民情不同上書：

> 殊不知天下至廣，四方風俗異宜，而人性各有利鈍。東南之俗好文，故進士多而經學少；西北之人尚質，故進士少而經學多。所以科場取，東南多取進士，西北多取經學者，各因其材性所長，而各隨其多少取之。〔註153〕

科舉取士並非一科，歐氏之意宜就整體觀察。進士一科，錄取者多為東南；但「明經」一科，則是西北多而東南少。「各因其材性所長，而各隨其多少取之」，這是很公平的事。可見歐陽脩已經看出南北在文風上的不同。

金人元好問有〈論詩絕句三十首〉則從詩歌所見，證實南北差異：

> 慷慨歌謠絕不傳，穹廬一曲本天然。中州萬古英雄氣，也到陰山敕勒川。〔註154〕

特別表彰北朝樂府的〈敕勒歌〉：「敕勒川，陰山下，天似穹廬，籠蓋四野。天蒼蒼，野茫茫，風吹草低見牛羊。」〔註155〕另外在〈自題《中州集》後五首〉之一的：

> 鄴下曹劉、氣儘豪，江東諸謝韻尤高。若從華實評詩品，宋便吳儂得錦袍。〔註156〕

鄴下曹、劉指的是曹氏父子、劉楨等建安七子；江東諸謝當指謝靈運等人。吳儂，吳，今江蘇、浙江等地；儂，蘇州人稱你為儂。經常與軟語結合為吳儂軟語一詞，意謂江、浙、蘇州一帶的話聲音柔美細膩。「錦袍」一詞語出《隋

〔註152〕〈選舉考四〉。馬端臨撰《文獻通考》（臺北市：新興書局，民 52）卷三十一，頁 291～292。按：宋朝將地方分路、府、州、縣。逐路取士則人才平均分配。

〔註153〕同註 152，頁 292。

〔註154〕紀念元好問八百年誕辰學術研討會籌備會主編《元好問研究資料彙編》上（臺北市：文史哲出版社，民 79）卷十一，頁 523。

〔註155〕郭茂倩解題：「《樂府廣題》曰：『北齊神武功圍玉壁，士卒死者十四五。神武悲憤，疾發。周王下令曰：『高歡鼠子，親犯玉壁。劍弩一發，元凶自斃。』神武聞之，勉坐以安士眾。悉引諸貴，使斛律金唱〈敕勒〉，神武自和之。』其歌本鮮卑語，易為齊言，故其句長短不齊。」《樂府詩集》（臺北市：里仁書局，民 88）卷八十六，頁 1212。

〔註156〕〈自題《中州集》後五首〉。紀念元好問八百年誕辰學術研討會籌備會主編《元好問研究資料彙編》上（臺北市：文史哲出版社，民 79）卷十三，頁 601。

唐嘉話》〔註157〕，「奪錦袍」即奪冠，得榜首。「若從華實評詩品，未便吳儂得錦袍」的南方未必奪魁，結合〈敕勒歌〉，不難發現元好問爲北方人，不免揚北抑南，但是可看出在他心中有南與北之別。

元、明後風行的戲曲，也有南北。

元雜劇主要在北方形成，前期雜劇活動中心也在北方，大都、平陽、東平、眞定等北方城市是元雜劇創作演出的重鎮，故被稱北曲。王國維《宋元戲曲攷》統計：「六十二人中，北人四十九，而南人十三。而北人之中，中書省所屬之地，即今直隸、山東西產者，又得四十六人，而其中大都產者十九人；且此四十六人中，其十分之九，爲第一期之雜劇家。則雜劇之淵源也，自不難推測也。……至中葉以後，則劇家悉爲杭州人，……蓋雜劇之根本地，已移而至南方。」〔註158〕

與北曲相對應，在南方也有一種新的戲曲形式，這就是南戲。南戲在北宋末南宋初產生於溫州（永嘉），此外莆田、仙遊、漳州、泉州也是早期南戲活動的地區。元末瑞安（今溫州）人高則誠創作《琵琶記》成爲南戲之祖，與後來被稱爲元代四大南戲的「荊、劉、拜、殺」，共同成爲南戲的繁榮標誌。〔註159〕

關於北曲和南曲的不同，明王世貞《曲藻》序云：「北主勁切雄麗，南主清峭柔遠」，更詳爲解說：

> 凡曲：北字多而調促，促處見筋；南字少而調緩，緩處見眼。北則辭情多而聲情少，南則辭少而聲情多。北力在絃，南力在板；北宜和歌，南宜獨奏；北氣易粗，南氣易弱。〔註160〕

王驥德《曲律》亦云：

> 南北二腔，天若限之。北之沉砥，南之柔婉，可畫地而知也。北人工篇章，南人工字句。工篇章，故以氣骨勝；工字句，故以色澤勝。〔註161〕

〔註157〕劉餗撰《隋唐嘉話》頁10：「武后遊龍門，命群臣賦詩，先成者賞錦袍。左東方虯既拜賜，坐未安，宋之問詩復成，文理兼美，左右莫不稱善，乃就奪袍衣之。」見《筆記小說大觀》（臺北市：新興書局，民65）。

〔註158〕王國維著《宋元戲曲攷》（臺北縣板橋市：藝文印書館，民63）頁99。

〔註159〕以上參考白顯鵬〈南北地域對中國古代文學發展的影響〉。見《內蒙古民族大學學報》2010年3月第36卷。第2期。

〔註160〕王世貞撰《曲藻》。楊家駱主編《歷代詩史長編二輯》（臺北市：中國學典館復館籌備處出版：鼎文經銷，民63）四，頁25、27。

〔註161〕〈雜劇〉。王驥德《曲律》。楊家駱主編《歷代詩史長編二輯》（臺北市：中國學典館復館籌備處出版：鼎文經銷，民63）四，頁146。

不僅戲曲，明朝主張師法唐宋大家的唐順之，也有地域之論：

> 西北之音慷慨，東南之陰柔婉，蓋昔人所謂係水土之風氣，……若
> 其音之出於風土之固然，則未有能相易者也。故其陳之，則足以觀
> 其風；其歌之，則足以貢其俗。〔註162〕

他的意思是如果風土影響不可改變，那麼就作品足可觀察一地的風俗。這樣，又回到戰國末期《呂氏春秋》的說法。那麼，地域風土影響於人者，已成定論。

　　之所以如此者，郭紹虞的《中國文學批評史》舉出理由有三：「（1）地域上的關係。刑劭〈蕭仁祖集序〉云：『自漢逮晉，情賞猶自不諧；江北、江南，意製本應相詭。』則南北好尚之雅有異同，固是不足怪的。……（2）習俗上的關係。南人鶩新，北人篤古，所以北學每存兩漢之餘風，南人則深受魏、晉之影響。……承兩漢餘風者大率質樸；受魏、晉影響者大率清浮。……（3）政治社會上的關係。南朝半壁江山，尚能偏安，而北朝時則多戰事，不遑寧處。……。」〔註163〕

　　人生天地間，要逃出時空之別，何其困難！明初李東陽已經說過：

> 漢、魏、六朝、唐、宋、元詩，各自為體。譬之方言，秦、晉、吳、
> 越、閩、楚之類，分疆畫地，音殊調別，彼此不相入。此可見天地
> 間，氣機所動，發為音聲，隨時與地，無俟區別，而不相侵奪；然
> 則人囿於氣化中，而欲超乎時代土壤之外，不亦難乎！〔註164〕

這段引文貫穿時風與地域，可以證明人之所同。

（二）書論中的南北

　　書論中最早紀載地域之別的，可能屬顏之推的《顏氏家訓・雜藝》云：「晉、宋以來，多能書者。故其時俗，遞相染尚，所有部帙，楷正可觀，不無俗字，非為大損。至梁天監之間，斯風未變；大同之末，訛替滋生。蕭子雲改易字體，郡陵王頗行偽字；朝野翕然，以為楷式，畫虎不成，多所傷敗。至為一字，唯見數點，或妄斟酌，逐便轉移，爾後墳籍，略不可看。北朝喪亂之餘，

〔註162〕〈東川子詩集序〉。唐順之撰《荊川先生文集》（臺北市：臺灣商務印書館，民56）卷十，頁201。見王雲五主編《四部叢刊・初編・集部》85冊。

〔註163〕郭紹虞著《中國文學批評史》（臺北市：盤庚出版社，民67）上卷，頁169。

〔註164〕李東陽撰《麓堂詩話》。丁福保編訂《歷代詩話續編》（臺北市：木鐸出版社，民73）頁1383。

書迹鄙陋，加以專輒造字，猥拙甚於江南。乃以『百念』爲『憂』，……如此非一，遍滿經傳。」〔註165〕文中雖南北對照，但是重心在南北訛字的發展。對於書法異體字的產生有其作，卻不見地域與書風間的差異。開始注意地域書風之別的，大概自宋朝始。歐陽脩《集古錄》云：

南朝諸帝，筆法雖不同，大率意思不遠，眇然都不復有豪氣，但清婉，若可佳耳。

南朝士人氣尚卑弱，字書工者，率以纖勁清媚爲佳。

自隋以前，碑誌……文辭鄙淺，又多言浮屠，然獨其字畫往往工妙，惟後魏、北齊差劣，而又字法多異。〔註166〕

《集古錄》其實即爲《集古錄跋尾》，是現存最早的金石著作。歐陽脩將收集的金石銘刻眞跡搨本，裝裱成軸，因爲捲軸是隨得隨錄，而於每條之下附列原來卷帙的次第，並有更易補正之處。既然是針對金石銘刻，以上二則引文，自然是南北朝金石書法呈現的現象。第一則說明的是南朝諸帝書風，第二則南朝士人自然是上有好者，下必有甚，共同組成南朝風格。至於北方，歐陽脩並未多著墨，只言「差劣」，究竟如何？不明。南宋葉廷珪《海錄碎事》記一則：「北齊朝會後，諸郡守勞訖，遣陳事宜，字有謬誤及書跡濫劣，必令飲墨水一升。」〔註167〕或許可供參考。歐陽脩的跋文，至少說出部分地域化的風格。

北方的書風出現在黃伯思的《東觀餘論》。其〈論書六條〉之一云：

後魏、北齊人書，洛陽故城多有遺蹟，雖差近古，然終不脫氈裘氣。

〔註168〕

後魏、北齊分別爲鮮卑人拓跋珪、高洋所建立。氈裘本指毛織品，北方天寒，胡人多著毛衣，因此氈裘氣意謂胡人氣息。黃伯思下文云：「文物從永喜來，自北而南，故妙書皆在江左。」永嘉即永嘉之亂，文物南遷，因此「妙書皆在江左」，反之，即江北胡人所據，氈裘氣自非華夏文明所應有。

〔註165〕顏之推撰《顏氏家訓》（臺北市：臺灣中華書局，民57）卷七，頁8。

〔註166〕分見《集古錄跋尾》之〈雜法帖六首〉、〈宋文帝神道碑〉、〈後魏神龜造像記〉。歐陽脩撰《歐陽脩全集》（臺北市：河洛圖書出版社，民64）卷六，頁66；卷五，209；卷五，212。

〔註167〕〈文學部下·書札門〉。葉庭珪撰《海錄碎事》卷十九。永瑢、紀昀等撰《欽定四庫全書》（上海市：上海古籍出版社，1987）921冊，頁811～812。

〔註168〕黃伯思撰《宋本東觀餘論》（北京：新華書店北京發行所，1988）頁149。下引文同此。

對於北朝書，稱氈裘氣，並非《東觀餘論》如此，楊慎《墨池鑠錄》亦云：「丁道護襄陽《啓法寺碑》最精，歐、虞之所自出。北方多朴，而有隸體，無晉逸，謂之氈裘氣。蓋骨骼者，書法之祖；態度者，書法之餘也。氈裘之喻，謂少態度耳。」〔註 169〕

再見到有關南北之異，已經是晚明。先是董其昌在《畫禪室隨筆》提出畫有南北的觀念，明末清初馮班的《鈍吟書要》接續董氏之說，云：「畫有南北，書亦有南北。」〔註 170〕倪後瞻的《倪蘇門筆法論》言之較詳：

> 畫家有南北派，書家不然，然在今日，則誠有南北之異。王雙白曰：
> 「覺斯，河南人，橫得書家重名；又爲尊官，故彼中之嚮往者眾耳。
> 所以北方五省之人推覺斯爲羲、獻，信耳信口，不知書法爲何物，
> 故膽大心粗，妄加評論。」〔註 171〕

覺斯，王鐸字。生於明神宗萬曆二十年（1592），卒於清世祖順治九年（1652）。同書對王鐸略作說明：「河南孟津人。進士，弘光時宰相，入清爲禮部尚書。學二王草書，其字以力爲主，淋漓滿志，所謂能解章法者是也。北京及山東、西、秦、豫五省，凡學書者以爲宗主。雙白曰：『晉、魏瀟疏秀工之致，彼中人何能知之？』洵北方之學也。」〔註 172〕我們結合兩段文字，可以理解，在倪後瞻生活的清初，書法界北方是王鐸的天下，風靡北方五省；南方相應的是董其昌爲主，董氏爲松江華亭人。南方重「瀟疏秀工」，北方則是「以力爲主」。明顯可見南北之異。

氈裘氣可能一直是書法界對北方書法，或書法含有北方意味的評價。如清人徐用錫云：「近書家，江、浙人數三家：姜葦間、陳香泉、何義門。……陳知用筆，點畫有功，只好古字，反墜河北氈裘氣。」陳香泉即陳奕禧，書法界崇拜的王羲之，在他的看法，「王氏一門，無不善書者，由於所習深也。江東風氣移人，至今操翰者不乏，但筆墨閒少北朝古法。」〔註 173〕陳氏爲海寧望族，代有聞人，蒐藏碑版文字極爲豐富，並生當陳氏極盛時期，

〔註 169〕永瑢、紀昀等撰《欽定四庫全書》（上海市：上海古籍出版社，1987）816 冊，頁 3。

〔註 170〕馮班撰《鈍吟書要》頁 7。見楊家駱主編《清人書學論著》（臺北市：世界書局，民 61）。

〔註 171〕《倪蘇門筆法論》。崔爾平選編《明清書法論文選》（上海：上海書店，1994）頁 423。

〔註 172〕同註 171，頁 416。

〔註 173〕〈論王帖〉。陳奕禧撰《隱綠軒題識》（北京市：中華書局，1985）頁 3。

故與吉金樂石交，手摹心追數十年。「予每學蔡、梁等法，且歷觀北朝、江左諸家之製，融會變態，遂成一體，非篆非隸。善鑒者賞其能，寡識者嗤其怪。」〔註174〕在他的時代，他已經注意到向北朝書法，並且與南方書法極盛之地江左結合，融會變通，但是獲得的評價卻是「墜河北氈裘氣」。楊賓《大瓢偶筆》評宋曹曰：「大瓢偶筆云：宋射陵父子雖有氈裘氣，然亦江北之傑。」又評傅山曰：「書法晉魏，正行草大小悉佳，曾見其卷幅冊頁，絕無氈裘氣。」〔註175〕宋曹與傅山，都是明末清初人。有，固然不失爲「江北之傑」；沒有，更好。氈裘氣存有貶意，可以想見。

清朝嘉、道年間，魏、齊、周、隋時期之碑，新出土甚多。阮元結合有關史書資料作〈南北書派論〉，將往昔人們認爲的氈裘氣，一躍而成爲「中原古法」：

> 元謂：……蓋由隸字變爲正書、行草，其轉移皆在漢末、魏、晉之間；而正書、行草之分爲南、北兩派者，則東晉、宋、齊、梁、陳爲南派，趙、燕、魏、齊、周、隋爲北派也。……南派乃江左風流，疏放妍妙，長於啓牘，減筆至不可識。而篆隸遺法，東晉已多改變，無論宋、齊矣。北派則是中原古法，拘謹拙陋，長于碑榜。而蔡邕、韋誕、邯鄲淳、衛覬、張芝、杜度篆隸、八分、草書遺法，至隋末唐初，猶有存者。〔註176〕

作者之意，漢末、魏、晉之間，隸書轉變爲正、行、草，而西晉滅亡，東遷江左之後到隋統一之前是爲南派，北方五胡亂華，留下的漢人承續華夏文化是爲北派。南派書風「疏放妍妙，長於啓牘」，至於「篆隸遺法」，漸行漸遠。北派「拘謹拙陋，長於碑榜」，係「篆隸、八分、草書遺法」，也即「中原古法」。由此，並衍生出「北碑南帖論」，風靡清末民初。比較應當碑版對碑版，啓牘對啓牘，作者所言是否有待思慮，姑且不論。〔註177〕我們去除「所長」，

〔註174〕《綠蔭亭集‧臨郭孝子碑》崔爾平選編《明清書法論文選》（上海：上海書店，1994）頁485。

〔註175〕楊賓撰、楊霈編次《大瓢偶筆》崔爾平選編《歷代書法論文選續編》（上海：上海書店，1999）頁536、535。

〔註176〕《揅經室三集》卷一〈南北書派論〉，頁553。阮元撰《揅經室集》（臺北市：臺灣商務印書館，民56）。

〔註177〕按：清人沈道寬亦不從南北地域之別論此事：「阮芸臺相國言北人學碑南人學帖。余以爲大字宜學碑，小字宜學帖；隸、楷宜學碑，行、草宜學帖。」沈道寬撰《八法筌蹄》。見崔爾平選編《明清書法論文選》（上海：上海書店，

則南派「疏放妍妙」，北派「拘謹拙陋」，應該與傳統認為南方以二王為主，趨向妍美；北方含「氈裘之氣」，則相去不遠。南北地域書風之別，卻因此成立。

至劉熙載《藝概》論南北，則云：

> 「篆尚婉而通」，南帖似之；「隸欲精而密」，北碑似之。
>
> 北書以骨勝，南書以韻勝。然北自有北之韻，南自有南之骨也。
>
> 南書溫雅，北書雄健。南如袁宏之牛渚諷詠，北如斛律金之《敕勒歌》。〔註178〕

「篆尚婉而通」，「隸欲精而密」，語出《書譜》，原指篆書與隸書的特色，這理借指南北書風。「南如袁宏之牛渚諷詠，北如斛律金之《敕勒歌》」，則以南朝人的風雅與北朝人的高亢為喻。以上引文，文句皆兩兩相對，平行對待，完全不見重南輕北之態。

四、受個性影響

所謂個性就是個別性、個人性，就是一個人在思想、性格、品質、意志、情感、態度等方面不同於其他人的特質。這個特質表現於外就是這個人的言語方式、行為方式和情感方式等等。任何人都有個性，也只能是一種個性化的存在。既然個性是如此，自然產生對應的風格。不過，個性有其先天，也有因後天環境而成，本論文一併歸之於「個性」一詞之內。

最早涉及個性與風格之間的論述，可能推《易·繫辭下》的：

> 將叛者其辭慚，中心疑者其辭枝。吉人之辭寡，躁人之辭多。誣之
> 人其辭游，失其守者其辭屈。〔註179〕

文中首兩句及末兩句或許是一時心理狀況，中間兩句卻是結結實實談到什麼樣的個性產生什麼樣的言辭。如果我們從寬看待，前後四句，雖是一時情緒，仍不免是其人必有是辭的現象。因此，仍不免個性影響。

1994）頁 801。康有為亦評阮元之論曰：「妄以碑帖為界，強分南北也。」康有為撰《廣藝舟雙楫》頁 29。見楊家駱主編《近人書學論著》（臺北市：世界書局，民 73）。

〔註178〕 劉熙載撰《藝概》（臺北市：廣文書局，民 58）卷五，頁 10。袁宏少時孤貧，以運租為業。鎮西將軍謝尚鎮守生渚，秋夜乘月泛江，聽到袁宏在運租船上諷詠他自己的詠史詩，非常讚賞，於是邀宏過船傾談，直到天明。此弔形容南人的風雅。

〔註179〕 王弼、韓康伯注、孔穎達疏《周易注疏》（臺北市：臺灣學生書局，民 56）卷八，頁 715。

（一）文論中的個性

其後，《史記・屈原賈生列傳》司馬遷評《離騷》曰：

> 其志絜，故其稱物芳。其行廉，故死而不容自疏。濯淖汙泥之中，
> 蟬蛻於濁穢，以浮游塵埃之外，不獲世之滋垢，皭然泥而不滓者也。
> 推此志也，雖與日月爭光可也。〔註180〕

這已經是實實在在就個性論文章；文章受個性影響朗然可見。

文論興起，最早涉及個性者，是屬曹丕的《典論・論文》：

> 文以氣為主。氣之清濁有體，不可力強而致。譬諸音樂，曲度雖均，
> 節奏同檢，至於引氣不齊，巧拙有素，雖在父兄，不能以移子弟。
> 〔註181〕

這段文字並未出現「個性」字樣，所謂的「氣」，當是同意。總體說明才氣不可勉強，而口氣有清濁，清濁不同，縱使同是父母所生，所寫作品自有清濁之異。這個先天氣之清濁不同，就產生風格的差異。誠如郭紹虞〈文氣的辨析〉一文中所言：「曹丕之論文氣，就才氣言，所以清濁有體，而巧拙有素。……要之都就作者的稟賦而言。易以現代用語，即是論作者先天的個性的問題。」〔註182〕

我們理解曹丕的「氣」後，再來看〈論文〉這篇文章，可以理解，應瑒的「和而不壯」、劉楨的「壯而不密」，以及「孔融體氣高妙，有過人者」，其來源係來自作者的個性；因此，人的個性有別，風格自然不同。個性不獨左右風格，也左右人所擅長的文體：「奏議宜雅，書論宜理，銘誄尚實，詩賦欲麗。此四科不同，故能之者偏也。」意謂由於作者個性的不同，不可能四科皆能。因此，王粲、徐幹、陳琳、阮瑀，各有所擅。

又其後，陸機〈文賦〉直接從作者的個性，說出一個大概：

> 誇目者尚奢，愜心者貴當，言窮者無隘，論達者唯曠。〔註183〕

好炫耀的人崇尚華豔，要稱心的人著重恰當，愛哭窮愁的人言雖盡而意有餘，生性通達的人，明豁空闊，無所拘滯：這是一種普遍的人性。到劉勰《文心雕龍・體性》則舉出往古的實例：

〔註180〕 司馬遷著《史記》（臺北市：建宏出版社，民67）卷八十四，頁2482。滋垢：
　　　　污垢。皭然：潔白貌。泥而不滓：染而不黑。比喻潔身自好，不受壞的影響。
〔註181〕 昭明太子撰《文選》（臺北縣板橋鎮：藝文印書館，民72）卷五十二，頁734。
〔註182〕 郭紹虞撰《照隅室古典文學論集》（臺北市：丹青圖書有限公司，民74），頁
　　　　105～113。
〔註183〕 昭明太子撰《文選》（臺北縣板橋鎮：藝文印書館，民72）卷十七，頁246。

　　賈生俊發，故文潔而體清。長卿傲誕，故理侈而辭溢。子雲沉寂，
故志隱而味深。子政簡易，故趣昭而事博。孟堅雅懿，故裁密而思
靡。平子淹通，故慮周而藻密。仲宣躁銳，故穎出而才果。公幹氣
褊，故言壯而情駭。嗣宗俶儻，故響逸而調遠。叔夜儁俠，故興高
而采烈。安仁輕敏，故鋒發而韶流。士衡矜重，故情繁而辭隱。觸
類以推，表裏必符。豈非自然之恆資，才器之大略哉？〔註184〕

以上所舉之例，幾乎網羅漢初至劉勰書寫《文心雕龍》前，代表性之作者。賈
生，賈誼；長卿，司馬相如；子雲，揚雄；子政，劉向；孟堅，班固；平子，
張衡；仲宣，王粲；公幹，劉楨；嗣宗，阮籍；叔夜，嵇康；安仁，潘岳；士
衡，陸機。劉勰各言其才性，而後形容其作品風格；並云「觸類以推，表裏必
符」，結尾反問「豈非自然之恆資，才氣之大略哉？」這個才氣，等同於曹丕之
言氣。既然郭紹虞已經為我們解釋，就是現代人所說的「個性」，則風格受個性
之影響，了然可見。類此之例，還見於〈明詩〉、〈詮賦〉、〈諸子〉等篇。

　　同是梁人，蕭統的《陶淵明集序》評陶詩云：

　　有疑陶淵明詩篇篇有酒，吾觀其意不在酒，亦寄酒為迹者也。其文
章不群，辭彩精拔，跌宕昭彰，獨超眾類，抑揚爽朗，莫之與京。
橫素波而傍流，干青雲而直上。語時事則指而可想，論懷抱則曠而
且真。加以貞志不休，安道苦節，不以躬耕為恥，不以無財為病。
自非大賢篤志，與道汙隆，孰能如此乎！〔註185〕

和司馬遷的稱讚屈原《離騷》相比較，豈不異曲同工？

　　隋末，王通《中說‧事君篇》云：

　　子謂文士之行可見：謝靈運小人哉，其大傲；君子則謹。沈休文小人
哉，其文冶；君子則典。鮑照、江淹，古之狷者也，其文急以怨。吳
筠、孔珪，古之狂者也，其文怪以怒。謝莊、王融，古之纖人也，其
文碎。徐陵、庾信，古之夸人也，其文誕。或問孝綽兄弟？子曰，鄙
人也，其文淫。或問湘東王兄弟？子曰，貪人也，其文繁。謝朓，淺
人也，其文捷。江摠，詭人也，其文虛。──皆古之不利人也。〔註186〕

〔註184〕劉勰撰、范文瀾注《文心雕龍注》（臺北市：開明書局，民57）卷六，頁8。
〔註185〕陶潛撰、李公煥箋註《箋註陶淵明集》（臺北市：中央圖書館，民80）頁4。
〔註186〕〈事君篇〉。王通撰、阮逸注《中說》（臺北市：廣文書局，民64）卷三，頁25～28。

這全然從文士之行論文士之文的風格。所謂「行」，是一個人言談舉止、衣食住行等各方面的散發，而它的緣由卻在於個性，等同標示出個性與作品之間的關係。王通先曰某人是「小人」，而後言「其文傲」、「其文治」，必其人本傲、本治，而後其文方如此。同理，必其人「古之狷者」，其文方「急以怨」；必其人「古之狂人」，而後其文「怪以怨」。以下「纖」之與「碎」，「夸」之與「誕」，「鄙」之與「淫」，「貪」之與「繁」，「淺」之與「捷」，「詭」之與「虛」，皆由此兩兩對應。

唐人一樣認為文章受個性影響。如殷璠編的《河嶽英靈集》所選薛據詩云：

據為人骨鯁有氣魄，其文亦爾。〔註187〕

薛據，唐詩人，與高適、岑參同時。殷璠編集時有薛據詩十首，從詩中可見風骨。殷璠認為薛據「為人骨鯁有氣魄」，因此其文亦如此。又如白居易評張籍古樂府：

言者志之苗，行者文之根，所以讀君詩，亦知君為人。〔註188〕

張籍，唐朝詩人。因出身貧寒，官職低微，能較多地接觸社會底層的民眾，所以所作樂府詩多批判社會，同情百姓的遭遇。在此句之前，白居易說：「讀君學仙詩，可諷放佚君。讀君董公詩，可誨貪暴臣。讀君商女詩，可感悍婦仁。讀君勤齊詩，可勸薄夫敦。上可裨教化，舒之濟萬民。下可理情性，卷之善一身。」頗為白居易等人所推崇，白居易稱讚為「尤工樂府詩，舉代少其倫」。「言」與「行」看起來不是說個性，但人的一生，無逃於言、行二字；一個人言、行就是個性的表現。言、行如此，詩亦如此。

范仲淹，北宋政治家、文學家、軍事家、教育家。對詩也認為與個性有關：

詩家者流，厥情非一。失志之人其辭苦，得意之人其辭逸，樂天之人其辭達，觀閔之人其辭怒。〔註189〕

並舉例如下：「如孟東野之清苦，薛許昌之英逸，白樂天之辭達，羅江東之憤怒。」東野為孟郊之字，生活貧困，與賈島並稱苦吟詩人代表。薛許昌官至尚書。唐朝開始正式設立中央政權體系，分別為：尚書省、門下省、中書省；而尚書省

〔註187〕殷璠編《河嶽英靈集》卷中。見永瑢、紀昀等撰《欽定四庫全書》（上海市：上海古籍出版社，1987）1332 冊，頁 44。

〔註188〕〈讀張籍古樂府〉。白居易著；朱金城箋校《白居易集箋校》（上海市：上海古籍出版，1988）頁 5。下引相同。

〔註189〕〈唐異詩序〉。范仲淹撰《范文正公集》（臺北市：臺灣商務印書館，民 54）卷六，頁 90。下引相同。觀閔：遭憂；遭災。

是最高行政機構，負責執行國家的重要政令，薛許昌之官位如此。樂天爲白居易之字，其個人修養，可用「知足」二字概括。即使是被貶謫至江州司馬，處於極不得志的時期，他仍能說出「今雖謫在遠郡，而官品至第五，月俸四五萬，寒有衣、饑有食，給身之外施及家人，亦可謂不負白氏之子矣！」〔註190〕以此自我寬解。江東爲羅隱之號。恃才傲物，爲公卿所惡。著作甚豐，其散文小品筆鋒犀利，詩頗有諷刺現實之意。以上四人都與生活環境有關，事實上，人的個性與周遭生活永遠有不可切割的關係。兩宋之交的張戒舉出一例：

> 摩詰性澹泊，本學佛而善畫，出則陪岐、薛諸王及貴主遊，歸則屧
> 飯輞川山水，故其詩於富貴、山林，兩得其趣。如「興闌啼鳥換，
> 坐久落花多」之句，雖不誇服食器用，而眞是富貴人口中語。〔註191〕

學佛者本當「心澹泊」，奈何他的環境又如此優渥，自然其詩風猶如「富貴人口中語」。

什麼樣的人，產生什麼樣的風格，令人妙絕的是南宋葉適以此爲人寫墓誌。葉適是永嘉學派的代表人物，其文雄贍，才氣奔逸，尤以碑版之作簡質厚重而著名當世。吳子良透漏葉氏爲人作誌也依其身分而有不同的個性描寫：

> 四時異景，萬卉殊態，乃見化工之妙。肥瘠各稱，妍淡曲盡，乃見
> 畫工之妙。水心爲諸人墓誌，廊廟者赫奕，州縣者艱勤，經行者粹
> 醇，辭華者秀穎，馳騁者奇崛，隱遁者幽深，抑鬱者悲愴。隨其資
> 質，與之形貌，可以見文章之妙。〔註192〕

水心爲葉適之號。身分的不同，是否必然有這種個性，這是另一個問題；不可否認長期的浸淫，個性以此養成，八九難離十。

明初，大儒宋濂論詩也認爲什麼樣的個性，產生什麼樣的風格：

> 詩，心之聲也。聲因於氣，皆隨其人而著形焉。是故凝重之人，其
> 詩典以則；俊逸之人，其詩藻而麗；躁易之人，其詩浮以靡；苛刻
> 之人，其詩峭厲而不平；嚴莊溫雅之人，其詩自然從容而超乎事物
> 之表。〔註193〕

〔註190〕 白居易〈與元九書〉。董誥等編《全唐文》（上海市：上海古籍出版社，1990）卷六百七十五，頁3053。

〔註191〕 張戒撰《歲寒堂詩話》（北京市：中華書局，1985）卷上，頁10。

〔註192〕 〈水心文章之妙〉。吳子良撰《荊溪林下偶談》卷三。見永瑢、紀昀等撰《欽定四庫全書》（上海市：上海古籍出版社，1987）1481冊，頁503。

〔註193〕 〈林伯恭詩集序〉。宋濂撰《宋學士全集》（北京市：中華書局，1985）卷六，頁188。

其弟子方孝孺有一篇〈張彥輝文集序〉，用《文心雕龍・體性》篇的方式，歷述自戰國至其師潛溪先生其文皆類其人。〔註194〕因文長，不具舉。不過，卻曾說出與葉適同樣觀念的話語：「予聞昔人論文有山林、臺閣之異。山林之文，其氣瑟縮而枯槁；臺閣之文，其體絢麗而豐腴。此無他，所處之地不同，而所托之興有異也。」〔註195〕

宋濂論作者個性以氣，似與曹丕「氣之輕濁有體，不可力強而致」之意相同。同樣是明季的謝榛，則以養氣作為不同風格的原因，云：

> 自古詩人養氣各有主焉。蘊乎內，著乎外，其隱見異同，人莫之辨也。熟讀初唐、盛唐諸家所作，有雄渾如大海奔濤，秀拔如孤峰峭壁，壯麗如層樓疊閣，古雅如瑤瑟朱絃，老健如朔漠橫雕，清逸如九皋鳴鶴，明淨如亂山積雪，高遠如長空片雲，芳潤如露蕙春蘭，奇絕如鯨波蜃氣，此見諸家所養之不同也。〔註196〕

言氣，尚需養，當不是出自天生之個性，似乎回到孟子養氣之說，也與前云葉適為人作誌，宋濂認為不同身分，其氣自互相呼應。日久，也成為個性。

屠隆認為一位作家希望「並駕前人，誇美後世」，這是人之所同，但是「賦材既定，骨格已成，即終身力爭，而足莫能改其本色，越其故步」。〔註197〕因此，他說：

> 夫詩者神來，故詩可以窺神。世之寥廓者語遠，端亮者語莊，寬舒者語和，褊急者語峭，浮華者語綺，清枯者語幽，踈朗者語暢，沉著者語深，譎蕩者語荒，陰騭者語險。〔註198〕

屠氏所謂的神，指的就是作者的性情。什麼樣的性情，產生什麼樣風格的語言。這無可言說的，屠氏稱之曰神。這個與人不同的神，讓人「讀其詩，千載而下如見其人。」既然如此，一位作者應當在自己的個性上下功夫，使人知其特色：「士不務養神而務工詩，刻畫斧藻，肌理粗具，氣骨索然，終不詣化境。」〔註199〕

〔註194〕按：宋濂，字景濂，號潛溪。

〔註195〕〈蔣錄事詩集後〉。宋濂撰《宋文憲全集》（臺北市：臺灣商務印書館，民56）卷十三，頁9。見王雲五主編《四部叢刊・初編・集部》88冊。

〔註196〕謝榛撰《四溟詩話》（北京市：中華書局，1985）卷三，頁41。

〔註197〕〈范太僕集序〉。屠隆撰《白榆集》（臺北市：偉文圖書出版社，民66）卷二，頁106。屠隆：明代文學家、戲曲家。

〔註198〕〈王茂大修竹亭稿序〉。同註197，卷三，頁151～152。寥廓：空曠深遠。陰騭：城府深。

〔註199〕同註198，頁152。

屠隆用到「氣骨」一詞，陸時雍也以「骨」論個性：

> 凡骨峭者音清，骨勁者音越，骨弱者音庳，骨微者音細，骨粗者音
> 豪，骨秀者音冽。聲音出於風格間矣。〔註200〕

看起來陸氏只是談聲音，不論詩與文，難道詩、文不是聲音的紀錄？而且聲
音比詩、文更近於人之本性。

清朝劉大櫆以神名之，以神支配氣：

> 行文之道，神爲主，氣輔之。曹子桓、曹子由論文以氣爲主，是矣。
> 然氣隨神轉，神渾則氣灝，神遠則氣逸，神偉則氣高，神變則氣奇，
> 神深則氣靜。故神爲氣之主。〔註201〕

或曰氣，或曰骨，或曰神，用語雖異，所指則一。個性之影響風格不勞先賢，
可以想見。其他像以上陸機、范仲淹、宋濂、謝榛、屠龍、陸時雍、劉大櫆
等人，採取什麼樣的個性產生什麼樣的風格方式來談個性與風格者，不可一
二數。如徐禎卿的《談藝錄》、李贄的《讀律膚說》、田同之的《西圃詞說》、
薛雪的《一瓢詩話》、惲敬的《靖節集書後二》等都有，不再贅述。

王士禎以提倡神韻聞名。他的詩論有三個主要方向：對現實的直覺領悟、
直覺的藝術表現及個人風格。引述宋代詩人兼作曲家和批評家姜夔之語，云：

> 「一家之言，自有一家風味，如樂之二十四調，各有韻聲，乃是歸
> 宿處。模仿者語雖似之，韻亦亡矣。」右論詩未到嚴滄浪，頗亦足
> 參微言。〔註202〕

音樂亦源自人之個性，音樂如此，詩文亦如此，或許可做個人風格的結束。

（二）書論中的個性

書論中最早提到書者天性的，大概推託名王羲之的〈晉天台紫眞筆法〉
一文：

> 書之器，必達乎道，……。陽氣明則華壁立，陰氣大則風神生。把
> 筆抵鋒，肇乎本性。〔註203〕

〔註200〕陸雍撰《詩鏡總論》。丁福保編訂《歷代詩話續編》（臺北市：木鐸出版社，
民73）頁1413。庳：低下。冽：清澄。

〔註201〕劉大櫆撰《論文偶記》。王水照編《歷代文話》（上海市：復旦大學出版社，
2007）第四冊，頁4107。

〔註202〕王貽上撰《漁洋詩話》卷上，頁12。丁福保編訂《清詩話》（臺北市：藝文
印書館，民54）。參：參透。

〔註203〕朱長文撰《墨池篇》卷一。永瑢、紀昀等撰《欽定四庫全書》（上海市：上海
古籍出版社，1987）812冊，頁625。

文中提到道、氣與本性。《易·繫辭上》云：「形而下者爲之氣，形而上者謂之道。」〔註204〕已經將「書之器，必達乎道」一句統合其二者之間的關聯。又云：「一陰一陽之謂道。」〔註205〕又開啓了下句：「陽氣明則華壁立，陰氣大則風神生。」在人身又有陰陽分數之別，兩種成分的多寡，造成人之本性；與曹丕「氣之輕濁有體」以輕濁之氣分體，多少有其相似之處。再次提到的，是虞世南的〈筆髓論〉：

> 字雖有質，跡本無爲，稟陰陽而動靜，體萬物以成形，達性通變，其常不主。〔註206〕

此處我們先可以理解「體萬物以成形」，屬於「本之自然」，「稟陰陽而動靜」則屬於「本之心性」。〔註207〕如此解釋，陰陽是人本身所稟，即是人的心性問題。人各不同，心性亦異，因此「其常不主」，不可能有定型。到這裡都可以理解，但還是欠缺明白。

第一位書者雖臨習前人，卻少不了自我本性流露的，是梁武帝。在〈觀鍾繇書法十二意〉云：

> 逸少至學鍾書，勢巧形密；及其獨運，意疏字緩，猶楚音習夏，不能無楚。〔註208〕

分號之前，說明王羲之學習鍾繇書跡，與鍾書的密合度；分號之後，是王羲之獨立自運，與鍾書頗有距離。他的結論：「楚音習夏，不能無楚。」已經養成的習性，總在字裡行間顯現出來。這是一個慣見的問題，至於什麼個性產生什麼現象？具體說出書法與個性之間關係的，是孫過庭的《書譜》：

> 雖學宗一家，而變成多體，莫不隨其性欲，便以爲姿。質直者，則
> 俓侹不遒；剛很者，又崛強無潤；矜斂者，弊於拘束；脫易者，失
> 於規矩；溫柔者，傷於軟緩；躁勇者，過於剽迫；狐疑者，溺於滯
> 澀；遲重者，終於蹇鈍；輕瑣者，染於俗吏。〔註209〕

〔註204〕王弼、韓康伯注、孔穎達疏《周易注疏》（臺北市：臺灣學生書局，民56）卷七，頁642。

〔註205〕同註204，頁601。

〔註206〕韋續編纂《墨藪》頁38。見楊家駱主編《唐人書學論著》（臺北市：世界書局，民64）。

〔註207〕按：二者相合以成書作，猶如第二章第一節〈本之自然的書論〉中的「意象」。

〔註208〕張彥遠集《法書要錄》卷二，頁19。見楊家駱主編《唐人書學論著》（臺北市：世界書局，民64）。

〔註209〕孫虔禮《書譜序》（臺北市：國立故宮博物院，民76）頁29。譯文見第二章

孫氏是以學宗一家，後隨書家各自「性欲」，變成多體。明初王紱也有同樣的論調：「有志乎道者，各得夫性之所近，又當識其所趨：趨於工整者，方圓中度，若有程式；趨於勁直者，陰陽仰覆，自為救應；趨於瀟灑者，漫誣出塵；趨於姿媚者，未能免俗；趨於古異者，襲篆籀之偏旁，節隸楷以自炫；趨於輕俊者，變筋力之重勢，學裊娜以矜奇；趨於放逸者，氣脈不相接續；趨於苟簡者，水墨難免合離；趨於剞削者，如使刀筆；趨於摹仿者，如學箕裘；趨於拖曳，左右纏繞，如鎮宅符；趨於樸素，態度湮沒，是氈裘氣；趨於枯燥，趨於癡肥，又其下者也。」〔註210〕個性的趨向，產生不種的書跡。與孫氏以王羲之的「志氣平和，不激不厲，而風規自遠」的「中和」為唯一的標準，而產生不同的結果，看似不同，在命意上無不相同。其所不同者在用字，「道」字玄虛；「中和」似較具體。

　　前人常以王羲之為唯一的標準，南唐李煜即曾以此評唐世諸家：

善法書者，各得右軍之一體，若虞世南得其美韻，而失其俊邁；歐陽詢得其力，而失其溫秀；褚遂良得其意，而失其變化；薛稷得其清，而失其拘窘；顏真卿得其筋，而失於粗魯；柳公權得其骨，而失於生獷；徐浩得其肉，而失於俗；李邕得其氣，而失於體格；張旭得其法，而失於狂；獻之俱得，而失於驚急，無蘊藉態度。〔註211〕

第二節〈書論中言情性〉。按：明人項穆就對這段文字又加申述：「夫人之性情，剛柔殊稟；手之運用，乖合互形。謹守者拘歛雜懷，縱逸者度越典則，速勁者驚急無蘊，遲重者怯鬱不飛，簡峻者挺掘鮮道，嚴密者緊實寡逸，溫潤者妍媚少節，標險者雕繪太苛，雄偉者固愧容夷，婉暢者又慚端厚，莊質者蓋嫌魯朴，流麗者復過浮華，駿動者似欠精深，纖茂者尚多散緩，爽健者涉茲剽勇，穩熟者缺彼新奇。此皆因夫性之所偏，而成其資之所近也。」項穆撰《書法雅言》頁 21～22。見楊家駱主編《明人書學論著》（臺北市：世界書局，民62）。

〔註210〕王紱撰《書畫傳習錄》。崔爾平選編《明清書法論文選》（上海：上海書店，1994）頁 41～42。

〔註211〕同註210，頁 29～30。蘊藉：形容風格情調委婉細膩，含蓄而有節制。按：項穆稍作修改，且延伸至元：「智永，世南得其寬和之量，而少俊邁之奇。歐陽詢得其秀勁之骨，而乏溫潤之容。褚遂良得其鬱壯之筋，而鮮安閒之度。李邕得其豪挺之氣，而失之竦窘。顏、柳得其莊毅之操，而失之魯獷。旭、素得其超逸之興，而失之驚怪。陸、徐得其恭儉之體，而失之顏拘。過庭得其逍遙之趣，而失之儉散。蔡襄得其密厚之貌，庭堅得其提衄之法，趙孟頫得其溫雅之態。然蔡過乎撫重，趙專乎妍媚，魯直雖知執筆，而伸腳挂手，體格掃地矣。」項穆撰《書法雅言》頁48～49。見楊家駱主編《明人書學論著》（臺北市：世界書局，民62）。

這是以不合乎王羲之中和的角度立說，明人王世貞則直接訴諸不可改變的習性：

> 唐文皇以天下之力募法書，以取天下之才習書學，而不能脫人主面目。玄、徽亦然。智永不能脫僧氣，歐陽率更不能脫酸餡氣，旭、素、顏、柳、趙吳興不能脫俗氣。〔註212〕

文中的玄、徽是指王羲之長子與五子玄之與徽之。在這裡意謂縱使是王羲之的親生骨肉，也不脫其本來面目。何況非親生血嗣的眾書家！事實上也因為以上敘述的優缺點，成就他們特有的風格。因此，個性影響書風，不可掩飾。

中庸蔡希綜〈法書論〉對於這種現象，即不從隸於一尊的角度，而從學習者自立門戶的角度論述：

> 始其學也，則師資一同，及爾成功，乃菁華各擅，亦猶綠葉紅花、長松翠柏，雖沾雨露，孕育于陰陽而盤錯森梢，芊茸艷逸，各入門自媚，詎聞相不臧，咸自我而作古，或因奇而立度。〔註213〕

文中說明，起始時共學一家，但是「孕育於陰陽而盤錯森梢」，這就是前文陰氣、陽氣分配比例，產生書家個性的不同，而有不同的結果，「菁華各擅」。

宋，歐陽脩雖非書界中人，對書法發自天性同樣抒其己見。其《筆說》云：

> 古人各自為書，用法同而為字異，……若夫求悅俗取媚，茲豈復有天真邪？唐所謂歐、虞、褚、陸，至於顏、柳，皆自名家，蓋各因其性，則為之亦不難矣。〔註214〕

「求悅俗取媚，茲豈復有天真邪？」歐陽脩不主張摹擬，因此他會說：「古人各自為書，用法同而為字異。」各抒自己個性，怎能不「皆自名家」？

元人韓性，為《書則》所寫的，也有一節透過性情，論述書法的文字：

> 書果有則乎？書，心畫也。短長瘠肥，體人人殊，烏可以一律拘也。書果無則乎？古之學者，殫精神，靡歲月，臨模倣效，終老而不厭，

〔註212〕《說部・藝苑卮言附錄二》頁 6992。王世貞撰《弇州四部稿》（臺北市：偉文圖書出版社，民65）卷一百五十三。

〔註213〕陳思《書苑菁華》卷十二。永瑢、紀昀等撰《欽定四庫全書》（上海市：上海古籍出版社，1987）814 冊，頁 118。盤錯森梢：盤根錯節，高聳挺拔。芊茸艷逸：或漂亮或飄逸。詎聞相不臧：哪聽過互相認為對方不好呢？自我而作古：不沿襲前人而自己創新。

〔註214〕《筆說・李晟筆說》。歐陽脩撰《歐陽脩全集》（臺北市：河洛圖書出版社，民64）卷五，頁 115。

亦必有其道矣。蓋書者，聚一以成形，形質既具，性情見焉。異者

其體，同者其理也，能盡其理，可以為則矣。〔註215〕

作者的意思，書法從形體上看，「短長瘠肥，體人人殊」，無法找出統一的形象。難道沒有任何原則嗎？為什麼自古以來，許多人窮盡歲月和心神學習而不厭倦？這中間一定有其道理。大概是「書者聚一以成形，形質既具，性情見焉。異者其體，同者其理也，能盡其理，可以為則矣。」「一」，袁裒引《老子》曰：「通乎一，萬事畢。」〔註216〕作者之說，當與袁裒所引相同。依文義，天地原本一個理，據理成形，成形後各有分別，也各見書者的「性情」。他的解釋，把同理的書法，經過學習，而產生的不同，做了哲學上的闡述，已經和〈天台紫真筆法〉的道、氣、本性相結合，也和其他談實際性格與書跡間關係相結合。也算是在這一議題上，做了結論。

這種觀念成了最普遍又最實在的。清初陳奕禧〈臨蔡忠惠〉有所得，云：

四家皆學顏，而各成其一家，此得其性之所近耳。〔註217〕

四家指宋四家：蘇軾、黃庭堅、米芾、蔡襄。同學顏真卿，卻各有不同，陳奕禧歸之於「得其性之所近」；至少不再說各得顏真卿之一體。若泛臨各家，是否就不見「性之所近」？不然，陳氏〈又論書〉之〈又〉云：

趙吳興宗李北海，雖無所不學，然終不脫括州氣味，此亦性相近也。

董華亭宗楊少師，亦無所不學，乃純乎《韭花》風度，此又功所到

也。〔註218〕

前人皆知趙孟頫於書無所不學，為什麼後人稱趙氏獨宗李邕，只因二者心性相近的緣故；觀董其昌書跡讓人聯想楊凝式的《韭花帖》，也是同樣道理。

楊賓《大瓢偶筆》提出書家與身分脫離不了關係：

帝王書有英偉氣，大臣書有臺閣氣，僧道書有方外氣，山林書有寒

儉氣，閨秀書有脂粉氣。〔註219〕

〔註215〕韓性〈書則序〉。李修生主編《全元文》（南京市：江蘇古籍出版社，1998-2005）
24冊，頁28。

〔註216〕袁裒〈題書學篆要後〉。蘇天爵編《元文類》（臺北市：世界書局，民51）卷
三十九，頁7。見第二章第二節〈書論言道體〉。

〔註217〕陳奕禧撰《隱綠軒題識》（北京市：中華書局，1985）頁8。

〔註218〕同註217，頁9。李邕，即李北海，也稱李括州。

〔註219〕《大瓢偶筆》卷八。崔爾平選編《歷代書法論文選續編》（上海：上海書店，
1999）頁584。

這個說法，最早可推到蘇軾。蘇軾有〈題晉武書〉跋文，云：「昨日閣下見晉武帝書，甚有英偉氣，乃知唐太宗書時有似之。魯君之宋，呼於垤澤之門。門者曰：『此非吾君也，何其聲之似無君也？』居移氣，養移體，信非虛語矣。」〔註220〕看起來是身分有別，書風有別，但加深究，此又繫乎環境移人。長久的浸淫，人的性格亦因此改變。

五、小結

任何影響藝術的風格都超不出外在與內在的範圍。這個外在與內在成因，本單元分為四項：政治、尚美、地域與個性。

政治與風格可以說是時代動向之一。文論可溯及遠古的先秦，由先秦的治亂，直接影響音樂風格的轉變。原古時期，詩、樂合一，樂風轉變，詩風必變。只是一以耳，一以目。降及後世，莫不如此。政治影響文風的另外一個重要原因即帝王。在「上有好者，下必甚焉」的常態心理下，可以想見當年君臣唱和的情況。科舉看來不像政治，卻是政治取士的重要方式，科舉的力量，其範圍之廣，時間之長，其影響於風格者遠過於帝王。書論在同樣的文化背景下，雖然被視為藝術的時間，遠不及文論；但是在實際發展的過程中，同樣找到帝王及科舉影響書風的實例，甚至包括中央臺閣對書風也有極大的影響力。文論、書論受政治影響，有目共見。

時代的動向，最為一般所追尋的共相是愛美。愛美是人的天性，如果我們從歷史縱向觀察，由漢至六朝，文論及書論成平行發展，唐、宋後文論部分古文興起，駢儷之風暫歇，但不絕如縷；書論部分唐、宋重神采，後仍為主妍麗之風的趙、董所掩，在整體時間點都呈平行之處。這未嘗不是整體社會審美風氣所使然，也是人心之必然。

地域性影響風格，自在意中。古人交通不便，一個人的行誼，有時終其一生不出百里。在封閉的社會，產生各地不同的風格，自屬必然。文中特別探討的，是南北大範圍的不同。選擇這樣的範圍，自然是為了擺脫各地所發生的小異。當人們能以南北兩個大範圍，以區別文學與書法的不同風格，自然是要等到人們的眼光以整個的中國為視界。文論發現的時間點已是大唐，而首先發覺的是史學家；史學家之所以能察覺，自然是大唐一統中國之後，

〔註220〕蘇軾撰《東坡題跋》卷四。楊家駱主編《宋人題跋》上（臺北市：世界書局，民81）頁111。

加上史學家綜論過往發生現象的緣故。宋朝歐陽脩之所以發現，除了帝國一統，更在於歐氏進入層峰之後，目光以整個帝國爲考量；書法上，首先發覺的也是歐陽脩，也在於他收集整理當時所能見到的碑石，集結成《集古錄》，視覺開闊，經過比較之後。不論發現的時間點是早是晚，以中國土地之大，各種藝術都不免南北之異，何況是文學與書法？

古人重視學習，書法尤其重視摹擬，但是仍難掩天性的流露。而在人格塑造期間，身分的不同，因爲長久的浸淫，也會影響一個人的本性。這類的文論與書論都可以找到相應的說法，文論引葉水心爲人作誌之語：「水心爲諸人墓誌，廊廟者赫奕，州縣者艱勤，經行者粹醇，辭華者秀穎」，從字面上未必十分清楚，如果比對書論所引楊賓《大瓢偶筆》：「帝王書有英偉氣，大臣書有臺閣氣，僧道書有方外氣，山林書有寒儉氣，閨秀書有脂粉氣。」〔註221〕「廊廟者」豈非帝王？「州縣者」豈非大臣？而「經行者」不正是僧道、山林之流，「辭華者」不正同閨秀？更有趣的是，其下形容詞赫奕對英偉、艱勤對臺閣、粹醇對方外寒儉、秀穎對脂粉，無不相合，而且比對之下，使語意更爲明晰。張戒的《歲寒唐詩話》即總括各類藝術云：「詩、文、字、畫，大抵從胸臆中出。」〔註222〕意謂什麼樣的個性，產生什麼樣的風格，這是其他人無法取代的。

總總跡象，都顯示文論與書論在在受政治、愛美、地域及作者個性所影響。其中內在因素雖然只有一個，卻最爲重要。所謂江山易改，本性難移。

此外，風格中有一種特殊的現象，一併附此。蘇軾〈書黃子思詩集後〉云：「予嘗論書，以謂鍾、王之跡，蕭散簡遠，玅在筆畫之外。至唐顏、柳，始集古金（當作「今」）筆法而盡發之，極書之變，天下翕然以爲宗師，而鍾、王之法益微。至於詩亦然。蘇、李之天成，曹、劉之自得，陶、謝之超然，蓋亦至矣。而李太白、杜子美以英瑋絕世之姿，凌跨百代，古今詩人盡廢，然魏、晉以來高風絕塵，亦少衰矣。」〔註223〕蘇軾之說意謂一個新風格的形成，也是舊風格的結束。語中引書法以證明詩亦如此。元朝劉有定也有相同的意念，《衍極》注云：「右軍書成，而漢、魏、西晉之風盡廢。右軍固新奇

〔註221〕《大瓢偶筆》卷八。崔爾平選編《歷代書法論文選續編》（上海：上海書店，1999）頁584。

〔註222〕張戒撰《歲寒堂詩話》（北京市：中華書局，1985）卷上，頁8。

〔註223〕〈書黃子思詩集後〉。蘇軾著《東坡題跋》（臺北市：世界書局，民81）卷二，頁81～82。

可喜，而古法之廢，實自右軍始，亦可恨也。」〔註224〕這或許就是《文心·通變》所說的「諸如此類，莫不相循，參伍因革，通變之數也。」〔註225〕若非書法與詩有其會通，又如何類比？

第二節　呈現方式

　　風格的特性是多樣化、個性化，要單獨探討，因爲太廣，有其困難。這裡呈現三種比較特殊的方式：一是類型，二是源流，三是統緒。類型是將現有作者、書者之作品，分析風格有多少類別，互相之間並不統屬。源流顧名思義則是就作者、書者作品的風格，追溯其產生的源頭及流派。三是人們將某些作者、書者風格歸於一個統緒之下，代表文學上的或書法上的正統。

一、風格類型

　　這種方式僅僅單純地將作品分類；只是自古以來，這種類型的文論或書論，數量都不算多。

（一）文論類型

　　曹丕〈論文〉述及的「徐幹時有齊氣」、「應瑒和而不壯、劉楨壯而不密」，以及「孔融體氣高妙，有過人者」〔註226〕，雖然所說是七子間的個別差異，已有區分風格之雛形。陸機〈文賦〉列出：「夸目者尚奢，愜心者貴當，言窮者無隘，論達者唯曠。」〔註227〕雖然說的是不同個性的人，產生不同的詩文風格，但也已經分類「羅列」。到劉勰《文心雕龍·體性》則明白歸納出類型：

　　　若總其歸塗，則數窮八體：一曰典雅，二曰遠奧，三曰精約，四曰顯附，五曰繁縟，六曰壯麗，七曰新奇，八曰輕靡。

〔註224〕鄭杓述、鄭有定釋《衍極》卷一，頁213～214。見楊家駱主編《宋元人書學論著》（臺北市：世界書局，民61）。
〔註225〕劉勰撰、范文瀾注《文心雕龍注》（臺北市：開明書局，民57）卷六，頁18。譯文：諸如此類的說法，沒有不是互相因循，彼此模仿的，所以錯縱各家，革故鼎新，乃是通古今之變，而推陳出新的重要創作技巧啊！
〔註226〕昭明太子撰《文選》（臺北縣板橋鎮：藝文印書館，民72）卷五十二，頁734。
〔註227〕昭明太子撰《文選》（臺北縣板橋鎮：藝文印書館，民72）卷十七，頁246。

典雅者，鎔式經誥，方軌儒門者也；遠奧者，馥采典文，經理元宗
者也；精約者，覈字省句，剖析毫釐者也；顯附者，辭直義暢，切
理厭心者也；繁縟者，博喻釀采，煒燁枝派者也；壯麗者，高論宏
裁，卓爍異采者也；新奇者，擯古競今，危側趣詭者也；輕靡者，
浮文弱植，縹緲附俗者也。〔註228〕

「體性」二字，在姚愛斌《中國古代文體論思辨》的敘述，即屬於「文學風
格論」。〔註229〕引文原只是一段文字，但為方便分析，分為兩節排比。第一節
總說門類，第二節分別解釋，一目了然。

中唐皎然《試式》有所謂十九字概括詩之風格者，亦屬此類：

高：風韵切暢曰高；逸：體格閑放曰逸；貞：放詞正直曰貞；

忠：臨危不變曰忠；節：持操不改曰節；志：立性不改曰志；

氣：風情耿介曰氣；情：緣景不盡曰情；思：氣多含蓄曰思；

德：詞溫而正曰德；誡：檢束防閑曰誡；閑：情性疎野曰閑；

達：心迹曠誕曰達；

悲：傷甚曰悲；怨：詞調悽切曰怨；

意：立言曰意；力：體裁勁健曰力；

靜：非如松風不動，林狄未鳴，乃謂意中之靜；

遠：非如渺渺望水，杳杳看山，乃謂意中之遠。〔註230〕

本引文作數截，並非原引文有數種區分，而是字數長短參差。經刻意排列，
亦見作字排比之用心。

到司空圖，將詩分成二十四種風格，名曰《二十四詩品》。是二十四首詩
的集合體，正如蘇軾所說的，是司空圖「有得於文字之表者二十四韻」〔註231〕，
卻不是一部有系統的組合。其文如下：

雄渾

大用外腓，眞體內充，反虛入渾，積健爲雄。具備萬物，橫絕太空，
荒荒油雲，寥寥長風。超以象外，得其環中，持之非強，來之無窮。

〔註228〕劉勰撰、范文瀾注《文心雕龍注》（臺北市：開明書局，民57）卷六，頁8。
〔註229〕見姚愛斌著《中國古代文體論思辨》（北京市：北京大學出版社，2012）頁19。
〔註230〕釋皎然撰《詩式》（北京市：中華書局，1985）。
〔註231〕〈書黃子思詩集後〉。蘇軾著《東坡題跋》（臺北市：世界書局，民81）卷二，
　　　　頁82。

沖淡

素處以默，妙機其微，飲之太和，獨鶴與飛。猶之惠風，荏苒在衣，
閱音修篁，美曰載歸。遇之匪深，即之愈希，脫有形似，握手已違。

纖穠

采采流水，蓬蓬遠春，窈窕深谷，時見美人。碧桃滿樹，風日水濱，
柳陰路曲，流鶯比隣。乘之愈往，識之愈真，如將不盡，與古為新。

沉著

綠杉野屋，落日氣清，脫巾獨步，時聞鳥聲。鴻雁不來，之子遠行，
所思不遠，若為平生。海風碧雲，夜渚月明，如有佳語，大河前橫。

高古

畸人乘真，手把芙蓉，汎彼浩劫，窅然空蹤。月出東斗，好風相從，
太華夜碧，人聞清鐘。虛佇神素，脫然畦封，黃唐在獨，落落元宗。

典雅

玉壺買春，賞雨茅屋，坐中佳士，左右脩竹。白雲初晴，幽鳥相逐，
眠琴綠陰，上有飛瀑。落花無言，人淡如菊，書之歲華，其曰可讀。

洗鍊

如鑛出金，如鉛出銀，超心鍊冶，絕愛緇磷。空潭瀉春，古鏡照神，
體素儲潔，乘月返真。載瞻星辰，載歌幽人，流水今日，明月前身。

勁健

行神如空，行氣如虹，巫峽千尋，走雲連風。飲真茹強，蓄素守中，
喻彼行健，是謂存雄。天地與立，神化攸同，期之以實，御之以終。

綺麗

神存富貴，始輕黃金，濃盡必枯，淡者屢深。霧餘水畔，紅杏在林，
月明華屋，畫橋碧陰。金尊酒滿，伴客彈琴，取之自足，良殫美襟。

自然

俯拾即是，不取諸鄰，俱道適往，著手成春。如逢花開，如瞻歲新，
真與不奪，強得易貧。幽人空山，過雨采蘋，薄言情語，悠悠天鈞。

含蓄

不著一字,盡得風流,語不涉己,若不堪憂。是有眞宰,與之沉浮,
如滿綠酒,花時反秋。悠悠空塵,忽忽海漚,淺深聚散,萬取一收。

豪放

觀花匪禁,吞吐大荒,由道反氣,處得以狂。天風浪浪,海山蒼蒼,
眞力彌滿,萬象在旁。前招三辰,後引鳳凰,曉策六鼇,濯足扶桑。

精神

欲返不盡,相期與來,明漪絕底,奇花初胎。青春鸚鵡,楊柳樓臺,
碧山人來,清酒深杯。生氣遠出,不著死灰,妙造自然,伊誰與哉?

縝密

是有眞迹,如不可知,意象欲生,造化已奇。水流花開,清露未晞,
要路愈遠,幽行爲遲。語不欲犯,思不欲癡,猶春於綠,明月雪時。

疎野

惟性所宅,眞取不羈,控物自富,與率爲期。築室松下,脫帽看詩,
但知旦暮,不辨何時。倘然適意,豈必有爲?若其天放,如是得之。

清奇

娟娟群松,下有漪流,晴雪滿竹,隔溪漁舟。可人如玉,步屧尋幽,
載瞻載止,空碧悠悠。神出古異,澹不可收,如月之曙,如氣之秋。

委曲

登彼太行,翠繞羊腸,杳靄流玉,悠悠花香。力之於時,聲之於羌,
似往已迴,如幽匪藏。水理漩洑,鵬風翱翔,道不自器,與之圓方。

實境

取語甚直,計思匪深,忽逢幽人,如見道心。清澗之曲,碧松之陰,
一客荷樵,一客聽琴。情性所至,妙不自尋,遇之自天,泠然希音。

悲慨

大風捲水,林木爲摧,適苦欲死,招憩不來。百歲如流,富貴冷灰,
大道日往,若爲雄才。壯士拂劍,浩然彌哀,蕭蕭落葉,漏雨蒼苔。

形容

絕佇靈素，少迴清眞，如覓水影，如寫陽春。風雲變態，花草精神，
海之波瀾，山之嶙峋。俱似大道，妙契同塵，離形得似，庶幾斯人。

超詣

匪神之靈，匪機之微，如將白雲，清風與歸。遠引若至，臨之已非，
少有道氣，終與俗違。亂山喬木，碧苔芳暉，誦之思之，其聲愈希。

飄逸

落落欲往，矯矯不群，緱山之鶴，華頂之雲。高人惠中，令色絪縕，
御風蓬葉，汎彼無垠。如不可執，如將有聞，識者已領，期之愈分。

曠達

生者百歲，相去幾何，歡樂苦短，憂愁實多。何如尊酒，日往煙蘿，
花覆茅檐，疎雨相過。倒酒既盡，杖藜行歌。孰不有古，南山峨峨。

流動

若納水輨，如轉丸珠，夫豈可道，假體如愚。荒荒坤軸，悠悠天樞，
載要其端，載同其符。超超神明，返返冥無，來往千載，是之謂乎！

〔註232〕

由二十四首詩組成，每首均是十二句的四言詩，將詩分爲二十四個品目，以
形象化的語言來描繪或比喻詩的各種風格。每首詩都含糊的烘托出人的形象
及其生活與精神境界，因而文意較晦澀難懂，也引發出許多詮解。《二十四詩
品》從名稱「詩品」二字看，如同鍾嶸《詩品》是講詩歌的品第、等級。不
過《二十四詩品》雖分爲二十四，卻不分高下優劣。「品」字涵義，純然是二
十四種不同的藝術風貌。

　　南宋時，嚴羽的《滄浪詩話》有九品的分類，曰：「詩之品有九：曰高、
曰古、曰深、曰遠、曰長、曰雄渾、曰飄逸、曰悲壯、曰淒婉。」〔註233〕元
朝楊載《詩法家數》有六體的分類，曰：「詩之爲體有六：曰雄渾，曰悲壯，
曰平淡，曰蒼古，曰沉著痛快，曰優遊不迫。」〔註234〕文甚簡略，不見解釋，
但也是一種敍述方式。

〔註232〕何文煥編訂《歷代詩話》臺北縣：藝文印書館，民60）頁24～26。
〔註233〕〈詩辯〉。嚴羽著《滄浪詩話》。同註232，頁443。
〔註234〕楊載著《詩法家數》。同註232，頁470。

　　風格的類型，大概屬清朝姚鼐的陰陽剛柔說最爲概括。該說莫詳於〈復魯絜非書〉，云：

　　　　鼐聞天地之道，陰陽剛柔而已。文者天地之精英，而陰陽剛柔之發也。惟聖人之言，統二氣之會而弗偏，然而《易》、《詩》、《書》、《論語》所載，亦間有可以剛柔分矣。值其時，其人告語之體，各有宜也。

　　　　自諸子而降，其爲文無弗有偏者；

　　　　其得於陽與剛之美者，則其文如霆，如電，如長風之出谷，如崇山峻崖，如決大川，如奔騏驥；其光也，如杲日，如火，如金鏐鐵。其於人也，如馮高視遠，如君而朝萬眾，如鼓萬勇士而戰之。

　　　　其得於陰與柔之美者，則其文如升初日，如清風，如雲，如霞，如煙，如幽林曲澗，如淪，如漾，如珠王（當作「玉」）之輝，如鴻鵠之鳴而入廖廓。其於人也，漻乎其如歎，邈乎其如有思，暖乎其如喜，愀乎其如悲。

　　　　觀其文，諷其音，則爲文者之性情形狀，舉以殊焉。

　　　　且夫陰陽剛柔，其本二端，造物者糅而氣有多寡，進絀則品次億萬，以至於不可窮，萬物生焉。故曰一陰一陽之爲道。夫文之多寡亦若是也！

　　　　糅而偏勝可也。偏勝之極，一有一絕無，與夫剛不足爲剛，柔不足爲柔者，皆不可以言文。〔註235〕

他在〈海愚詩鈔序〉也有同樣的說法：「文章之原，本乎天地。天地之道，陰陽剛柔而已。苟有得乎陰陽剛柔之精，皆可以爲文章之美。陰陽剛柔，竝行而不容偏廢，有其一端而絕亡其一，剛者至於僨強而弗戾，柔者至於頹廢而闇幽，則必無與於文者矣。」〔註236〕大抵言文以剛柔爲基點。剛柔相兼又不偏，惟聖人能之；但觀察《易》、《詩》、《書》、《論語》諸經文告語之體，也因時，因人而有差別。其次，諸子以下都有所偏，不是陽剛，就是陰柔；但

〔註235〕姚鼐撰《惜抱軒全集》（臺北市：世界書局，民56）卷六，頁71～72。按：劉勰〈體性〉：「氣有剛柔」，影響姚鼐。創作結果「才有庸儁，氣有剛柔，學有淺深，習有雅鄭；竝情性所鑠，陶染所凝。」「才力居中，肇自血氣；氣以實志，志以定言。吐納英華，莫非情性。」劉勰撰、范文瀾注《文心雕龍注》（臺北市：開明書局，民57）卷六，頁9。
〔註236〕同註235，卷四，頁35。

是「造物者糅而氣有多寡進絀」，於是剛之中有柔，柔之中有剛。又由於分配比例之種種差別，「品次億萬，以至於不可窮」；其中又有但書，有偏剛偏柔者，卻無絕對剛柔及無剛無柔者。凡這類，「皆不可以言文」。

這可以說是歷來分風格類型最模糊的方式，也是論風格類型最籠統的總結。

（二）書論類型

晚唐張彥遠輯錄《法書要錄》，裏面有竇蒙為其四弟竇臮《述書賦》作的注釋。竇蒙以《述書賦》注有未盡，意有未窮，另作〈述書賦語例字格〉：

不倫：前濃後薄，半敗半成；　枯槁：欲北還南，氣脈斷絕；
忘情：鵬鷃向風，自成寡儔；　天然：鴛鴻出水，更好儀容；
質樸：天仙玉女，粉黛何施；　叢斷：錯綜雕文，方申巧妙；
體裁：一舉一措，盡有憑據；　意態：回翔動靜，厥趣相隨；
專成：直師一家，今古不雜；　有意：志立乃就，非工不精；
正：衣冠踏拖，若正若行；　　行：劍履趨鏘，如步如驟；
草：電掣雷奔，龍蛇出沒；　　章：草中楷古，蹴踏擺行；
神：非意所到，可以識知；　　聖：理絕名言，潛以意得；
文：經天緯地，可大可久；　　武：回戈挽弩，拉虎拏豹；
能：千種風流曰能；　　　　　妙：百般滋味曰妙；　　　精：功業雙極曰精；
古：除去常情曰古；　　　　　逸：縱任無方曰逸；　　　高：超然出眾曰高；
偉：精彩照射曰偉；　　　　　老：無心自達曰老；　　　嫩：超能越妙曰嫩；
嫩：力不副心曰嫩；　　　　　薄：闕於圓備曰薄；　　　強：筋力露見曰強；
穩：結構平正曰穩；　　　　　快：興趣不停曰快；　　　沉：深而意遠曰沉；
緊：團合密緻曰緊；　　　　　慢：舉思閑詳曰慢；　　　浮：若無所歸曰浮；
密：間不容髮曰密；　　　　　淺：涉於俗流曰淺；　　　豐：筆墨相副曰豐；
茂：字外精多曰茂；　　　　　實：氣感風雲曰實；　　　輕：筆道流便曰輕；
癉：瘦而有力曰癉；　　　　　疏：違犯陰陽曰疏；　　　拙：不依緻巧曰拙；
重：質勝於文曰重；　　　　　纖：文過於質曰纖；　　　貞：骨清神正曰貞；
豔：少古多今曰豔；　　　　　峻：頓挫穎達曰峻；　　　潤：旨趣調暢曰潤；
險：不期而然曰險；　　　　　怯：下筆不猛曰怯；　　　畏：無端羞澀曰畏；
妍：逶迤併行曰妍；　　　　　媚：意居形外曰媚；　　　訛：藏鋒隱迹曰訛；
細：運用精深曰細；　　　　　熟：過猶不及曰熟；　　　雄：別負英威曰雄；
雌：氣候不足曰雌；　　　　　飛：若減若沒曰飛；　　　爽：肅穆飄然曰爽；

動：如欲奔飛曰動；成：一家體度曰成；禮：動合典章曰禮；

法：宣佈周備曰法；典：從師約法曰典；則：可以傳授曰則；

偏：唯守一門曰偏；乾：無復光輝曰乾；滑：遂乏風彩曰滑；

駃：波瀾驚絕曰駃；閒：孤雲生遠曰閒；拔：輕駕超殊曰拔；

放：流浪不窮曰放；鬱：勝勢鋒起曰鬱；秀：翔集難名曰秀；

束：興致不弘曰束；穠：五味皆足曰穠；峭：峻中勁利曰峭；

散：有初無終曰散；質：自少妖妍曰質；魯：本宗淡泊曰魯；

肥：龜臨洞穴，沒而有餘；瘦：鶴立喬松，長而不足；

壯：力在意先曰壯；寬：疎散無檢曰寬；麗：體外有餘曰麗；

宏：制裁絕壯曰宏。〔註237〕

以上《字格》計九十項，在文字形式上，同樣經刻意安排。時間點與皎然相先後，似可見與皎然《詩式》十九字兩者間在表現上的關聯性。

特殊的是，到筆者目前整理爲止，書論僅見此一則。

二、風格源流

古人在學習上講究摹擬，雖然摹擬少不了自己的個性，但也因摹擬少不了滲入被摹擬者的風格。這種概念可以追溯到儒家講道統，漢室經學講家法、師法，五胡亂華，晉士東遷後講家譜、郡望；也可能單純來自劉歆《七略》的某家者流，蓋出古者某官之掌。

（一）文論之源流

作者風格源流，文論方面似起於鍾嶸《詩品》。《詩品》固然將一百二十位作者分上、中、下三品，以別優劣，卻在不少作者之內，特別說明該作者詩風源自何體或源自某家，如「漢都尉李陵」下云：「其源出於楚辭。」「漢婕妤班姬」下云：「其源出於李陵。」「魏陳思王植」下云：「其源出於國風。」「漢文學劉楨」下云：「其源出於古詩。」「漢侍中王粲」下云：「其源出於李陵。」〔註238〕

歸納所列作者，有兩大系統：國風與楚辭。此外出於「小雅」者一人——阮籍，不計。分述源與流如下：

〔註237〕張彥遠集《法書要錄》卷六，頁 101～102。見楊家駱主編《唐人書學論著》（臺北市：世界書局，民 64）。

〔註238〕何文煥編訂《歷代詩話》臺北縣：藝文印書館，民 60）頁 10。

國風：分二支：

其一：古詩源出於國風（上），劉楨源出於古詩（上），左思源出於幹（劉楨）
　　　　（中）。

其二：曹植源出於國風（上），又分二支：

　　（一）陸機源出於陳思（曹植，因封陳王且諡號「思」，）（上），顏延之源出
　　　　　　於陸機（中），謝超宗，丘靈鞠、劉祥、檀超、鍾憲、顏測、顧
　　　　　　則心竝祖襲顏延之（下）。

　　（二）謝靈運源出於陳思，雜有景陽（張協）之體（上）。〔註239〕

楚辭：李陵源出於楚辭（上），後分三支：

其一：班姬源出於李陵（上）。

其二：王粲源出於李陵（上），又分四支：

　　（一）潘岳鴻出於仲宣（王粲），郭璞憲章潘岳（中）。

　　（二）張協源出於王粲（上）。

　　（三）張華源出於王粲（中），謝瞻、謝混、袁淑、王微、王僧達源出
　　　　　　張華（中）

　　　　　　鮑照源出於二張（張協、張華）（中），沈約憲章鮑明遠（鮑照）（中）。

　　（四）劉琨、盧諶源出於王粲（中）。

其三：魏文帝源出於李陵，頗有仲宣之體（中），又分爲二：

　　（一）嵇康頗似魏文（中）。

　　（二）應璩祖襲魏文（中），陶潛源出應璩，又協左思風力（中）。〔註240〕

　　依鍾嶸之意，歸於何種系統，必然有其風格上的雷同性。國風、楚辭是
詩之泉源，古詩者（國風系統）流，「文溫以麗，意悲而遠，驚心動魄，可謂幾
乎一字千金。」曹植「骨氣奇高，詞采華茂；情兼雅怨，體被文質。粲溢今
古，卓爾不群。」〔註241〕可說已臻至善；至於楚辭一系，則難免瑕疵。這是
二者風格之異。

　　稍晚的是蕭子顯的《南齊書‧文學傳論》。該傳論將魏、晉後的文壇，總
括分成三系：

　　今之文章，作者雖眾，總而爲論，略有三體：

〔註239〕張協，西晉文學家。字景陽。其兄張載，其弟張亢，並稱三張。

〔註240〕按：以上標示（上）、（中）者，係指該語見於上品或中品。

〔註241〕鍾嶸著《詩品》。何文煥編訂《歷代詩話》臺北縣：藝文印書館，民60）頁10。

一則啓心閑繹，託辭華曠，雖存巧綺，終致迂回。宜登公宴，本非
准的。而疎慢闡緩，膏肓之病；典正可採，酷不入情。此體之源，
出靈運而成。次則緝事比類，非對不發，博物可喜，職成拘制。或
全借古語，用申今情，崎嶇牽引，直爲偶說。唯覯事例，頓失清采。
此則傅咸〈五經〉、應璩〈指事〉，雖不全，可以類從。

次則發唱驚挺，操調險急，雕藻淫艷，傾炫心魂；亦猶五色之有紫
紅，八音之有鄭、衛，斯鮑照之遺烈也。〔註242〕

以上三系，第一系重刻畫，重迂迴。宴席間用，並非作詩的標準。這一系的
輕忽怠慢回還往復到了無可救藥的地步，用辭典正高雅可取，卻不含感情。
源自謝靈運；第二系主用典。蒐集相對的詞彙，不成對，則不成文。用詞廣
博可採，卻形成拘束現象。全篇借用古語來表達當下的感情，牽強附會，如
同木偶說話。只看到一片事例，欠缺清新的詞采。傅咸、應璩是此類之首；
第三系貴驚艷。主張使人驚訝，使用險急的論調，用詞過分雕琢，眩惑讀者
心目。這類詩人受鮑照影響。至少在蕭子顯看法是如此。

晚唐張爲有《詩人主客圖》將詩風依不同流派分類，清朝李調元敘曰：「所
謂主者，白居易、孟雲卿、李益、鮑溶、孟郊、武元衡，皆有標目。餘有升
堂、入室、及門之殊，皆所謂客也。」〔註243〕

以白居易爲廣大教化主：上入室一人：楊乘；入室三人：張祐、羊士諤、
元積；升堂三人：盧仝、顧況、沈亞之；及門十人：費冠卿、皇甫松、殷堯
藩、施肩吾、周光範按：「光範」一作「元範」。、祝天膺按：「天膺」一作「元膺」。、
徐凝、朱可名、陳標、童翰卿。

以孟雲卿爲高古奧逸主：上入室一人：韋應物；入室六人：李賀、杜牧、
李餘、劉猛、李涉、胡幽貞；升堂六人：李觀、賈馳、李宣古、曹鄴、劉駕、
孟遲；及門二人：陳潤、韋楚老按：「韋」一作「常」。

以李益爲清奇雅正主：上入室一人：蘇郁；入室十人：劉畋、僧清塞、
盧休、于鵠、楊洵美、張籍、楊巨源、楊敬之、僧無可、姚合；升堂七人：
方干、馬戴、任蕃、賈島、厲玄、項斯、薛壽按：唐無「薛壽」，疑是「薛濤」之訛。；
及門八人：僧良乂、潘誠按：「誠」一作「咸」，一作「成」。、于武陵、詹雄、衛準

〔註242〕蕭子顯撰《南齊書》（臺北市：鼎文書局，民67）卷五十二，頁908。公宴：
公卿高官或官府的宴會。
〔註243〕張爲撰《詩人主客圖》。丁福保編訂《歷代詩話續編》（臺北市：木鐸出版社，
民72）頁70。

按「準」一作「單」。、僧志定、俞凫、朱慶餘。

以孟郊爲清奇僻苦主：上入室二人：陳陶、周朴；及門二人：劉得仁、李涘。

以鮑溶爲博解宏拔主：上入室一人：李群玉；入室二人：司馬退之、張爲按爲以己詩入句圖，蓋用芮挺章《國秀集》例）。。

以武元衡爲瓌奇美麗主：上入室：劉禹錫；入室：趙嘏、長孫佐輔、曹唐；升堂四人：盧顏、陳羽、許渾、張蕭遠；及門十人：張陵、章孝標、雍陶、周祚、袁不約。〔註244〕

六系依次是廣大教化、高古奧逸、清奇雅正、清奇僻苦、博解宏拔、瑰奇美麗。深究係以不同風格論，李調元並云：「宋人詩派之說，實本於此。」〔註245〕

之所以有這種現象，明朝袁宗道〈論文下〉的說法或可解釋：

> 蒸香者，沉則沉煙，檀則檀氣。何也？其性異也。奏樂者，鐘不藉鼓響，鼓不假鐘音。何也？其器殊也。文章亦然。有一派學問，則釀出一種意見；有一種見，則創出一般語言。〔註246〕

人性固然有別，亦有所相近，於是「有一派學問，則釀出一種意見；有一種意見，則創出一般語言。」

（二）書論源流

第三章〈書論中的摹擬說〉一節，言南朝之前，書法學習約有三個途徑：一、拜師學藝；二、取法遺跡；三、代代相傳。後來的書家，學習不出此三途徑。如李嗣眞〈書後品〉云：「太宗與漢王元昌、褚僕射遂良等，皆受之於史陵。褚首師虞，後又學史。……陸學士柬之受於虞祕監，虞祕監受於永禪師：皆有體法。」〔註247〕他們彼此間年齡重疊〔註248〕，當屬上述第一類。又

〔註244〕張爲撰《詩人主客圖》。丁福保編訂《歷代詩話續編》（臺北市：木鐸出版社，民72）頁70～102。按：武元衡一系，標目「及門十人」，實則五人。

〔註245〕同註244，頁70。

〔註246〕袁宗道著《白蘇齋類集》（上海：上海古籍出版社，1989）卷二十，頁285。蒸香：爐中發出的香氣。沉則沉煙，檀則檀氣：水沉香、檀木香各自不同。

〔註247〕〈李嗣眞書品後〉。見張彥遠集《法書要錄》卷一，頁44。楊家駱主編《唐人書學論著》（臺北市：世界書局，民64）。

〔註248〕史陵，隋人。太宗，598～649；漢王元昌，太宗異母弟，619～643；褚遂良，596～658。虞世南，558～638；陸柬之，585～638。

分兩個脈絡，一是史陵傳唐太宗、漢王李元昌、褚遂良；一是永禪師傳虞世南，虞傳陸柬之。惟褚遂良兼史、虞二派。

朱長文《續書斷》記歐陽詢「嘗行，見索靖所書碑，觀之，去數里復返。及疲，乃布坐，至宿其傍。三日，乃得其法：其精如此。」〔註249〕索靖，西晉時人。歐陽詢，隋、唐初人。其學索靖，當屬上述第二類。詢子通學父書，也屬此類：「通蚤孤，母徐教以父書，懼其惰，常遣錢使市父遺跡，通乃刻意臨倣以求售。數年，遂繼父，齊名號。」〔註250〕

徐嶠之三世屬第三類：「父師道，字太真。……太真精於翰墨，嶠之能承之，以世名家。……正書入妙，行書入能，遂媚有楷法，……。浩，字季海，受書法於父。少而清勁，隨肩褚、薛；晚益老重，潛精羲、獻。其正書可謂妙之又妙也，八分、真、行皆入能。」〔註251〕

到清朝，由於碑石出土日眾，而古碑多不具書人名氏〔註252〕，於是出現為某碑溯其源流的現象。譬如王澍《翰墨指南》云：

> 秦以前俱篆書，兩漢俱隸書。秦篆以李斯《嶧山碑》為最，宗之者為唐朝李陽冰也。漢隸以《禮器碑》為最，宗之者為唐朝褚遂良也。……漢隸《史晨碑》亦佳，歐陽詢少時學之。〔註253〕

文中敘述了李斯《嶧山碑》、《禮器碑》及《史晨碑》到唐朝的繼承人，分別是李陽冰、褚遂良與歐陽詢。李斯《嶧山碑》與李陽冰之間的關係，可見於竇蒙為《述書賦》所作的注：「李陽冰，……初師李斯《嶧山碑》。」〔註254〕至於《禮器碑》與褚遂良之間的關聯，除見於王澍本人所作《虛舟題跋》中的〈思古齋石刻〉、〈仿褚河南〉、〈道孫臨褚河南《雁塔聖教序》〉及《虛舟題

〔註249〕朱長文撰《墨池篇》卷三。永瑢、紀昀等撰《欽定四庫全書》（上海市：上海古籍出版社，1987）812冊，頁737。

〔註250〕同註249。

〔註251〕同註249，頁738。

〔註252〕康有為《廣藝舟雙楫》云：「三古能書，不著己名。……沿及漢、魏，猶存此風。……降逮六朝，書法日工，而嗷名未甚，……即隋世尚不炫能於此。至於唐代，斯風遂墜，片石隻碣，靡不書名，遂為成例。」康撰《廣藝舟雙楫》頁39～40。見楊家駱主編《近人書學論著》（臺北市：世界書局，民73）。

〔註253〕王澍撰《翰墨指南》。崔爾平選編《明清書法論文選》（上海：上海書店，1994）頁625。

〔註254〕竇泉撰、竇蒙注《述書賦》。張彥遠集《法書要錄》頁96。見楊家駱主編《唐人書學論著》（臺北市：世界書局，民64）。

跋補原》中的〈漢魯相《韓敕孔廟碑》〉諸篇跋文，不見於此前書論。《史晨碑》與歐陽詢非但不見於此前書論，亦不見於王澍其他著作。

同樣的現象，又見於包世臣《藝舟雙楫》中的〈歷下筆譚〉：

> 西晉分書，《孫夫人碑》是《孔羨》法嗣，……；《太公望碑》是《乙瑛》法嗣，……。大率晉人分法，原本鍾、梁，……。自北魏以逮唐初，皆宗《孫夫人》，及會稽晚出，始尚《太公望》，極於韓、史，益趨便媚，……。晉人隸書世無傳石，研究二碑，可以意測。蓋中郎立極，梁傳其勢，鍾傳其韻，後遂判於二途。至近人鄧石如，始合二家，以追中郎。……北魏書，《經石峪》大字、《雲峰山五言》、《鄭文公碑》、《刁惠公碑》為一種，皆出《乙瑛》，有雲鶴海鷗之態。《張公清頌》、《賈使君》、《魏靈藏》、《楊大眼》、《始平公》各造像為一種，皆出《孔羨》，具龍威虎震之規。〔註255〕

這是一段談論晉人分書（按：分書指東漢隸書造型。）《孫夫人碑》及《太公望碑》其源其流的文字。包氏之意認為，蔡邕是東漢隸書極則，後分而為二：梁鵠傳其勢，鍾繇傳其韻。《孫夫人碑》源自鍾之《乙瑛》，北魏以逮唐初是其後裔；《太公望碑》源自梁之《孔羨》，徐浩、韓擇木、史維則的分書是其發展。但這樣的說法，無法證之於此前有關的書法論著。最後一小節述說北魏書某些出自《乙瑛》，某些源自《孔羨》，更是前無古人。〔註256〕這種現象，歷經劉熙載、楊守敬、沈曾植，至康有為《廣藝舟雙楫》而集大成。康氏之作，除零星敘述外，有〈體系〉、〈導源〉專論此事。〔註257〕

之所以如此作法，原因在這些碑，絕大多數都不知書者之名，於是藉某知名書家，提升這些碑石的書法地位。他們中間的聯繫只有一個：或用筆或結構，在風格上相近。

三、風格統緒

「統緒」一詞出自《文心・附會》，云：「若統緒失宗，辭味必亂，義脈不流，則偏枯文體。」原本是說明文章的組成，思緒紊亂，必待組織，而後

〔註255〕包世臣撰《藝舟雙楫》頁 78。見楊家駱主編《清人書學論著》（臺北市：世界書局，民61）。

〔註256〕按：見本節〈小結〉註4。劉熙載《藝概》（臺北市：廣文書局，民73）頁7。

〔註257〕康有為撰《廣藝舟雙楫》頁 35～39。見楊家駱主編《近人書學論著》（臺北市：世界書局，民73）。

頭緒分明，辭義歸宗。「凡大體文章，類多技派，整派者依源，理枝者循幹，是以附辭會義，務總綱領，驅萬塗於同歸，貞百慮於一致，使眾理雖繁，而無倒置之乖；群言雖多，而無棼絲之亂。」〔註258〕但是，我國古代，不論文論或書論，在各種風格紛呈之下，也各自發展出統緒，原因或許是爲後人學習找出一條途徑。

前述風格的源流方式，是否發展成後來的文統與書統，不得而知；但是就其前後相承上觀察，頗有類似之處。而文論與書論在風格上都有統緒的敘述，故列爲探討之一。

（一）文論中的文統

「統」的概念，最早可推至《孟子》。〈盡心〉篇稱由堯、舜至於湯，由湯至於文王，由文王至於孔子，由孔子而來至於今，這已經是道統之源。〔註259〕東漢王充《論衡・超奇》篇云：「文王之文在孔子，孔子之文在仲舒，仲舒既死，豈在長生之徒與？」〔註260〕依內容，重在文，已是文統之源。到韓愈，〈原道〉篇云：「堯以是傳以舜，舜以是傳之禹，禹以是傳之湯，湯以是傳之文、武、周公，文、武、周公傳之孔子，孔子傳之孟軻。軻之死，不得其傳焉。」〔註261〕又在〈進學解〉稱：「〈周誥〉、〈殷盤〉，佶屈聱牙；《春秋》謹嚴，《左氏》浮誇。《易》奇而法，《詩》正而葩。下逮《莊》、《騷》，太史所錄；子雲、相如，同工異曲。」〔註262〕闡明他學習和寫作文章的師法對象，可謂兼道統與文統。道與文兼備，成爲文統的特殊風格。

晚唐孫樵〈與友人論文書〉有繼承文統之意〔註263〕；然而，宋初卻跳過

〔註258〕劉勰撰、范文瀾注《文心雕龍注》（臺北市：開明書局，民57）卷九，頁9。棼絲：紛雜、紊亂。

〔註259〕《下論》卷七〈盡心〉下，頁 218～219。朱熹撰《四書集註》（臺北市：世界書局，民55）。

〔註260〕王充著《論衡》三（北京市：中華書局，1985）卷十三，頁150。

〔註261〕韓愈撰、馬其昶注《韓昌黎文集校注》（臺北市：世界書局，2002）頁18。

〔註262〕同註261，頁46～47。

〔註263〕按：孫樵〈與友人論文書〉云：「嘗得爲文之道於來公無擇，來公無擇得之皇甫公持正，皇甫持正得之韓先生吏部退之。」（《全唐文》卷七百九十四，頁3960。）孫氏爲文不尚平而主奇，韓愈論文曾云：「夫百物朝弘所見者，人皆不注視也。及觀其異者，則共觀而言之。」皇甫湜之說可見於其作〈答李生第一書〉、〈答李生第二書〉。（《全唐文》卷六百八十五，頁 3110～3111。）孫氏之語並非無據；而孫氏之言已然衣缽傳授之意。

孫樵〔註264〕，上承韓愈文道合一之觀。柳開、石介，都隱然有繼承聖賢之意；縮小範圍，也隱然有繼承韓愈之意。然而，隨著道學的不斷發展，道學家越來越重道而輕文，認為韓愈「倒學」、文章與異端同科，甚至有作文害道之說。〔註265〕

　　另一方面，一部分文學之士，雖取文道兼崇，卻偏於文。歐陽脩〈蘇氏文集序〉云：「自古治時少而亂時多，幸時治矣，文章或不能純粹，或遲久而不相及，何其難之若是歟！豈非難得其人歟！」〔註266〕曾鞏〈與王介甫第三書〉云：「是道也，過千歲以來，至於吾徒，其智始能及之，欲相與守之；然今天下同志者，不過三數人爾。」〔註267〕這些話都有文壇寂寥之感，都希望有人能主盟文壇；又隱隱以此自任。到蘇洵〈上歐陽內翰第二書〉語意日益明顯，云：「自孔子沒，百有餘年而生孟子，孟子之後，數十年而至荀卿子。荀卿子後，乃稍闊遠，二百餘年而揚雄稱於世。揚雄之死，不得其繼，千有餘年而後屬之韓愈氏。韓愈氏沒三百年矣，不知天下之將誰與也。」〔註268〕下文有「洵一窮布衣，於四子者之文章，誠不敢冀其萬一。」依文意，可知係指「文統」而言。蘇洵不敢冀望，而這封信是進呈歐陽脩，言下之意，「天下誰與」可知。真正明白標示的，卻是洵之子軾與轍。蘇軾在〈六一居士集敘〉云：

　　　　學者以愈配孟子，蓋庶幾焉。愈之後二百餘年，而後得歐陽子。其
　　　　學推韓愈、孟子以達於孔氏，著禮樂仁義之實，以合於大道。〔註269〕

〔註264〕按：〈謝歐陽內翰書〉：「蓋唐之古文，自韓愈始。其後學韓而不至者，為皇甫湜；學皇甫湜而不至者，為孫樵。自樵以降，無足觀矣。」蘇軾著《蘇東坡集》（臺北市：臺灣商務印書館，民54）第十三冊，頁62。

〔註265〕按：程顥、程頤撰《二程遺書》卷十八：「退之晚來為文，所得處甚多。學本是修德，有德然後有言。退之卻倒學了。」「古之學者一，今之學者三，異端不與焉。一曰文章之學，二曰訓詁之學，三曰儒者之學。欲趨道合儒者之學不可。今之學者有三弊：一溺於文章，二牽於訓，三惑於異端。苟無此三者，則將何歸？必趨於道矣。」「問：『作文害道否？』曰：『害也。凡為文不專意則不工；若專意，則志局於此，又安能與天地同其大也？』見永瑢、紀昀等撰《欽定四庫全書》（上海市：上海古籍出版社，1987）698冊，頁187、150、193。

〔註266〕《居士集二·蘇氏文集序》。歐陽脩撰《歐陽脩全集》（臺北市：河洛圖書出版社，民64）卷二，頁123。

〔註267〕曾鞏撰《曾南豐全集》（臺北市：河洛圖書出版社，民64）卷八，頁83。

〔註268〕蘇洵著《嘉祐集》（臺北市：臺灣商務印書館，民66）卷十一，頁109～110。

〔註269〕呂祖謙奉敕編《宋文鑑》卷八十九。見永瑢、紀昀等撰《欽定四庫全書》（上海市：上海古籍出版社，1987）1351冊，頁49。

蘇轍〈歐陽文忠公神道碑〉云：

> 昔孔子生於衰周，而識文、武之道，其稱曰：「文王既沒，文不在茲
> 乎？」雖一時諸侯不能用，功業不見於天下，而其文卒不可揜。孔
> 子既沒，諸弟子如子貢、子夏，皆以文名於世。數傳之後，子思、
> 孟子、孫卿並為諸侯師，秦人雖以塗炭遇之，不能廢也。及漢祖以
> 干戈定亂，紛紜未已，而叔孫通、陸賈之徒，以《詩》、《書》、《禮》、
> 《樂》彌縫其闕矣。其後，賈誼、董仲舒相繼而起，則西漢之文，
> 後世莫能髣髴。蓋孔氏之遺烈，其所及者如此。自漢以來，更魏、
> 晉，歷南、北，文弊極矣。雖唐貞觀、開元之盛，而文氣衰弱。燕、
> 許之流，倔強其間，卒不能振。惟韓退之一變復古，闢其頹波，東
> 注之海，遂復西漢之舊。自退之以來，五代相承，天下不知所以為
> 文。祖宗之治，禮文法度，追跡漢、唐，而文章之士，楊、劉而已。
> 及公之文行於天下，乃復無愧於古。〔註270〕

兄弟之言，一簡一繁；尤其是蘇轍的話，這是一則十分重要的文字，文中列
出上從孔子直到歐陽脩的「文統」傳承脈絡。

　　至於歐陽脩之後，據說蘇軾一再對團結在他周圍的「四學士」、「六君子」
等人談及自己是如何經歐氏，接下「文統」。他在〈太息一章送秦少章秀才〉云：

> 昔吾舉進士，試於禮部，歐陽文忠公見吾文曰：「此我輩人也，吾當
> 避之。」方是時，士以剽裂為文，聚而見訕，且訕公者所在城（當是
> 「成」字之誤）市。曾未數年，忽焉若潦水之歸壑，無復見一人者。
> 此豈復待後世哉？今吾衰老廢學，自視缺然，而天下士不吾棄，以
> 為可以與於斯文者，猶以文忠公之故也。〔註271〕

李廌《師友談記》也記載蘇軾談話一則：

> 東坡嘗言文章之任，亦在名世之士相與主盟，則其道不墜。方今太平之
> 盛，文士輩出，要使一時之文有所宗主。昔歐陽文忠常以是任付與某，
> 故不敢不勉。異時文章盟主，責在諸君，亦如文忠之付授也。〔註272〕

〔註270〕《欒城後集・歐陽文忠公神道碑》。蘇轍撰《欒城集》（臺灣商務印書館，民
　　　　57）卷二十三，頁233。
〔註271〕蘇軾著《蘇東坡集》（臺北市：臺灣商務印書館，民54）第八冊，頁19。訕
　　　　公者所在成市：譏笑毀謗歐陽公者眾多。
〔註272〕永瑢、紀昀等撰《欽定四庫全書》（上海市：上海古籍出版社，1987）863冊，
　　　　頁188。

「文章之任，亦在名世之士相與主盟，則其道不墜」，則當時已經有文章相傳之統緒。歐陽脩曾說：「讀軾書，不覺汗出。快哉快哉！老夫當避路，放他出一頭地也。」〔註273〕「昔歐陽文忠常以是任付與某」，當即是知名的「此我輩人也，吾當避之」之語。至於「異時文章盟主，責在諸君，亦如文忠之付授也」，李廌為「蘇門六君子」之一，記此事，或許也有捨我其誰之意。〔註274〕

北宋南遷後，南方朱熹集理學之成，北方金朝趙秉文、楊雲翼、王若虛都踵武歐、蘇。金亡後，元好問異軍突起，文章獨步數十年。徐世隆云：

> 竊嘗評金百年以來，得文脈之正而主盟一時者，大定、明昌則承旨黨公；貞祐、正大則禮部趙公，北渡則遺山先生一人而已。自中州靳喪，文氣奄奄幾絕，起衰救壞，時望在遺山。遺山雖無位柄，亦自知天之所以畀付者為不輕，故力以斯文為己任。〔註275〕

黨公是黨懷英，趙公即趙秉文，遺山為元好問之號；三人中以元好問為重。

元朝吳澄，是宋代程、朱理學過渡到明代王學的代表人物。在強烈道統意識的影響下，吳澄形成了他的文統觀。在〈劉尚友文集序〉指出：

> 西漢之文幾三代，品其高下，賈太傅、司馬太史第一。漢文歷八代浸敝，而唐之二子興；唐文歷五代復敝，而宋之五子出。文人稱歐、蘇，蓋舉先後二子言爾。歐而下，蘇而上，老蘇、曾、王宋易偏有所取捨也。如道統之傳稱孔、孟，而顏、曾、子思固在其中。豈三子不足以紹孔而劣於孟哉？敘古文之統，其必曰唐韓、柳二子，宋歐陽、蘇、曾、王、蘇五子也。〔註276〕

此前，論者都強調道的核心、主導地位，文統依附於道統。吳澄則雖將文統與道統視為同源異流，確認文統的獨立性；更特殊的是，雖僅七子，卻是形成唐宋八大家之說的關鍵。七子中不包括蘇轍，但並不意謂著對蘇轍的輕視，吳澄在〈送虞叔常北上序〉云：「東漢至于中唐六百餘年，日以衰敝。韓、柳

〔註273〕《書簡・與梅聖俞書又嘉祐二年》。歐陽脩撰《歐陽脩全集》（臺北市：河洛圖書出版社，民64）卷六，頁144。

〔註274〕按：黃庭堅、秦觀、晁補之、張耒等四人最著名，時稱「蘇門四學士」。加上陳師道、李廌，合稱「蘇門六君子」。

〔註275〕〈徐序〉。紀念元好問八百年誕辰學術研討會籌備會主編《元好問研究資料彙編》上（臺北市：文史哲出版社，民79）卷一，頁21。

〔註276〕李修生主編《全元文》（南京：江蘇古籍出版社，1999）第14冊，頁367。

二氏者出，而文始革。季唐至於中宋二百餘年，又日以衰敝。歐陽、王、曾三氏者出，而文始復。噫！何其難也。同時眉山乃有三蘇者，萃于一家。噫！何其盛也。」又云：「子由之文如子瞻，而名可與兄齊者也。」〔註 277〕或許因為如此，元末明初，朱右所編《八先生文集》已經明確列舉韓、柳、歐、蘇等八家為唐、宋古文的代表。〔註 278〕也或許因為如此，明朝唐順之所編六十四卷《文編》，其中關於唐、宋作家的文章只取唐、宋八大家，此外不在其列；或許因為如此，演化成茅坤《唐宋八大家文鈔》的編撰。

　　八家之後，明末艾南英以歸有光、唐順之、王慎中續之。云：

> 大約古文一道，自《史記》後，東漢人敗之，六朝人又大敗之，至
> 韓、柳震振，至歐、曾、蘇、王而大振，……至元與國初而有振有
> 不振，至嘉、隆之王、李而大敗，得震川、荊川、遵岩救之而稍振，
> 此確論也。〔註 279〕

歸有光，晚年居於震澤附近，人稱震川先生。唐順之，號荊川。王慎中，初號南江，更號遵岩居士。後來，四庫館臣說：「自正、嘉之後，北地、信陽聲價奔走一世，太倉、歷下流派彌長，而日久論定。言古文者，終以順之及歸有光、王慎中三家為歸。」〔註 280〕則認為前、後七子雖風光一時，文統終屬歸、唐、王。

　　這個觀念到清朝依舊，朱仕琇是一位比較純粹的古文家，只是以學文方法教人。但學文之前，務必先知古文統緒。朱氏云：「古文之名起於唐，是時作者皆沿六代之遺，以偶麗為工，韓退之出，始深探六藝，凌轢諸子，脫落時體，粹然一出於正。」〔註 281〕是說唐代古文統系由於韓愈。唐代以外，則

〔註 277〕分見〈送虞叔常北上序〉、〈劉尚友文集序〉。李修生主編《全元文》（南京：江蘇古籍出版社，1999）第 14 冊，頁 131。

〔註 278〕永瑢等著《四庫全書總目提要》（臺北市：臺灣商務印書館，民 54）卷一百六十九，頁 3578《白雲稿五卷》條下云：「右為文不矯語秦、漢，惟以唐、宋為宗。嘗選韓、柳、歐陽、曾、王、三蘇為《八先生文集》，八家之目，時權輿於此。」

〔註 279〕〈再答夏彝仲論文書〉。艾南英撰《天傭子集》（臺北市：藝文印書館，民 69）卷五，頁 594～595。嘉、隆之王、李：指嘉靖、隆慶監後七子中的王世貞、李攀龍。此處當泛指前後七子。

〔註 280〕永瑢等著《四庫全書總目提要》（臺北市：臺灣商務印書館，民 54）卷一百八十九，頁 4195～4196《文編六十四卷》下。按：北地指李夢陽，北地指何景明，太倉指王世貞，歷下指李攀龍。

〔註 281〕朱仕琇撰《朱梅崖文譜》。見王水照編《歷代文話》（上海市：復旦大學出版社，2007）第五冊，頁 5134。

上及孟、荀、莊、列、董、劉、揚、班,以及左氏、太史、屈、宋、相如諸家,而以韓愈爲歸宿,下及歐、曾、蘇、王以及元之姚、虞,明之王、歸,復以韓愈爲宗。這是以韓愈爲中心的古文系統。〔註282〕

這樣的作法,意義何在?它形成傳統文學特有的風格——文道合一。文論中以此衡量文學,以此評價詩文藝術的標的。〔註283〕列入這一統緒,標示的是名垂青史;而當世的作者,也在以正統自居,以區別人我。最終的目的做後人學習的指標。

(二)書論中的書統

書統之說起自晚唐張彥遠《法書要錄》的〈傳授筆法人名〉。〔註284〕

在此之前,書法承前啓後的學習中,比較奇特的是張旭。中唐的書論,開始有關他的記載,最早見於竇臮的《述書賦》。其後,蔡希綜的〈法書論〉、顏眞卿的〈述張長史筆法十二意〉、韓方明〈授筆要說〉、晚唐盧雋的〈臨池訣〉開始有關傳授筆法的紀錄,羅列如下:

僕嘗聞褚河南用筆如印印泥。〔註285〕

予傳子筆法,得之於老舅彥遠曰:「吾聞昔日說書,若學有功而跡不至。後羋於褚河南公用筆當須如印泥、畫沙。……」〔註286〕

昔歲學書,專求筆法。……後漢崔子玉歷鍾、王以下,傳授至於永禪師,而至張旭始弘八法,次演五勢,更備夷明,則萬字無不該於此。墨道之妙,無不由之以成也。〔註287〕

〔註282〕〈示子文知書〉、〈與石君書〉、〈與胡雅咸書〉。見郭紹虞著《中國文學批評史》(臺北市:盤庚出版社,民67)下卷,頁417。

〔註283〕今人季桂起《『道統』、『文統』的失範與異端的興起》云:「『文統』觀的形成,爲古典文學設立了衡量、評價詩文藝術水平的圭臬,成爲中國文學史上所有復古主義運動的思想根源,它在明清之際尤其表現出巨大的保守作用。明代前後七子的復古主義理論、八股制藝文體模式的形成、沈德潛和翁方綱的保守主義詩學、桐城派古文的『義法』等等,都無不源自於『文統』的文學觀念。」見《德州學院學報》2011年6月第27期第3卷。

〔註284〕見下文。

〔註285〕陳思《書苑菁華》卷十一。永瑢、紀昀等撰《欽定四庫全書》(上海市:上海古籍出版社,1987)814冊,頁120。

〔註286〕韋續編纂《墨藪》頁35。見楊家駱主編《唐人書學論著》(臺北市:世界書局,民64)。

〔註287〕同註285,卷二十。814冊,頁200。

> 吳郡張旭言:「自智永禪師過一,楷法隨渡。永禪師乃羲、獻之孫,
> 得其家法,以授虞世南。虞傳陸柬之,陸傳其子彥遠。彥遠,僕之
> 堂舅,以授余。」……旭之傳法,蓋多其人,若韓太傅滉、徐吏部
> 浩、顏魯公眞卿、魏仲犀。又傳蔣陸即從姪野奴二人。予所知者,
> 又傳清河崔邈,邈傳褚長文、韓方明。徐吏部傳之皇甫閱。閱以柳
> 宗元員外爲入室,劉尚書禹錫爲及門者,言柳公常 (關) 柳傳方少卿
> 直溫,近代賀拔 (關) 馬璋、李中丞戎,子方皆得名者。蓋書非口傳
> 手授而云能知,宋之見也。〔註288〕

第一則「僕」,「張旭」自謂。引文出自蔡希綜的《法書論》,第二則出自顏眞
卿的〈述張長史筆法十二意〉,「予」也是張旭自謂。其間相同處都是以張旭
爲中心,差別在第二則之用筆係透過張旭之舅陸彥遠而得;而其淵源皆來自
褚遂良。第三則出自韓方明〈授筆要說〉、第四則出自盧雋的〈臨妙訣〉。仍
然以張旭爲中心,與一、二則的區別,除所傳內容外,更在於筆法之傳上溯
其源頭,而第四則則增述其流派。張彥遠《法書要錄》或許因此而出現〈傳
授筆法人名〉:

> 蔡邕受於神人而傳之崔瑗及女文姬,文姬傳之鍾繇,鍾繇傳之衛夫
> 人,衛夫人傳之王羲之,王羲之傳之王獻之,王獻之傳之外甥羊欣,
> 羊欣傳之王僧虔,王僧虔傳之蕭子雲,蕭子雲傳之僧智永,智永傳
> 之虞世南,世南傳之授於歐陽詢,詢傳之陸柬之,柬之傳之姪彥遠,
> 彥遠傳之張旭,旭傳之李陽冰,陽冰傳徐浩、顏眞卿、鄔彤、韋玩,
> 崔邈,凡二十有三人。〔註289〕

這篇短文可疑者二:該書總目錄未見紀錄,原本該書是否有此篇,可疑者一。
該篇出現在卷一,卷一所記不涉及唐人,此則之文卻敘述至中唐,體例何其
不當,可疑者二。因爲敘述至中唐,可推知最早當爲晚唐人所記,包括上述
第三、四則引文,也可推知這個概念產生於晚唐。再次出現這類文字是元朝
鄭杓撰、劉有定作注的《衍極》〔註290〕,資料略有變更及增加,《佩文齋書畫

〔註288〕陳思《書苑菁華》卷十九。永瑢、紀昀等撰《欽定四庫全書》(上海市:上海
古籍出版社,1987) 814 冊,頁 188。
〔註289〕張彥遠集《法書要錄》卷一,頁 8。楊家駱主編《唐人書學論著》(臺北市:
世界書局,民 64)。
〔註290〕鄭杓述、劉有定釋《衍極》頁 612~217。見楊家駱主編《宋元人書學論著》
(臺北市:世界書局,民 61)。

譜》並有〈書法流傳之圖〉〔註291〕，範圍仍在唐朝。

書統的建立，其意義只有一個，這樣的風格路數，使後人知所取法。

明朝解縉的《春雨雜述》的〈書學傳授〉不僅承續劉有定〈書法流傳之圖〉，而且唐前人數增加。還將唐系延伸至五代、宋、金、元及明初的知名書家，儼然是知名書家的集合。〔註292〕該文甚長，節錄從元至明初部分如下：

> 獨吳興趙文敏公孟頫始事張即之，得南宮之傳。而天姿英邁，積學功深，盡掩前人，超入魏、晉，當時翕然師之。康里平章子山得其奇偉，浦城楊翰林仲弘得其雅健，清江范文白公得其瀟落，仲穆造其純和。及門之徒，惟桐江俞和子中以書鳴洪武初；後進猶及見之。
>
> 〔註293〕

這是一段極其技巧的文字。到此爲止，我們看到的是趙孟頫爲主，傳康里子山、楊仲弘、范白文、仲穆及俞和。值得注意的是「及門之徒，惟桐江俞和子中以書鳴洪武初；後進猶及見之。」意謂趙氏傳人雖多，僅俞和得其眞。而俞和之後，即屬老身。但是作者怕人詬病，僅以「後進猶及見之」。不只此，本段文字之後，又加上不少以康里子山爲主的傳人系統，淡化自己的色彩。

明末，以董其昌卓然一大家，明示自己師承的，如明末清初倪後瞻、梁巘。《倪氏雜著筆法》有不少自述之語，節其數則如下：

> 余憶七歲時，讀書東門王憶峰家。王邀董先生飲，余時即傾慕其風采。十六歲，親得筆法於南都，所謂口訣手授者……
>
> 余雖玄宰門人，初學書時，戊子元旦也。……
>
> 乙巳正月過毗陵，晤玄宰先生門生王雙白。其人髫年即遊董門，今六十歲矣！董先生歷遊南北，雙白多從遊，故筆法精深，雙白自謂得不傳之秘。一見余書，即定爲入董之室，兼深得楊少師帖意，賞玩彌日。余心服其知音，每過余寓，劇談不倦。

〔註291〕 鄭杓〈書法流傳之圖〉。王原祁等纂輯《佩文齋書畫譜》（北京市：中國書店，1984）卷四，頁107。
〔註292〕 解縉撰《春雨雜述》頁 4～5。見楊家駱主編《明人書學論著》（臺北市：世界書局，民62）。
〔註293〕 解縉撰《春雨雜述》頁 4～5。見楊家駱主編《明人書學論著》（臺北市：世界書局，民62）。

毗陵王雙白云：「明朝止有一大家，董先生是也。下此止可謂之名家。
　　總明朝書家計之，其書法可與唐、宋匹，號為名家者，止有四人：
　　一鄧太素、二郁衣白、三倪蘇門、四陳眉公。」〔註294〕

倪後瞻生於明神宗萬曆三十六年（1608），七歲慕董其昌風采，時董氏六十歲。
十六歲親得董先生口訣手授筆法，儼然已是董氏傳人之一。又說：「初學書時，
戊子元旦」，其時已四十一歲；與前所述頗見出入。可能的推測，「口訣手授」
後，並未專意學習，遲至四十一歲，才定心為之。其時大明已亡，南明也已
結束。於是轉移心思於此，乙巳為康熙四年（1665），時作者年五十八。王雙
白之言，肯定其為董先生弟子。蘇門為倪後瞻之字，列四名家之一，更確定
其地位。

　　同樣自述繼董其昌之後的，是梁巘。他的敘述十分簡單：

董公其昌傳執筆法於其邑沈公荃，荃傳王公鴻緒，鴻緒傳張公照，
照傳何公國宗，國宗傳白下梅君釴。予學書三十歲後，始緣釴得其
傳。先是，張公秘其法，不授人。一日，同何公坐獄中，何公叩至
再三，乃告，仍屬勿洩。出獄，何公遍語人，梅君因得之。及張公
總裁某館，梅君謄錄館中，見公作書，著狐裘，袖拂几上。公曰：「觀
君袖拂几乎？肘實懸而動也。」梅君歸告予。予學書復十餘年，覺
有得。〔註295〕

不論以含蓄記敘，還是間接承受，為何古人如此重視傳承，至少我們可以理
解書者的心態是，筆法必須有人承傳，而且我的風格有來歷，屬於正宗。

四、小結

　　風格類型，雖然文學與書法是兩種藝術，各有類型則不能免，呈現方式
相似自不待言。惟在紀載中多寡不一，文論多而書論僅一則。又，文論中《二
十四詩品》全文錄出，實在無法分割而僅取部分。

　　源流方式，在作者言，以風格尋其源與流，但不免「以意逆志」〔註296〕，

〔註294〕《倪氏雜著筆法》。崔爾平選編《明清書法論文選》（上海：上海書店，1994）
　　　　　頁412、417、421、442。
〔註295〕梁巘撰《評書帖》頁89～90。見楊家駱主編《清人書學論著》（臺北市：世
　　　　　界書局，民61）。
〔註296〕《中孟》卷五〈萬章上〉，頁131～132。朱熹集註《四書集註》（臺北市：世
　　　　　界書局，民55）。

牽強附會。葉夢得《石林詩話》即對鍾嶸《詩品》歸類陶潛出於應璩不然〔註297〕；劉熙載《藝概》也曾指出包世臣說《乙瑛》出自鍾繇的不當：「《乙瑛碑》時在鍾前，自非追立，難言出於鍾手。至《孔羨》則更無疑其非梁書者。」〔註298〕但是之所以歸類爲某某流派，必然有風格上的相似。這種現象文論、書論皆同，可見其觀念上之會通。

　　文統與書統，雖分屬文學與書法，其爲各自的統緒則一，又見其彼此的類似性。其中，文統的風格特色在文道合一，當是第二章道體之心與第三章培養品德之延伸。

〔註297〕葉少蘊撰《石林詩話》卷下：「論陶淵明乃以爲出於應璩，此語不知其所據。」
　　　　何文煥編訂《歷代詩話》臺北縣：藝文印書館，民60）頁260。
〔註298〕劉熙載撰《藝概》（臺北市：廣文書局，民58）卷五，頁7。

第六章　品評論

曹丕的《典論・論文》，起首即點出文學批評之所以產生：

> 文人相輕，自古而然。傅毅之於班固，伯仲之間耳；而固小之，與弟超書曰：「武仲以能屬文爲蘭臺令史，下筆不能自休。」夫人善於自見，而文非一體，鮮能備善，是以各以所長，相輕所短。里語曰：「家有弊帚，享之千金。」斯不自見之患也。……，而作〈論文〉。〔註1〕

以上引文透露的是〈論文〉之所以產生，是因爲評論文章的事早已存在；而且人們常有的毛病是「善於自見」，「里語曰：家有弊帚，享之千金。」於是以己之長，評人之所短；其弟曹植的〈與楊德祖書〉還有更不堪的情形：「以孔璋之才，不閑於辭賦，而多自謂能與司馬長卿同風。」〔註2〕司馬長卿即司馬相如，賦的成就是漢賦的巔峰，孔璋雖不是評人而是自評，同樣是「不自見之患也」。

曹丕看到的是，「各以所長，相輕所短。」曹植看到的是：「人各有好尚，蘭茞蓀蕙之芳，眾人所好，而海畔有逐臭之夫；咸池六莖之發，眾人所共樂，而墨翟有非之之論！」〔註3〕這是永遠不能避免的問題。〔註4〕

〔註1〕昭明太子撰《文選》（臺北縣板橋鎮：藝文印書館，民72）卷五十二，頁733～734。

〔註2〕同註1，卷四十二，頁605～606。

〔註3〕同註1。

〔註4〕按：郭紹虞：「大抵漢季臧否人物的風氣很盛……汝南月旦尤爲一時美談。故劉劭得本之以成《人物志》，傅嘏、鍾會得本之以論才性異同，而在於丕、植，則不過應用此觀念以論文學而已。」郭著《中國文學批評史》（臺北市：盤庚出版社，民67）上卷，頁79。

　　早初的書論，對於書法，大抵都是作者單方面的表述，少有如曹氏兄弟般激烈的評論。比較不悅的是，虞龢〈論書表〉中謝安與王獻之之間的對話：「謝安嘗問子敬：『君書何如右軍？』答云：『故當勝。』安云：『物論殊不爾。』子敬答曰：『世人那得知？』」兩個人雖屬叔姪輩，但也各有定見，因此產生下面的事：「謝安善書，不重子敬，（子敬）每作好書，必謂被賞，安輒題後答之。」〔註5〕梁武帝與陶弘景論書則語氣十分平和。到孫過庭的《書譜》，則感嘆世間知書者少：

> 聞夫家有南威之容，乃可論於淑媛；有龍泉之利，然後議於斷割。……
> 夫蔡邕不謬賞，孫陽不妄顧者，以其玄鑒精通，故不滯於耳目也。
> 向使奇音在爨，庸聽驚其妙響；逸足伏櫪，凡識知其絕群，則伯喈
> 不足稱，良、樂未可尚也。〔註6〕

首句語出曹植〈與德祖書〉。〔註7〕意思是說：缺乏書法鑒賞力，無法分清好壞，初學者常見。要有虛心而嚴謹的為學態度，去掌握書法原理，才能提高自己的書法鑒賞力、分辨力。「蔡邕不謬賞，孫陽不妄顧」分別出自《搜神記》及《戰國策》。〔註8〕強調「不滯於耳目」，要「玄鑒精通」即須深入、把握傳統法理。文中並舉自己親身經歷以為證。〔註9〕

〔註5〕〈論書表〉。張彥遠集《法書要錄》卷二，頁14、18。見楊家駱主編《唐人書學論著》（臺北市：世界書局，民64）。

〔註6〕孫虔禮《書譜序》（臺北市：國立故宮博物院，民76）頁29～30。譯文：聽說家裡有南威那樣的容顏，才有資格評斷美女；有龍泉這樣的寶劍，才有資格論及鋒利。……蔡邕對於琴材不輕易贊賞，伯樂對馬匹不隨便注視，因為他們有極精的鑒賞能力，所以不會浪費時間在耳力目力上。假使奇妙的聲在焚燒時，一般人聽得出它的美妙；千里馬伏在馬棚下，平凡人看得出牠的超群，那麼伯喈便不足稱道，伯樂也不必推崇了。

〔註7〕昭明太子撰《文選》（臺北縣板橋鎮：藝文印書館，民72）卷四十二，頁605～606。

〔註8〕干寶撰《搜神記》（北京市：中華書局，1985）十三，頁89：「吳人有燒桐以爨者，邕聞火烈聲，曰：『此良材也。』因請之，削以為琴，果有美音。而其尾焦，因名『焦尾琴』。」劉向編、高誘注《戰國策》（北京市：中華書局，1985）卷十七，頁39：〈楚策四‧汗明見春申君〉：「汗明曰：『君亦聞驥乎？夫驥之齒至矣，服鹽車而上大行。蹄申膝摺，尾湛胕潰，漉汁灑地，白汗交流，中阪遷延，負轅不能上。伯樂遭之，下車攀而哭之，解紵衣冪之。驥於是俛而噴，仰而鳴，聲達於天，若出金石聲音，何也？彼見伯樂之知己也。』」孫陽即伯樂。

〔註9〕同註6：「吾嘗盡思作書，謂為甚合，時稱識者，輒以引示：其中巧麗，曾不留目；或有誤失，翻被嗟賞。既昧所見，尤喻所聞。或以年職自高，輕致陵

　　品評一詞，係就作家或書家之作品，加以分析、品第、知音、評論。鄭
杓《衍極》就曾經說過：「品之與評，同而實異。評以討論其得失，品則考定
其高下。」〔註10〕本論文不在參與孰是孰非，僅單純的認爲品評一詞，包含
品與評。因此，分鑑賞與批評兩節，客觀性陳述往昔文論與書論之間是否具
有其會通處。至於用詞，從俗使用，難做嚴格劃分。

第一節　鑑賞分析

　　一般性的鑑賞，隨在多有。不必遠涉，就文論中，如梁簡文帝評謝靈運、
裴子野云：「謝客吐言天拔，出於自然，時有不拘，是其糟粕。裴氏乃是良史
之才，了無篇什之美。」〔註11〕蘇洵評孟、韓、歐陽子三人文云：「孟子之文
語約而意盡，不爲巉刻斬絕之言，而其鋒不可犯。韓子之文，如長江大河，
渾浩流轉，魚黿蛟龍，萬怪惶惑，而抑遏蔽掩，不使自露，而人望見其淵然
之光，蒼然之色，亦自畏避，不敢迫視。執事之文，紆餘委備，往復百折，
而條達疏暢，無所間斷，氣盡語極，急言竭論，而容與閒易，無艱難勞苦之
態。」〔註12〕書論一如文論，南朝宋羊欣的〈采古來能書人名〉轉引「吳人
皇象能草，世稱『沉著痛快』。」「滎陽楊肇，晉荊州刺史，善草隸。潘岳誄
曰：『草書兼善，尺牘必珍，足無輟行，手不釋文，翰動若飛，紙落如雲。』」
「子敬每省修書，云：『咄咄逼人。』」之類，都屬之。〔註13〕類此者由於零
碎，皆不錄：本論文僅羅列幾種常見的方式。

　　　　誚。余乃假之以縝縹，題之以古目：則賢者改觀，愚夫繼聲，競賞毫末之奇，
　　　　罕議峰端之失：猶惠侯之好僞，似葉公之懼眞。是知伯子之息流波，蓋有由
　　　　矣。」
〔註10〕　鄭杓述、劉有定譯《衍極》卷三，頁281。見楊家駱主編《宋元人書學論著》
　　　　（臺北市：世界書局，民61）。
〔註11〕　梁簡文帝〈與湘東王書〉。嚴可均校輯《全上古三代秦漢三國六朝文》（北京
　　　　市：中華書局，1958）《全梁文》卷十一，頁3011。
〔註12〕　〈上歐陽內翰第一書〉。蘇洵著《嘉祐集》（臺北市：臺灣商務印書館：民66）
　　　　卷十一，頁108。
〔註13〕　張彥遠集《法書要錄》卷一，頁6、7。見楊家駱主編《唐人書學論著》（臺北
　　　　市：世界書局，民64）。按：修，王修，字敬仁。王僧虔〈論書〉云：「亡高
　　　　祖丞相導，亦甚有楷法，以師鍾、衛，好愛無厭，喪亂狼狽，猶以鍾繇《尚
　　　　書宣示帖》衣帶過江，後在右軍處：右軍借王敬仁，敬仁死，其母見脩平生
　　　　所愛，遂以入棺。」《法書要錄》卷一，頁9。修死時，年二十四。

一、體類批評

人因嗜好及個性各有所偏，於是某種體裁特別擅長，另一體裁則未必如此。曹丕看到的是：「夫文本同而末異，蓋奏議宜雅，書論宜理，銘誄尚實，詩賦欲麗。此四科不同，故能之者偏也；唯通才能備其體。」〔註14〕文學、書法在表達的方式上，都不只一種體類。因此，不論文學、書法，都有以體類為單位，分別列出該體之最的鑑賞方式。

（一）文論體類示例

文論中，某種體類選某些人之作為示例，如李充《翰林論》：

> 容像圖而「讚」立，宜使辭簡而義正。孔融之讚揚公，亦其美也。
> 〔註15〕
> 「表」宜以遠大為本，不以華藻為先。若曹子建之表，可謂成文矣。諸葛亮之表劉主，裴公之辭侍中，羊公之讓開府，可謂德音矣。〔註16〕
> 研覈名理而論難生焉。「論」貴于允理，不求支離。若嵇康之論，成文美矣。〔註17〕

蕭子顯《南齊書·文學傳論》云：

> 若陳思〈代馬〉群章，王粲〈飛鸞〉諸製，「四言」之美，前超後絕。
> 少卿離辭，「五言」才骨，難與爭鶩。
> 桂林湘水，平子之華篇；飛館玉池，魏文之麗篆；「七言」之作，非此誰先？
> 卿、雲巨麗，升堂冠冕；張、左恢廓，登高不繼。「賦」貴披陳，未或加矣。
> 顯宗之述傅毅，簡文之摛彥伯，分言制句，多得「頌」體。
> 裴頠內侍，元規鳳池，子章以來，「章」、「表」之選。
> 孫綽之「碑」，嗣伯喈之後。
> 謝莊之「誄」，起安仁之塵。〔註18〕

〔註14〕 昭明太子撰《文選》（臺北縣板橋鎮：藝文印書館，民72）卷五十二，頁734。

〔註15〕 李昉等撰《太平御覽》（臺北市：臺灣商務印書館，民57）卷五百八十八，頁2779。

〔註16〕 同註15，卷五百九十四，頁2804。

〔註17〕 同註15，卷五百九十五，頁2808。

〔註18〕 蕭子顯撰《南齊書》（臺北市：鼎文書局，民67）卷五十二，頁908。

《文心雕龍》也採取這種方式，所列二十篇體類，往往可見，譬如〈哀弔〉篇：

> 至於蘇愼、張升，並述哀文。雖發其精華，而未極心實。建安哀辭，惟偉長差善，〈行女〉一篇，實有惻怛。及潘岳繼作，實踵其美。觀其慮善辭變，情洞悲苦，敘事如傳。結言摹詩，促節四言，鮮有緩句；故能義直而文婉，體舊而趨新，金鹿澤蘭，莫之或繼也。〔註19〕

又如鍾嶸《詩品》「止乎五言」，序云：

> 陳思贈弟、仲宣〈七哀〉、公幹思友、阮籍〈詠懷〉、子卿雙鳧、叔夜雙鸞、茂先寒夕、平叔衣單、安仁倦暑、景陽苦雨、靈運〈鄴中〉、士衡〈擬古〉、越石感亂、景純詠僊、王微風月、謝客山泉、叔源離宴、鮑照戍邊、太沖〈詠史〉、顏延入洛，陶公〈詠貧〉之製，惠連〈擣衣〉之作：斯皆「五言」之警策者也。〔註20〕

警策原指文章扼要處，其辭義足以警動人者；此處指該體之佼佼者。因此與以上所舉同類。

（二）書論體類示例

文論中，某文體以某作家為示例，已經顯示某作者為該體之最，但不曾給予特別尊號。書論則不然，不獨將某書體歸之於某書家，而且尊為人間極品。這種現象始自唐李嗣眞〈書後品〉。其文曰：

> 右軍正體如陰陽四時，寒暑調暢，嚴廊宏敞，簪裾肅穆。其聲鳴也，則鏗鏘金石；其芬郁也，則氤氳蘭麝；其難徵也，則縹緲而已仙；其可覿也，則昭彰而在目。可謂書之聖也。
>
> 若草、行雜體，如清風出袖，明月入懷，瑜瑾爛而五色，黼繡摛其七采，故使離朱喪明，子期失聽，可謂草之聖也。
>
> 其飛白，猶霧縠卷舒，烟空炤灼，長劍耿介而倚天，勁矢超忽而無地，可謂飛白之仙也。……〔註21〕

〔註19〕 劉勰撰、范文瀾注《文心雕龍注》（臺北市：開明書局，民57）卷三，頁31。後半譯文：觀其慮善辭變……莫之或繼也：我們詳觀他的作品，可說是思慮豐贍，文情洞澈，悲思淒苦。敘事事蹟，宛如史傳，結尾造詣，模仿《詩經》：全篇多屬音節短促的四言，很少有聲調緩慢的長句。故能義理質直而文詞委婉；體裁雖因襲舊式，而意趣卻推陳出新。

〔註20〕 鍾嶸著《詩品》。何文煥編訂《歷代詩話》臺北縣：藝文印書館，民60）頁9。

〔註21〕 〈李嗣眞書品後〉。張彥遠集《法書要錄》卷三，頁45。見楊家駱主編《唐人書學論著》（臺北市：世界書局，民64）。

引文共同點在使用譬喻，雖然如米芾所言：「徵弔迂遠，比況奇巧」，不知所云。可知者分三節，第一節尊王羲之「正書」爲「書之聖也」；第二節稱其「草、行雜體」爲「草之聖也」；第三節稱其「飛白」爲「飛白之仙」。李嗣眞所述僅以王羲之各書體爲止，而且總括了當時常用的一切書體。

　　張懷瓘〈書議〉將所論書體分爲四，而後分別列出優秀書家，並以第一、第二……分稱。其列第一者：眞書：「逸少第一」；行書：「逸少第一」；章草：「子玉第一」；草書：「伯英第一」。〔註22〕既列「第一」，已經分出各書體書家之最。到《書斷》同樣以書體分論書家，如史籀「大篆、籀文入神」、李斯「小篆入神」、杜度「善草章，……創其神妙，其唯杜公」、崔瑗「章草入神」、張芝「章草、行入神」、蔡邕「八分、飛白入神」、鍾繇「隸、行入神」，皇象「章草入神」、衛瓘「章草入神」、索靖「章草入神」、王羲之「隸、行、草書、章草、飛白俱入神」、王獻之「隸、行、草、章草、飛白五體俱入神」。〔註23〕該文以神、妙、能三等評論，列爲神品，自是該書體之最。

　　這樣的方式，隨著書體的漸趨穩定，南宋出現的書論，漸漸爲學者尋求學習目標而作，不再出現某體某書家爲最的現象。姜夔《續書譜》即是其一，如談「眞書」，云：

> 眞書以平正爲善，此世俗之論，唐人之失也。……故唐人下筆應規
> 入矩，無復魏晉飄逸之氣。……或者專喜方正，極意歐、顏；或者
> 惟務勻圓，專師虞、永。

論「草書」，則云：

> 大凡學草書，先當取法張芝、皇象、索靖等章草，則結體平正，下
> 筆有源。然後仿王右軍，申之以變化，鼓之以奇崛。……〔註24〕

後世，書論家順時代需求，各有所記，各有所會，又漸漸演化爲書體代表者不只是書家，還列出書家書跡，也因此產生出如明朝豐坊《童學書程》之類龐大的學習書目。

〔註22〕　〈張懷瓘書議〉。張彥遠集《法書要錄》卷四，頁 66、67。見楊家駱主編《唐
　　　　　人書學論著》（臺北市：世界書局，民 64）。
〔註23〕　〈張懷瓘書斷中〉。同註22，卷八，頁 121、122、123、124、125。
〔註24〕　姜夔撰《續書譜》頁 1～2，3。見楊家駱主編《宋元人書學論著》（臺北市：
　　　　　世界書局，民 61）。

二、比較批評

此處所謂「比較」，指的是兩位相比或一位與多位相比，不作名次排列，高下鑑賞者自知。如《論語・公冶長》云：「子謂子貢曰：『女與回也，孰愈？』對曰：『賜也，何敢望回？回也，聞一以知十；賜也，聞一以知二。』子曰：『弗如也！吾與女弗如也！』」又〈先進〉云：「子貢問：『師與商也孰賢？』子曰：『師也過商也不及。』」〔註25〕之類。

（一）文論中的比較

揚雄《法言》：「如孔氏之門用賦也，則賈誼升堂，相如入室矣。」〔註26〕語句本自《論語》：「子曰：『由也，升堂矣，未入於室也。』」〔註27〕與《論語》之不同，在孔子為子路一人評分，而《法言》成為賈誼與司馬相如二人在賦的成就上高下之別。鍾嶸《詩品》的：「孔氏之門如用詩，則公幹升堂，思王入室，景陽、潘、陸，自可坐於廊廡之間矣。」〔註28〕又如同《法言》語法之延伸。

比上不足，比下有徐，亦屬此類。如鍾嶸評王粲「方陳思不足，比魏文有餘。」評陸機「氣少於公幹，文劣於仲宣。」評張協「雄於潘岳，靡於太沖。」評左思「雖野於陸機，而深於潘岳。」等。〔註29〕

趙宋時期，詩話開始盛行，不時將兩位詩家相互比較。歐陽脩的《六一詩話》評前輩詩人梅堯臣、蘇舜欽云：

> 聖俞、子美齊名於一時，而二家詩體特異。子美筆力豪雋，以超邁橫絕為奇；聖俞覃思精微，以深遠閒淡為意。各極其長，雖善論者不能優劣也。〔註30〕

聖俞即梅堯臣，子美即蘇舜欽。在歐陽脩眼中，各有所長，且各極其長。

以李白、杜甫作比，詩話時見。王安石云：

〔註25〕 《上論》卷三〈公冶長〉，頁27：《下論》卷六〈先進〉，頁72。朱熹集註《四書集註》（臺北市：世界書局，民55）。

〔註26〕 〈吾子〉。揚雄撰。李軌注《法言》（臺北市：臺灣中華書局，民55）卷二，頁1。

〔註27〕 《下論》卷六〈先進〉，頁72。同註25。

〔註28〕 鍾嶸著《詩品》。何文煥編訂《歷代詩話》臺北縣：藝文印書館，民60）頁10「魏陳思王植」下。

〔註29〕 同註28，頁10、11。

〔註30〕 歐陽脩著《六一詩話》。何文煥編訂《歷代詩話》臺北縣：藝文印書館，民60）頁158。

> 李白歌詩豪放飄逸，人固莫及，然具格止於此而已，不知變也。至於
> （杜）甫，則悲懽、窮泰、發斂、抑揚、疾徐、縱橫，無施不可。故其
> 詩有平淡簡易者，有綺麗精確者，有麗重威武若三軍之帥者，有奮迅
> 馳驟若泛駕之馬者，有淡泊閑靜若山谷隱士者，有風流蘊藉若貴介公子
> 者。蓋其詩緒密而思深，觀者苟不能臻其閫奧，未易識其妙處。〔註31〕

王安石是從詩家格局寬度及鑑賞者理解深度著眼。嚴羽又是一種角度，《滄浪
詩話》云：

> 子美不能爲太白之飄逸，太白不能爲子美之沉鬱。太白〈夢游天姥
> 吟〉、〈遠別離〉等，子美不能道；子美〈北征〉、〈兵車行〉、〈垂老
> 別〉等，太白不能作。〔註32〕

此子美非蘇舜欽，而是杜甫。在嚴羽眼中，一如梅、蘇之在歐，各有所擅，
各極其長。

明人解縉、姚廣孝等人所編《永樂大典》云：

> 李太白才氣高邁，故其詩多是乘興而成，清麗痛快，洒落有餘，而
> 沉鬱頓挫處卻不足；杜子美功夫縝密，故其詩多是苦思鍛鍊而成。
> 窮達悲歡，各盡其趣。莊重典雅，山野富麗，濃厚纖巧，隨其所欲，
> 各造其極。〔註33〕

《永樂大典》是一部工具書，是站在常人角度，近於嚴羽。

總之，這是最普遍的一種方式，原則兩位作者或者一位與多位，同一時
代，同一文體作比，在比較中見眞章。

（二）書論中的比較

書論中此類比較時見，花樣似比文論爲多。

最早出現的，大概是張芝自評的「上比崔、杜不足，下方羅、趙有餘。」
〔註34〕這句話後被趙壹〈非草書〉、衛恆《四體書勢》、羊欣〈采古來能書人
名〉等書論連翻引用。

〔註31〕何谿撰《竹莊詩話》（臺北市：臺灣商務印書館，民59）卷五，頁10～11引。

〔註32〕〈詩評〉。嚴羽著《滄浪詩話》。何文煥編訂《歷代詩話》臺北縣：藝文印書館，民60）頁451。

〔註33〕解縉、姚廣孝等纂《永樂大典》（臺北市：世界書局，民51）卷八二三引《編類》，頁1～2。

〔註34〕衛恆《四體書勢》。房玄齡等撰《晉書》（臺北市：鼎文書局，民68）卷三十六，頁1065。

　　〈采古來能書人名〉也使用這種方法：「王洽，……從兄羲之云：『弟書遂不減吾。』」「王羲之，……博精群法，特善草隸。羊欣云：『古今莫二。』」「王獻之，……善隸、藁，骨勢不及父，而媚趣過之。」「庾翼，……善隸、行。時與羲之齊名。」〔註35〕

　　又如虞龢〈論書表〉，起首用王羲之說：「吾書比之鍾、張，當抗行；張草猶當雁行。」採用比較。接下來的「羊欣云：『羲之便是小推張，不知獻之自謂云何？』又云：『張字形不及右軍，自然不如小王。』謝安嘗問子敬：『君書何如右軍？』答云：『故當勝。』」〔註36〕都是在比較中襯托高下。

　　橫跨宋、齊的王僧虔，更是使用比較的方式，當作其評論書跡的主軸。如：「宋文帝書，自謂不減王子敬。時議者云：『天然勝羊欣，功夫不及欣。』」「亡從祖中書令珉，筆力過於子敬書。〈舊品〉云：『有四疋素，自朝操筆，至暮便竟，首尾如一，又無誤字。子敬戲云：「弟書如騎騾，駸駸恆欲度驊騮前。」』」「郗愔章草，亞於右軍。」「李式書，右軍云：『是平南（王廙）之流，可比庾翼；王濛書，亦可比庾翼。』」「郗超草書亞於二王，緊媚過其父（郗愔），骨友不及也。」「桓玄書，自比右軍，議者宋之許，云可比孔琳之。」「孔琳之書，放縱快利，筆道流便，二王後略無其比。但工夫少，自任，故未得盡其妙，故當劣於羊欣。」等等。〔註37〕縱使與齊高帝賭書，亦然。「嘗與王僧虔賭書，書畢，曰：『誰為第一？』對曰：『臣書，臣中第一；陛下書，帝中第一。』」〔註38〕

　　梁朝庾肩吾在比對「上之上」的三位書家，同樣使用王僧虔時代的「時議」，以「天然」、「工夫」為基點，兩相比較：「張工夫第一，天然次之。衣帛先書，稱為『草聖』。鍾天然第一，工夫次之，妙盡許昌之碑，窮極鄴下之牘。王工夫不及張，天然過之；天然不及鍾，工夫過之。羊欣云：『貴越群品，古今莫二。』兼撮眾法，備成一家，若孔門以書，三子入世矣。」〔註39〕所謂天然者，與功夫比對，當是後人所說的才氣。

〔註35〕〈羊欣采古來能書人名〉。張彥遠集《法書要錄》卷一，頁6、7。見楊家駱主編《唐人書學論著》（臺北市：世界書局，民64）。
〔註36〕〈虞龢論書表〉。同註35，卷二，頁14。
〔註37〕〈王僧虔論書〉。同註35，卷一，頁8〜10。
〔註38〕〈張懷瓘書斷下〉。同註35，卷九，頁139。又宋高宗《翰墨志》頁2記：「齊高帝與王僧虔論書，謂『我書何如卿？』僧虔曰：『臣正書第一，草書第三。陛下書第二，而正書第三。是臣無第二，陛下無第一。』」見楊家駱主編《宋元人書學論著》（臺北市：世界書局，民61）。
〔註39〕〈庾肩吾書品論〉。張彥遠集《法書要錄》卷一，頁28。見楊家駱主編《唐人書學論著》（臺北市：世界書局，民64）。

　　唐朝張懷瓘的《書斷》，斟酌前人，大量使用。如杜度小傳云：「伯英〈張芝〉損益伯度章草，亦猶逸少增減元常眞書，雖潤色精於斷割，意則美矣；至若高深之意，質素之風，俱不及其師也。」崔瑗小傳云：「伯英祖述之，其骨力精熟過之也，索靖乃越制特立，風神凜然，其雄勇過之也，以此有謝於張〈芝〉、索。」又如索靖小傳云：「書出於韋誕，峻險過之，……其堅勁則古今不逮。或云則過於衛瓘，然窮兵極勢，揚威耀武，觀其雄勇欲陵於張〈芝〉，何但於衛。……時人云：『精熟至極，索不及張；妙有餘姿，張不及索。』」等皆是。〔註40〕

　　論實情，比較是最基礎、最簡單，又是最明確的一種方式。所以使用也最爲普遍。後世，以比較而爲人所熟知的，大概推明末董其昌自言與趙孟頫的差異：「〈吾書〉與趙文敏較，各有短長。行間茂密，千字一同，吾不如趙；若臨倣歷代，趙得其十一，吾得其十七。又趙書因熟得俗態，吾書因生得秀色。趙書無弗作意，吾書徃徃率意。當吾作意，趙書似輸一籌，第作意者少耳。」〔註41〕

三、品第批評

　　品第就是分等第以別高下，數量在三位以上。

　　古代品評人物，往往分成上、中、下等級，最早採用這個方式的是《論語》裡確立的「上知」、「中人」、「下愚」。〔註42〕這是以道德爲標準的劃分法。其後，在《漢書》的〈古今人表〉裡，將上、中、下又分別劃分成上、中、下而成夷品的等級，分別是：上上、上中、上下、中上、中中、中下、下上、下中、下下。上上爲聖人，上中爲仁人，上下爲智人，下下爲愚人，並列有詳表，此後的曹魏也採取「九品中正制」選取人才。曹操之後，曹丕延續前制，立「九品官人之法」作爲選官制度。

　　再後，曹魏在選拔官吏時，採用了「九品中正制」。雖然這種方式有其歷史淵源，但未嘗不是「比較優劣」的延伸，因爲人數多，必須如此。

（一）文論中的品第

　　鍾嶸〈詩品序〉對在他之前文論使用的方式加以評論：「陸機《文賦》，

〔註40〕 〈張懷瓘書斷中〉。同註39，卷八，頁121、122、123～124。
〔註41〕 董其昌撰《容臺集》（四）（臺北市：國立中央圖書館，民57）頁1894～1895。
〔註42〕 子曰：「中人以上，可以語下。中人以下，不可以語上。」「惟上知與下愚，不移。」見《上論》卷三〈雍也〉，頁38；《下論》卷九〈陽貨〉，頁119。朱熹集註《四書集註》（臺北市：世界書局，民55）。

通而無貶；李充《翰林》，疎而不切；王微《鴻寶》，密而無裁；顏延論文，精而難曉；摯虞《文志》，詳而博贍，頗曰知言：觀斯數家，皆就談文體，而不顯優劣。至於謝客集詩，逢詩輒取；張騭《文士》，逢文即書：諸英志錄，並義在文，曾無品第。」〔註43〕說明在鍾嶸之前的書論有兩種現象：一是前半所列諸書，「皆就談文體，而不顯優劣」；二是不論是謝靈運的《詩集鈔》，還是張隲的《文士傳》，都是詩與文的總集，不做任何評論。鍾嶸則一反往例，仿班固九品論人之法，僅就五言詩分爲上、中、下三品，合品第與優劣並言。

不過鍾嶸僅分三品：上品有李陵、班姬、陳思、劉楨、王粲、阮籍、陸機、潘岳、張協、左思、謝靈運計十一人；中品列徐淑、魏文帝、嵇康、張華、何晏、孫楚、王讚等三十八人；下品列班固、酈炎、趙壹、魏明帝、曹彪、徐幹、阮瑀、歐陽建、應瑒、嵇含等七十一人：合計一百二十人。鍾嶸云：「網羅古今，詞文殆集，輕欲辨彰輕濁，掎摭病利，凡百二十人。」〔註44〕

唐朝張爲的《詩人主客圖》，將詩風分成六種，每一種下又分「上入室」、「入室」、「升堂」、「及門」。名稱係仿照揚雄《法言‧吾子》「如孔氏之門用賦也，則賈誼升堂，相如入室矣。」〔註45〕；但其分等概念則來自鍾嶸《詩品》。意謂「上入室」、「入室」、「升堂」、「及門」等，等同於鍾嶸《詩品》之上品、中品與下品。清朝李調元在敘《詩人主客圖》云：「求之前代，亦如梁參軍鍾嶸分古今作品爲三品。」〔註46〕後世如《乾嘉詩壇點將錄》等多屬此類。〔註47〕共同特點：推舉詩派領袖，羅列詩派成員，甄別詩人品第。〔註48〕

〔註43〕 鍾嶸著《詩品》。何文煥編訂《歷代詩話》臺北縣：藝文印書館，民60）頁9。
〔註44〕 同註43。
〔註45〕 〈吾子〉。揚雄撰、李軌注《法言》（臺北市：臺灣中華書局，民55）卷二，頁1。
〔註46〕 張爲撰《詩人主客圖》。丁福保編訂《歷代詩話續編》（臺北市：木鐸出版社，民72）頁70。
〔註47〕 舒位撰《乾嘉詩壇點將錄》。見續修四庫全書編纂委員會編《續修四庫全書》（上海市：上海古籍出版社，1995）1705冊，頁167～173。按：目前所見較早而且完整的《點將錄》，是明末著名王紹徽的《東林點將錄》。係時人仿民間《水滸傳》，編東林一百八人爲《點將錄》，獻之閹黨魏忠賢，令按名點汰。詩壇《點將錄》，始於清舒位《乾嘉詩壇點將錄》，後汪辟疆《光宣詩壇點將錄》繼之，吳江范鑣《詩壇點將錄》又繼之。又柳亞子、胡懷琛有《南社點將錄》。對「點將錄」一體用力最深且撰述最多者，當推今人錢仲聯先生。錢先生僅系列詩壇《點將錄》就有《順康雍詩壇點將錄》、《道咸詩壇點將錄》、《南社吟壇點將錄》、《近百年詩壇點將錄》、《浣花詩壇點將錄》等。
〔註48〕 參看第五章第二節〈文論源流〉中張爲《詩人主客圖》敘述方式。

（二）書論中的品第

書法方面，南朝宋虞龢〈論書表〉在二王書之外，「別有三品書，凡五十二帙，五百二十卷。」〔註49〕但是，該表僅此一語，品目是否採取上、中、下，又有哪些書家分屬何種品目，詳情不得而知。

目前可見，最早採用分品評鑑優劣的，是南朝梁書法評論家、文學家庾肩吾的〈書品〉。

〈書品〉一卷，記載漢至齊、梁能眞、草者，以「天然」、「工夫」兩方面爲著眼，分爲九品。每品各繫以論，而以總序冠於前，前論列多有理致。

上之上：張芝、鍾繇、王羲之三人。

上之中：崔瑗、杜度、師宜官、張昶、王獻之五人。

上之下：索靖、梁鵠、韋誕、皇象、胡昭、鍾會、衛瓘、荀輿、阮研九人。

中之上：張超、郭伯道、劉德昇、崔寔、衛夫人、李式、庾翼、郗愔、謝安、王珉、桓玄、羊欣、王僧虔、孔琳之、殷鈞十五人。

中之中：魏武帝、孫皓、衛覬、左子邑、衛恆、杜預、王廙、張彭祖、任靖、韋昶、王修、張永、范懷約、吳休尚、施方泰十五人。

中之下：羅暉、趙襲、劉興、張昭、陸機、朱誕、王導、庾亮、王洽、郗超、張翼、宋文帝、康昕、徐希秀、謝朓、劉繪、陶隱居、王崇素十八人。

下之上：姜詡、梁宣、魏徵、韋秀、鍾輿、向泰、羊忱、晉元帝、識道人、范曄、宋炳、謝靈運、蕭思話、薄紹之、齊高帝、庾黔婁、費元瑤、孫奉伯、王薈、羊祐二十人。

下之中：楊經、諸葛融、楊潭、張炳、岑淵、張輿、王濟、李夫人、劉穆之、朱齡石、庾景休、張融、褚元明、孔敬通、王籍十五人。

下之下：衛宣、李韞、陳基、傅廷堅、張紹、陰光、韋熊、張暢、曹任、宋嘉、裴邈、羊固、傅夫人、辟閭訓、謝晦、徐羨之、孔閭、顏寶光、周仁皓、張欣泰、張熾、僧岳道人、法高道人二十三人。以上總計一百二十三人。〔註50〕

接續庾肩吾〈書品〉的是則天武后朝李嗣眞的〈書後品〉。該書品第的特點，是在九品之上又添加了一個「逸品」；變成十個等級，其中包括李斯、張

〔註49〕 張彥遠集《法書要錄》卷二，頁 16。見楊家駱主編《唐人書學論著》（臺北市：世界書局，民 64）。

〔註50〕 按：序中言一百二十八人，疑有訛誤。

芝、鍾繇、王羲之和王獻之。〔註51〕按：該書基本重視的是「法」〔註52〕：「今之馳騖，去聖逾遠，徒識方圓，而迷點畫，猶莊生之歎盲者，《易·象》之談日中，終不見矣。太宗與漢王元昌、褚僕射遂良等，皆受之於史陵，褚首師虞，後又學史，乃謂陵曰：『此法更不可教人。』是其妙處也。陸學士柬之受虞祕監，虞祕監受於永禪師，皆有體法。今人都不聞師範，又自無鑒局，雖古迹昭然，永不覺悟，而執燕石以爲寶，玩楚鳳而稱珍，不亦謬哉！」他品第最高的標準是「右四賢（指鍾、張、二王）之迹，揚庭効技，策勳底績。神合契匠，冥運天矩，皆可稱曠代絕作。」〔註53〕和六朝以來的風尚相較，並沒有很大的變化。

九品論書的方式，雖然又見於韋續編纂的《墨藪》，但在盛唐張懷瓘的《書斷》則開始採取神、妙、能的三等法。所謂的三等，張氏並沒有明確的定義，宋朝朱長文的《續書斷》下的定義是「傑出特立，可謂之神；運用精美，可謂之妙；離俗不謬，可謂之能。」〔註54〕

神品十二人，妙品三十九人，能品三十五人。每一品根據他所列的十種書體，分別列出他認爲的擅長者，而且「每一書之中，優劣爲次」〔註55〕，意即雖列同品，仍有優劣之分。和庾肩吾的〈書品〉相比較，庾氏列書家入某品，常是一種籠統的印象，張氏則認爲人不能各體盡善，而且同品中也有高下之別。

這樣的觀念，張氏又用在其他的著作；在〈書議〉中將他認爲「千百年間得其妙者」，「名、迹俱顯者十九人」，先分草書、行書、章草、草書四體，而後每體之下「以風神骨氣者居上，妍美功用者居下。」〔註56〕爲標準，列出書家姓名並標宗名次，如：

〔註51〕按：就人數言，序文云：「始於秦氏，終於唐世，凡八十一人。」而事實上卻是八十二人。序文又言：「登逸品數者四人。」因此，多出的一人可能是李斯，因此有一人之誤。

〔註52〕「『逸品』往往是指逸脫常格，出於意表的書法作品。繪畫界也出現了文人畫的『逸格派』。但在李嗣真的〈書後品〉中，『逸格』一詞似乎還沒有包含後世這種意義。」見中田勇次郎著、盧永璘譯《中國書法理論史》頁32～33。（天津：天津古籍出版社，1987）。

〔註53〕〈李嗣真書品後〉。張彥遠集《法書要錄》卷三，頁44。見楊家駱主編《唐人書學論著》（臺北市：世界書局，民64）。

〔註54〕朱長文撰《墨池篇》卷三。永瑢、紀昀等撰《欽定四庫全書》（上海市：上海古籍出版社，1987）812冊，頁731。

〔註55〕〈張懷瓘書斷中〉。同註53，卷八，頁120。

〔註56〕〈張懷瓘書議〉。同註53，卷四，頁66、67。

眞書

逸少第一　元常第二　世將第三　子敬第四　士季第五　文舒第六
茂宏第七〔註57〕

其他亦然。這是《書斷》「每一書之中，優劣爲次」的明示化。結果，王羲之在眞書與行書都名列第一，但是章草八人列第五，草書八人則敬陪末座。在他的看法：「人之材能，各有長短。」〔註58〕與曹丕「文非一體，鮮能備善」，「唯通才能備其體」，顯然是相同的。

此外，〈書估〉「以王羲之爲標準。如大王草書眞字，一百五字乃敵一行行書，三行行書敵一行眞正」，再斟酌「文質相沿，立其三估；貴賤殊品，置其五等。」除第一等九人爲理所當然，第二等列出人名之後云：「可微劣右軍行書之價」；第三等云：「庶幾右軍草書之價」；第四等云：「可敵右軍草書三分之一」；第五等云：「可敵右軍草書四分之一」。〔註59〕以此區分五等之別。不過，這種方式可能爲遊戲之作，後世未見模仿。

品第的方式，宋、元、明三朝少有。元朝劉有定解釋的《衍極》列有鄭昂《書史》的〈人品表〉，神、妙、能之能品又分爲上、下。並云：「或未見古書，但合諸家之論，由倉頡而下，約爲四品。論同異者，參訂而從衆，其有史傳不顯而品錄著名，則外其名於表。又有不入品，上有傳刻可見者，昂不敢斷，咸列於遺書，遂成五等。」〔註60〕

清朝此法再度興盛，侯仁朔著有《侯氏書品》，分古品、正品、奇品、險品。雖不以等第列，就學者之資，有所區別。古品云：「所載諸帖，實書家根蒂。」正品云：「此品書家微有醇無疵。學者無論才資敏頓，皆當以此爲歸。」奇品云：「此品逞才鬥巧，變換百出，出無鶴舞鹿伏之趣，然不若德驥力牛爲私人所託命。學者擇其才之所近，依爲一家，自不至墮入惡道。」險品云：「此品如李太白登落雁峰，呼吸之氣可通帝座，蓋浩浩落落，造物爲徒矣。奈駑

〔註57〕〈張懷瓘書議〉。張彥遠集《法書要錄》卷四，頁67。見楊家駱主編《唐人書學論著》（臺北市：世界書局，民64）。

〔註58〕「或問曰：『此品（指草書）之中，諸子豈能悉過於逸少？』答曰：『人之材能，各有長短。諸子於草，各有性識，精魄超然，神彩射人。逸少則格律非高，功夫又少，雖圓豐妍美，乃乏神氣，無戈戟銛銳可畏，無物象生動可奇，是以劣於諸子。得重名者，以眞、行故也。』」〈張懷瓘書議〉。同註57，頁68。

〔註59〕〈張懷瓘書估〉。同註57，卷四，頁63、64。

〔註60〕鄭杓述、劉有定釋《衍極》頁282。見楊家駱主編《宋元人書學論著》（臺北市：世界書局，民61）。按：劉有定對品第論人頗不以爲然；對書亦然。稱班固之〈人名表〉，爲始作俑者，對鄭昂〈書品〉則曰「奔走班固之尤者」。

鈍之才於道中無分，往往欲竊其精粕，以掩飾陋劣，何異跛躄盲瞽輩，妄冀臨眺，其不自墜於絕壑者幾希！」〔註61〕從古品、正品之可學，到奇品、險品資質可者可學，也算是另類品第。

包世臣的〈國朝書品〉分「神品」、「妙品」、「能品」、「逸品」、「佳品」。各有註腳，而且「妙品」以下又各分上下，合計共九等。所品第連同增錄共一百零一人，皆屬入清後至包氏前之書家。採取張懷瓘〈書議〉之法，認為一人之各體書，未必盡善。如鄧石如，其各體書即分列：隸及篆書列神品，分及真書列妙品上，草書列能品上，行書列逸品上；其他如劉墉、姚鼐、翁方綱皆如此。

康有為《廣藝舟雙楫》所論皆為碑，亦仿前人品第之法，有〈碑品〉一篇專述之。分神品、妙品、高品、精品、逸品、能品。除神品外，各分上下，實分十一等，計七十七碑。

四、印象批評

印象（Impression）係心理學名詞。以前使用此詞彙者，都指印出之形象；英人休謨（Hume）另有新解。認為人所感、所知、所好、所憎、所思、所欲者，都謂之印象；此印象之再現，就稱之為觀念。但是，現代心理學不用它來指稱精神的作用，只在於感官受一定刺激而產生感覺時，其刺激之生理過程為印象。〔註62〕此處只是借用理論家對作品產生之感覺。這種感覺在表達時，雖然說「象者，出（於）意者也；言者，明象者也。盡意莫若象，盡象莫若言。」〔註63〕當「言」要表達所觀之「象」，也不是那麼容易的事；而譬喻以象徵卻是一種較好的方式。

譬喻是一種「借彼喻此」的修辭方法。凡兩件或兩件以上的事物中有類似之點，說話作文時，運用「那」有類似點的事物，來比方說明「這」件事物的，就叫「譬喻」。譬喻辭格是由「喻體」、「喻依」、「喻詞」三者配合而成。所謂「喻體」是所要說明的事物主體；「喻依」是用來比方說明此一主體的另一事物；「喻詞」是聯接喻體和喻依的語詞。由於喻體、喻詞有時可以省略或改變，所以譬喻可分為明喻、隱喻、略喻等。〔註64〕

〔註61〕侯仁朔撰《侯氏書品》。見崔爾平選編《明清書法論文選》（上海：上海書店，1994）頁655、661、667、670。

〔註62〕參見熊鈍生主編《辭海》（臺北市：台灣中華書局，民69）頁775。

〔註63〕王弼撰《周易略例》（臺北市：成文出版社，民65）頁21。

〔註64〕黃慶萱著《修辭學》（臺北市：三民書局，民67）頁227、231。

（一）文論中的譬喻

這種方式文論中六朝時已見使用，李充《翰林論》評潘岳文云：「如翔禽之羽毛，衣被之綃縠。」〔註65〕又《世說新語‧文學》篇云：「孫興公云：『潘文爛若披錦，無處不善；陸文若排沙簡金，往往見寶。』」〔註66〕鍾嶸《詩品》卷中評謝靈運的「名章迴句」、「麗典新聲」時說：「譬猶青松之拔灌木，白玉之映塵沙，未足貶其高潔也。」引湯惠休的話說：「謝詩如芙蓉出水，顏如錯彩鏤金。」評范雲與丘遲的詩：「范詩清便宛轉，如流風迴雪。丘詩點綴映媚，似落花依草。」〔註67〕這種方式，劉勰的《文心雕龍》中可謂觸目皆是，例如〈風骨〉篇論「風骨」和辭采關係時說：「夫翬翟備色，而翾翥百步，肌豐而力沉也；鷹隼乏采，而翰飛戾天，骨勁而氣猛也；文章才力，有似於此。若風骨乏采，則鷙集翰林；采乏風骨，則雉竄文囿；唯藻耀而高翔，固文章之鳴鳳也。」〈隱秀〉篇論「自然」與「潤色」之關係時說：「故自然會妙，譬卉木之耀英華；潤色取美，譬繪帛之染朱綠。朱綠染繒，深而繁鮮；英華曜樹，淺而煒燁，秀句所以照文苑，蓋以此也。」〔註68〕為例不可謂不多，但未成為評賞的專篇。

唐朝，張說與徐堅論當時近代文士，說：「李嶠、崔融、薛稷、宋之問之文，如良金美玉，無施不可；富嘉謨之文如孤峰絕岸，壁立萬仞，濃雲鬱興，

〔註65〕 李昉等撰《太平御覽》（臺北市：臺灣商務印書館，民57）卷五百九十九，頁2827。

〔註66〕 〈文學〉。劉義慶著、楊勇校箋《世說新語校箋》（臺北市：正文書局，民81）頁204。

〔註67〕 鍾嶸著《詩品》。何文煥編訂《歷代詩話》臺北縣：藝文印書館，民60）頁11、13、14。謝指謝靈運，顏指顏延年。按：《南史‧顏延之傳》有類似記載，唯是鮑照而非湯惠休：「延之嘗問鮑照己與靈運優劣，照曰：『謝五言如初發芙蓉，自然可愛；君詩若鋪錦列繡，亦雕繢滿眼。』」

〔註68〕 劉勰撰、范文瀾注《文心雕龍注》（臺北市：開明書局，民57）卷六，頁13～14。譯文：長尾山雉，牠的羽毛雖具備五色，但只能一飛百步，因為肌肉豐滿，而氣力下沉的關係；鷹隼鷙鳥，牠的羽毛雖然缺乏文彩，反而能高飛青雲，這是由於骨骼強勁，而氣勢勇猛的緣故。一個人寫文章的天才功力，和這個道理是相同的。如果作品有風骨而缺乏文采，不啻鷹隼飛集於翰墨文苑，破壞了情趣；徒有文采而缺乏風骨，好比山雉竄入文章苑囿，足以妨害氣氛。所以文章唯有具備鮮明的辭采，飄逸的風骨，才能像鳴鳳的雅音，成為稀世之珍。卷八，頁20。譯文：所以文成自然，妙合天機的作品，就好像花草樹木，自然顯耀出它的奇葩異彩；但潤飾詞句，刻意博取華美，就好比絲綢上渲染朱紅碧綠的色彩，雖然顏色深濃，而繁縟鮮豔，但終屬造作。而奇花異卉之顯耀於花樹草木，光澤雖然淺淡，卻不失其盛美鮮明。隱秀之所以能光照文壇，就是這個緣故！

震雷俱發，誠可畏也；若施於廊廟則駭矣。閻朝隱之文如麗服靚粧，燕歌趙舞，觀者忘疲，若類之風雅，則罪人矣。」又評後進詞人之優劣云：「韓休之文如太羹旨酒，雅有典則，而薄於滋味。許景先之文如豐肌膩理，雖穠華可愛而微少風骨。張九齡如輕縑素練，實濟時用而微窘邊幅。王翰之文如瓊杯玉斝，雖爛然可珍而多有玷缺。」〔註69〕已經發展至全然以譬喻鑑賞，後來皇甫湜〈諭業〉即就此發展成文：

夫比文之流，其來尚矣！自六經子史，至於近代之作，無不備詳。
當朝之作，則燕公悉以評之。自燕公已降，試爲子論之：
燕公之文如梗木柟枝，締構大廈，上棟下宇，孕育氣象，可以變陰陽而閱寒暑，坐天子而朝群后。
許公之文如應鐘鞞鼓，笙簧鐸磬，崇牙樹羽，考以宮縣，可以奉明神，享宗廟。
李北海之文如赤羽白甲，延互平野，如雲如風，有貙有虎，闐然鼓之，吁可畏也。
貫常侍之文如高冠華簪，曳裾鳴玉，立於廊廟，非法不言，可以望爲羽儀，資以道義。
李員外之文則如金舉玉輦，雕龍彩鳳，外雖丹青可掬，內亦體骨不饑。
獨孤尚書之文如危峰絕壁，穿倚霄漢，長松怪石，傾倒谿壑，然而略無和暢，雅德者避之。
楊峰州之文如長橋新構，鐵騎夜渡，雄震威厲，動心駭耳；然而鼓作多容，君子所慎。
權文公之文如朱門大第，而氣勢宏敞，廊廡廩廄，戶牖悉周；然而不能有新規勝槩，令人諫觀。
韓吏部之文如長江秋注，千里一道，衝飆激浪，瀚流不滯；然而施於灌溉，或爽於用。
李襄陽之文如燕市夜鴻，華亭曉鶴，嘹唳亦足驚聽；然而才力偕鮮，悠然高遠。
故友沈諫議之文則如隼擊鷹揚，滅沒空碧，崇蘭繁榮，曜英揚蕤，雖迅舉秀擢，而能沛艾絕景。

〔註69〕〈楊炯傳〉。劉昫等撰《舊唐書》（臺北市：鼎文書局，民68）卷一百九十上，頁5004。

其他握珠璣，奮組繡者，不可一二而紀矣。若數公者，或傳符於帝宰，或受命於神工，或鳳翥詞林，或虎踞文苑，或抗響荀、孟，攘袂班、揚，皆一時之豪彥，筆硯之麟鳳。〔註70〕

文中「燕公」、「許公」即張說、蘇頲。張說封燕國公，蘇頲封許國公。皆擅長文學，並稱「燕許大手筆」。依文義，本文係接續張說與徐堅論文而來。這種風氣到宋朝則更爲流行，蔡條、敖陶孫等無不爲之，於是成爲文學品評的一種方式。下節錄敖陶孫部分之作：

魏武帝如幽燕老將，氣韻沉雄；

曹子建如三河少年，風流自賞；

鮑明遠如饑鷹獨出，奇矯無前；

謝康樂如東海揚帆，風日流麗；

陶彭澤如絳雲在霄，舒卷自如；

王右丞如秋水芙蕖，倚風自笑；

韋蘇州如園客獨繭，暗合音徽；

孟浩然如洞庭始波，木葉微脫；

杜牧之如銅丸走坂，駿馬注坡；

白樂天如山東父老課農桑，言言皆實；

元微之如李龜年說天寶遺事，貌悴而神不傷；

劉夢得如鏤冰雕瓊，流光自照；

李太白如劉安雞犬，遺響白雲，覈其歸存，恍無定處；

韓退之如囊沙背水，惟韓信獨能；

李長吉如武帝食露盤，無補多欲；

孟東野如埋泉斷劍，臥壑寒松；

張籍如優工行鄉飲，醻獻秩如，時有詼氣；

柳子厚如高秋獨眺，霽晚孤吹；

李義山如百寶流蘇，千絲鐵網，綺密瓌妍，要非適用。〔註71〕

引文取自敖陶孫《臞翁詩評》。全文詩人從魏晉始，至北宋止，分三節：唐人、宋人，獨杜甫一人爲一節，襯托出杜甫在詩界的地位。因文長，二、三節未錄。

〔註70〕董誥等編《全唐文》（上海市：上海古籍出版社，1990）卷六百八十七，頁 3117。

〔註71〕魏慶之編《詩人玉屑》（臺北市：佩文書社，民 49）卷二，頁 18。

（二）書論中的譬喻

書論中採譬喻象徵的手法。從東漢起，出現以這種手法描述書體的筆勢，如蔡邕〈篆勢〉、崔瑗〈草勢〉等，到南朝還有王僧虔〈書賦〉、蕭衍〈草書狀〉。又如〈晉衛夫人筆陣圖〉、〈王右軍題衛夫人筆陣圖後〉，對基本筆畫的描寫也屬之。到梁朝，對於個別書家的批評，也出現了這類方式。書畫家袁昂的〈古今書評〉係奉梁武帝之勅而作。凡二十五人：王右軍、王子敬、羊欣、徐淮南、阮研、王儀同、庾肩吾、陶隱居、殷鈞、袁崧、蕭子雲、曹嘉；崔子玉、師宜官、韋誕、蔡邕、鍾會、邯鄲淳、張伯英、索靖、梁鵠、皇象、衛恆、孟光祿、李斯。蕭子雲之前是東晉以後書家，之後是秦到西晉人物。估錄後世較熟知者如下：

> 王右軍書如謝家子弟，縱復不端正者，爽爽有一種風氣。
>
> 王子敬書如河、洛間少年，雖有充悅，而舉體沓拖，殊不可耐。
>
> 羊欣書如大家婢如夫人，雖處其位，而舉止羞澀，終不似真。
>
> 徐淮南書如南岡士大夫，徒好尚風範，終不免寒乞。
>
> 阮研書如貴冑失品次，叢悴不能復排突英賢。
>
> 蕭子雲書如上林春花，遠近瞻望，無處不發。
>
> 鍾司徒書，字十二種意，意外殊妙，實亦多奇。
>
> 張伯英書如漢武帝愛道，憑虛欲仙。
>
> 索靖書如飄風忽舉，鷙鳥乍飛。
>
> 皇象書如歌聲繞梁，琴人捨徽。
>
> 李斯書世為冠蓋，不易施平。〔註72〕

晚唐韋續編纂的《墨藪》有兩種方式，一是以書體分類，如：

> 篆一人
>
> 李陽冰書，若古釵倚物，力有萬夫，李斯之後，一人而已。

〔註72〕 張彥遠集《法書要錄》卷二，頁32～33。見楊家駱主編《唐人書學論著》（臺北市：世界書局，民64）。按：其中「鍾司徒」，明人王世貞斷為鍾繇。見王世貞撰《弇州四部稿》（臺北市：偉文圖書出版社，民65）《說部‧藝苑卮言附錄二》頁6987。按：該文「李斯」下多出「張芝經（驚）奇，鍾繇特絕，逸少鼎能，獻之冠世，四賢共類，洪芳不減。羊真孔草，蕭行范篆，各一時絕妙。」與上文之意及下文「二十五人」皆不相合，疑是後人加入。所謂與上文之意不合，再上文形容此四書家之書，未見特殊，且有貶意，如形容王獻之書「舉體沓拖，殊不可耐」；又「羊真孔草，蕭行范篆」，孔琳之、蕭思話、范曄，皆未見二十五人中。

八分書五人

梁昇卿如驚波往來，巨石前卻。

盧藏用如露潤花妍，煙凝脩竹。

張庭珪如枯木崩沙，閒花映竹。

……

眞行書二十二人

薛稷如風驚苑花，雪惹山柏。

蕭誠如舞鶴奕影，騰猿在空。

韋陟如蟲穿古木，鳥踏花枝。

……

草書十二人

張旭筆鋒詭怪，點畫生意。

孫過庭丹崖絕壑，筆勢堅勁。

張懷瓘繼以章草，新意頗多。

……〔註73〕

另一種方式與袁昂〈古今書評〉相同，即託名梁武帝的〈書評〉，但書家與喻詞頗見出入。這可能是代表後人對袁昂〈古今書評〉名單，或對該書家的形容未必滿意，於是加以增刪、調整。書家是鍾繇、王羲之、張芝、蔡邕、韋誕、蕭子雲、羊欣、李鎭東、王獻之、王僧虔、索幼安、顏倩、阮研、王襃、師宜官、鍾會、陶隱居、蕭特進、王彬之、范懷約、施肩吾、柳渾、郗愔、徐淮南、袁崧、張融、薄紹之，計二十八人。兩者重複者十四人，超過半數不同。用詞上，若以上所舉爲例：

王右軍書如龍跳天門，虎臥鳳闕，是故歷代寶之，永以爲訓。

王獻之書絕眾超群，無人可擬，如河朔少年，皆悉充悅，舉體沓拖，不可耐何。

羊欣書如大家婢作夫人，不堪位置，而舉止羞澀，終不似眞也。

徐淮南書如南岡士大夫，徒愛風範，然不寒乞也。

〔註73〕 〈書品優劣第三〉。韋續編纂《墨藪》頁 13～16。見楊家駱主編《唐人書學論著》（臺北市：世界書局，民 64）。按：該篇或以爲即呂總撰《續書評》。見陳思《書苑菁華》卷五。永瑢、紀昀等撰《欽定四庫全書》（上海市：上海古籍出版社，1987）814 冊，頁 47～49。

阮研書如貿失品次，不復排突英賢也。

蕭子雲書如危峰阻日，孤松一枝，荊軻負劍，壯士彎弓，雄人獵虎，

心胷猛烈，鋒刃難當。

鍾會書有十二種意外奇妙。

張芝書如漢武帝愛道，憑虛欲仙。

索幼安書如飄風忽舉，驚鳥乍飛。〔註74〕

有相同者，如羊欣、阮研、鍾會等；有不同者，如王羲之、蕭子雲等。《墨藪》在〈梁武帝書評〉後，又有〈又評書〉，前部份僅列名，後部分有十六人，方法同此，不另贅述。

這種運用譬喻的方式，雖然也可以領會大致的意思，但是單憑這種方式不能準確地說明作品的情況；更困難的是莫名所以。孫過庭即曾說：「諸家勢評，多涉浮華，莫不外其形，內迷其理。」〔註75〕不過唐代依舊流行，如李嗣眞〈書後品〉、張懷瓘《書斷》、竇臮《述書賦》、唐人〈書評〉等都少不了；宋代米芾再次發聲：「歷觀前賢論書，徵引迂遠，比況奇巧，如『龍跳天門，虎臥鳳閣』，是何等語？或遣辭求工，去法逾遠，無益學者。」〔註76〕但這類的方式並未停止，代有繼者，並集結成篇。如掛名米芾的〈續書評〉、岑宗旦評書，元趙孟頫的〈論宋十一家書〉、宋本〈評書〉，明方孝儒的〈評書〉、解縉〈續書評〉〔註77〕、祝允明〈評勝國人書〉，清人則有桂馥的〈國朝隸品〉、謝希曾〈國朝名人書評〉、包世臣〈歷下筆評〉末段、康有爲〈碑評〉。

五、詩歌批評

以詩言事，《詩經》如「作此好歌，以極反側」、「家父作誦，以究王訩」、「君子作歌，維以告哀」、「寺人孟子，作爲此詩」等都是，可見由來之早。〔註78〕五

〔註74〕〈梁武帝書評第五〉。韋續編纂《墨藪》頁17～19。見楊家駱主編《唐人書學論著》（臺北市：世界書局，民64）。

〔註75〕孫虔禮《書譜序》（臺北市：國立故宮博物院，民76）頁28。

〔註76〕米芾撰《海岳名言》頁1。見楊家駱主編《宋元人書學論著》（臺北市：世界書局，民61）。

〔註77〕岑宗旦之評見《宣和書譜》卷十二，趙孟頫〈論宋十一家書〉、宋本〈評書〉、方孝儒〈評書〉、解縉〈續書評〉、米芾〈續書評〉見王原祁等纂輯《佩文齋書畫譜》（北京市：中國書店，1984）卷十，頁265、267、258。

〔註78〕〈彼何人斯〉、〈節南山〉、〈四月〉、〈巷伯〉。朱熹集註《詩集傳》（臺北市：臺灣中華書局，民59）卷十二，頁144；卷十一，頁129；卷十二，頁149；卷十二，頁145。

七言詩興起後，原本只是抒情的一種詩體，卻也有用作說理者，如東晉時的玄言詩、佛理詩之類。到唐朝，自然產生用作表達欣賞的一種方式。

（一）以詩論文

如李白讚頌張十一：

> 張翰黃花句，風流五百年。誰人今繼作？夫子世稱賢。〔註79〕

張十一，不知何許人。張翰，晉人：《世說新語·識鑒》有出名的典故「蒓鱸之思」。他是一位出色的詩人，但作品流傳下來的極少，有一首〈雜詩〉卻非常有名，開頭幾句：「暮春和氣應，白日照園林。青條若總翠，黃華如散金。」〔註80〕古人對這句「黃華如散金」推崇備至。最喜歡這詩句的可能數唐代大詩人李白。於是借此詩讚頌張十一。高適有詩稱頌陳十六：

> 永懷掩風騷，千載常矻吃。新碑亦崔巍，佳句懸日月。〔註81〕

該詩前有序云：「楚人陳章甫，繼毛詩而作《史興碑》，遠自周末，迨乎隋季，善惡不隱，蓋國風之流，未藏名山，刊在樂石。僕美其事而賦是詩焉。」高適之意，在讚頌陳章甫〈史興碑〉佳句，與日月並懸。杜甫詩中，這類例子更多。最著名的即〈戲為六絕句〉：

> 庾信文章老更成，凌雲健筆意縱橫。今人嗤點流傳賦，不覺前賢畏後生。
>
> 王楊盧駱當時體，輕薄為文哂未休。爾曹身與名俱滅，不廢江河萬古流。
>
> 縱使盧王操翰墨，劣於漢魏近風騷。龍文虎脊皆君馭，歷塊過都見爾曹。
>
> 才力應難跨數公，凡今誰是出群雄？或看翡翠蘭苕上，未掣鯨魚碧海中。
>
> 不薄今人愛古人，清詞麗句必為鄰。竊攀屈宋宜方駕，恐與齊梁作後塵。
>
> 未及前賢更勿疑，遞相祖述復先誰？別裁偽體親風雅，轉益多師是汝師！
>
> 〔註82〕

此外，〈解悶〉十二首的評薛據、孟雲卿、孟浩然、王維、王縉等人的詩，〈八哀〉詩的評李邕、張九齡、蘇源明等人的詩，其他像稱李白詩如庾信之清新，

〔註79〕 〈金陵送張十一再遊東吳〉。李白撰《李太白全集》（臺北市：臺灣商務印書館，民54）卷十七，頁105。

〔註80〕 張季鷹〈雜詩〉。昭明太子撰《文選》（臺北縣板橋鎮：藝文印書館，民72）卷二十九，頁428。

〔註81〕 高適〈同觀陳十六史興碑〉。清康熙四十五年敕編《全唐詩》（臺北市：復興書局，民50）四，頁1196。

〔註82〕 〈戲為六絕句〉。杜甫撰《杜工部集》（臺北市：臺灣學生書局，民60）卷十一，頁491～492。

如鮑照之俊照〔註 83〕，佳句似陰鏗〔註 84〕，「筆落驚風雨」〔註 85〕；稱高適則說「方駕曹劉不啻過」〔註 86〕，「文章曹植波瀾闊」〔註 87〕，甚至像稱元結的「詞氣浩縱橫」〔註 88〕，稱賈至的「雄筆映千古」〔註 89〕，稱鄭審、李之芳說「律比崑崙竹，音知燥濕絃」〔註 90〕，稱高適、岑參則說「意愜關飛動，篇終接混茫」，都是精心獨造，與人不同。

其後，韓愈造語也能擺脫陳言，獨創新詞。如〈醉贈張秘書〉：

> 君詩多態度，靄靄春空雲。東野動驚俗，天葩吐奇芬。張籍學古淡，
> 軒鶴避雞群。〔註 91〕

與〈薦士詩〉：

> 有窮者孟郊，受材實雄驁。冥觀洞古今，象外逐幽好。橫空盤硬語，
> 妥貼力排奡。〔註 92〕

到韓愈，也發展出對作者作詩時的描述，如：

> 無本於為文，身大不及膽。吾嘗示之難，勇往無不敢。
> 蛟龍弄墮牙，造次欲手攬。眾鬼囚大幽，下覷襲元窞。
> 天陽熙四海，注視首不領。鯨鵬相摩宰，兩舉快一啖。
> 夫豈能必然，固已謝黯黮。狂詞肆滂葩，低昂見舒慘。
> 姦窮怪變得，往往造平澹。〔註 93〕

同樣的情景，換作元稹、白居易為之，鋪陳得更為長篇。元詩如：

> 喜聞韓古調，兼愛近詩篇。玉磬聲聲徹，金鈴簡簡圓。
> 高踈明月下，細膩早春前。花態繁於綺，閨情軟似綿。
> 輕新便妓唱，凝妙入禪僧。欲得人人伏，能教面面全。

〔註 83〕 〈春日憶李白〉。杜甫撰《杜工部集》（臺北市：臺灣學生書局，民 60）卷九，頁 382。
〔註 84〕 〈與李十二白同尋范十隱居〉。同註 83，卷九，頁 379。
〔註 85〕 〈寄李十二白〉。同註 83，卷十，頁 457。
〔註 86〕 〈奉寄高常侍〉。同註 83，卷十三，頁 552。
〔註 87〕 〈追酬故高蜀州人日見寄〉。同註 83，卷八，頁 333。
〔註 88〕 〈同元使君舂陵行〉。同註 83，頁 218。
〔註 89〕 〈別唐十五誡，因寄禮部賈侍郎〉。同註 83，卷五，頁 184。
〔註 90〕 〈秋日夔府詠懷奉鄭監審李賓客之芳一百韻〉。同註 83，卷十五，頁 636。
〔註 91〕 〈醉贈張秘書〉。康熙四十五年敕編《全唐詩》（臺北市：復興書局，民 50）七，頁 1988。
〔註 92〕 〈薦士詩〉。同詩 91，頁 1992。
〔註 93〕 〈送無本師歸范陽〉。同註 91，頁 2009。

延之（一作清）苦拘檢，摩詰好因緣。七字排居敬，千詞敵樂天。（侍

八兄能爲七言絕句，贊善白君好作百韻律師。）

慇勤閑太祝（張君籍），好去老通川（自謂）。莫漫裁章句，須饒紫禁仙。

〔註94〕

白詩如：

張君何爲者？業文三十春。尤工樂府詩，舉代少其倫。

爲詩意何如？六義互補陳。風雅比興外，未嘗著空文。

讀君〈學仙詩〉，可諷放佚君。讀君〈董公詩〉，可誨貪暴臣。

讀君〈商女詩〉，可感悍婦仁。讀君〈勤齊詩〉，可勸薄夫敦（一作淳）。

上可裨教化，舒之濟萬民。下可理情性，養之善一身。

始從青衿歲，迨此白髮新。日夜秉筆吟，辛苦力亦勤。

時無采詩官，委棄如泥塵。死君百歲後，滅沒人不聞。

願藏中秘書，百代不湮淪。願播內樂府，時得聞至尊。

言者志之苗，行者文之根。所以讀君詩，亦知君爲人。

如何欲五十，官小身賤貧。病眼街西住，無人行到門。〔註95〕

這些詩雖是讚頌欣賞，但也少不了相互標榜。〔註96〕同時也開啓宋人論詩風氣。

宋人以詩論詩，開風氣之先者推歐陽脩，如〈水古夜行寄子美聖俞〉：

子美氣尤雄，萬竅號一噫。有時肆顛狂，醉墨洒霧霈。譬如千里馬，

已發不可殺。盈前盡珠璣，一一難柬汰。梅翁事清切，石齒漱寒瀨。

作詩三十年，視我猶後輩。文詞愈清新，心意雖老大。譬如妖韶女，

老自有餘態。近詩尤古硬，咀嚼苦難嘬。初如食橄欖，眞味久愈在。

蘇豪以氣轢，舉世徒驚駭；梅窮獨我知，古貨今難賣。〔註97〕

論詩絕句濫觴於杜甫的〈戲爲六絕句〉。宋以後，作家不下數十家，大體可判

爲兩大流派。從南宋戴復古〈論詩十絕〉起，到清代趙執信、趙翼、宋湘、

張問陶、丘逢甲各家的論詩絕句，重在闡說理論；從金元好問〈論詩三十首〉

〔註94〕 〈見人詠韓舍人新律詩，因有戲贈〉。元稹著《元氏長慶集》（京都市：株式
會社中文出版社，1972）卷十二，頁142。

〔註95〕 白居易〈詩張籍古樂府〉。康熙四十五年敕編《全唐詩》（臺北市：復興書局，
民50）八，頁2469。

〔註96〕 郭紹虞著《中國文學批評史》（臺北市：盤庚出版社，民67）上卷，頁267～
270。

〔註97〕 《居士集·水谷夜行寄子美聖俞》。歐陽脩撰《歐陽脩全集》（臺北市：河洛
圖書出版社，民64）卷一，頁12。

起，到明代錢謙益、清代王士禎、袁枚、洪亮吉、李希聖、陳演各家的論詩絕句，重在品評作家作品。

（二）以詩論書

唐朝以詩歌讚頌書法的，大抵分兩類：一因書家而詠其書。最知名的如張旭，李頎〈贈張旭〉云：

> 張公性嗜酒，豁達無所營。皓首窮草隸，時稱太湖精。
> 露頂據胡床，長叫三五聲。興來灑素壁，揮筆如流星。
> 下舍風蕭條，寒草滿戶庭。問家何所有，生事如浮萍。
> 左手持蟹螯，右手持丹經。瞪目視宵漢，不知醉與醒。
> 諸賓且方坐，旭日臨東城。荷葉裹江魚，白甌貯香秔。
> 微祿心不屑，放神於八紘。時人不識者，即是安期生。〔註98〕

高適的〈醉後贈張旭〉：

> 世上謾相識，此翁殊不然。興來書自聖，醉後語尤顛。
> 白髮老閑事，青雲在目前。床頭一壺酒，能更幾回眠。〔註99〕

杜甫的〈殿中楊監見示張旭草書圖〉：

> 斯人已云亡，草聖秘難得。及茲煩見示，滿目一淒惻。
> 悲風生微綃，萬里有古色。鏘鏘鳴玉動，落落群松直。
> 俊拔為之主，暮年思轉極。未知張王後，誰並百代則。
> 嗚呼東吳精，逸氣感清識。楊公拂篋笥，舒卷忘寢食。
> 念昔揮毫端，不得觀酒德。〔註100〕

歌詠懷素的詩篇，比起張旭的更多。《全唐詩》可以查到的有王顒〈懷素上人草書歌〉、竇冀〈懷素上人草書歌〉、魯收〈懷素上人草書歌〉、朱遙（一作遙）〈懷素上人草書歌〉、許瑤〈題懷素上人草書歌〉、錢起〈送外甥懷素上人歸鄉侍奉〉、蘇渙〈贈零陵僧〉、任華〈懷素上人草書歌〉、戴叔倫〈懷素上人草書歌〉、韓偓〈草書屏風〉、楊凝式〈題懷素酒狂帖後〉、裴說〈懷素臺歌〉、貫休〈觀懷素草書歌〉、馬雲奇〈懷素師草書歌〉。〔註101〕前十首與懷素同時，

〔註98〕李頎〈贈張旭〉。康熙四十五年敕編《全唐詩》（臺北市：復興書局，民50）二，頁745。

〔註99〕高適〈醉後贈張旭〉。同註99，四，頁1205。

〔註100〕杜甫撰《杜工部集》（臺北市：臺灣學生書局，民60）卷六，頁247。

〔註101〕分見康熙四十五年敕編《全唐詩》（臺北市：復興書局，民50）四，頁1158、1158～1159、1159、1159、1159；五，1429、1535、1553；六，頁1637；十

後四首在懷素過世之後。十四首大半以歌行體書之，篇幅甚長，以下僅以任華〈懷素上人草書歌〉代表〔註102〕：

> 吾嘗好奇，古來草聖無不知。豈不知右軍與獻之，雖有狀麗之骨，恨無狂逸之姿。中間張長史，獨放蕩而不羈，以顛爲名傾蕩於當時。
>
> 張老顛，殊不顛於懷素。懷素顛，乃是顛。
>
> 人謂爾從江南來，我謂爾從天上來。負顛狂之墨妙，有墨狂之逸才。
>
> 狂僧前日動京華，朝騎王公大人馬，暮宿王公大人家。
>
> 誰不造素屏？誰不塗粉壁？
>
> 粉壁搖晴光，素屏凝曉霜，待君揮灑兮不可彌忘。駿馬迎來坐堂中，金盆盛酒竹葉香。十梧五梧不解意一作起，百梧已後始顛狂。
>
> 一顛一狂多意氣，大叫一聲起攘臂。揮毫倏忽千萬字，有時一字兩字長丈二。
>
> 翕若長鯨潑剌動海島，歘若長蛇戍律透深草。
>
> 回環繚繞相拘連，千變萬化在眼前。
>
> 飄風驟雨相擊射，速祿颯拉動簷隙。
>
> 擲華山巨石以爲點，掣衡山陣雲以爲畫。
>
> 興不盡，勢轉雄，恐天低而地窄，更有何處最可憐，裊裊枯藤萬丈懸。萬丈懸，拂秋水，映秋天；
>
> 或如絲，或如髮，風吹欲絕又不絕。鋒芒利如歐冶劍，勁直渾是并州鐵。時復枯燥何褵褷，忽覺陰山突兀橫翠微。中有枯松錯落一萬

三，頁 4077、4275、4293 及王重民輯錄《補全唐詩》拾遺・卷一。《全唐詩外編》（北京：中華書局，1922）頁 61。又李白詩中有〈草書歌行〉（《李太白全集》卷八）一首，前人懷疑者多，故未列入討論。

〔註102〕 任華，樂安（今山東博興人），生卒年不詳。與李白、杜甫、高適同時。小於李白、高適，長於懷素，略小於杜甫。肅宗時曾任秘書省校書郎、太常寺屬吏、監察御史。由於生性耿介，傲岸不羈，敢於指責公卿，無所顧忌，仕途多舛，常自稱「野人」、「逸人」。大歷十二年（777），入桂林管李昌巙幕府，後不知所終。流傳下來的詩不多，《全唐詩》五（第四函，第八冊）僅三首：〈寄李白〉、〈寄杜拾遺〉及〈懷素上人草書歌〉。這樣的流傳，和裴說〈懷素臺歌〉「我呼古人名，鬼神側耳聽：杜甫、李白與懷素，文星酒星草書星。」頗有相互呼應之妙。〈懷素上人草書歌〉作於大歷年間。懷素本人可能特別喜愛，單獨寫成作品。宋米芾記其事，見《寶章待訪錄》頁 24 及《書史》頁 22。並云：「右眞跡兩幅，絹書。字法清逸，歌詞奇偉。」狂僧對逸人，頗有惺惺相惜之意。楊家駱主編《宋元人書學論著》（臺北市：世界書局，民 61）。

丈，倒挂絕壁霾枯枝。千魑魅兮萬魍魎，欲出不可何閃屍。

又如翰海日暮愁陰濃，忽然躍出千黑龍。天矯偃蹇，入乎蒼穹。飛沙走石滿窮塞，萬里颼颼西北風。

狂僧有絕藝，非數仞高墻不足以逞其筆勢。

或逢花箋與絹素，凝神執筆守恆度。別來筋骨多情趣，霏霏微微點長露。

三秋月照丹鳳樓，二月花開上林樹。終死絆騏驥之足，不得展千里之步。

狂僧狂僧，爾雖有絕藝，猶當假良媒。不因禮部張公將爾來，如何得聲名，一旦喧九垓。〔註103〕

據宋王象之《輿地紀勝》的記載，讚頌者凡三十九人。〔註104〕後來，懷素將顏真卿的序及墨客的詩，擇取部份，經過整理，寫成《自敘帖》。其中錄部分時人詩作，並作分類：

其述形似，則有張禮部云：「奔蛇走虺勢入座，驟雨旋風聲滿堂。」

盧員外云：「初疑輕煙澹古松，又似山開萬仞峰。」

王永州邕曰：「寒猿飲水撼枯藤，壯士拔山伸勁鐵。」

朱處士遙云：「筆下唯看激電流，字成只畏猛龍走。」

敘機格，則有李御史舟云：「昔張旭之作也，時人謂之張顛，今懷素之為也，余實謂之狂僧，以狂繼顛，誰曰不可？」

張公又云：「稽山賀老粗知名，吳郡張顛曾不易。」

許御史瑤云：「志在新奇無定則，古瘦灕驪半無墨。醉來信手兩三行，醒後卻書書不得。」

戴御史叔倫云：「心手相師勢轉奇，詭形怪狀翻合宜。人人欲問此中妙，懷素自言初不知。」

語疾速，則有竇御史冀云：「粉壁長廊數十間，興來小豁胸中氣。忽然絕叫三五聲，滿壁縱橫千萬字。」

戴公又云：「馳毫驟墨列奔駟，滿座失聲看不及。」

〔註103〕康熙四十五年敕編《全唐詩》（臺北市：復興書局，民50）五，頁1553。

〔註104〕「懷素，零陵人，素觀二王真跡及二張草書而學之，書漆盤三面俱穴。贈之以歌者三十九人，皆當世名流，顏真卿為之序。有筆塚、墨池。」見王義之《輿地紀勝》（北京市：中華書局，1992）卷五十六，頁2055。

目愚劣，則有從父司勳員外郎吳興錢起詩云：「遠錫無前侶，孤雲寄太虛。狂來輕世界，醉裏得眞如。」

皆辭旨激切，理識玄奧，固非虛蕩之所敢當，徒增愧畏耳。〔註105〕

晚唐釋䜩光的草書，也獲得不少的詩歌讚頌。《宣和書譜》云：「潛心草書，名重一時。吳融贈其歌曰：『忽時飛動更驚人，一聲霹靂龍虵活。』司空圖亦爲之歌曰：『看詩逸跡兩師宜。』……當時稱美著於篇籍者，不可勝數。」〔註106〕見於《宣和書譜》的，有陸辰〈贈䜩光草書歌〉、李碏〈送䜩光詩〉、陸希聲〈贈䜩光詩〉、楊鉅〈贈䜩光詩序〉、崔遠〈送䜩光詩〉、張顥〈贈䜩光詩〉、薛貽矩〈贈䜩光草書序〉、盧汝弼〈贈䜩光詩〉、司空圖〈贈䜩光草書歌〉〈贈䜩光草書詩〉、盧知猷〈送䜩光序〉、吳融〈贈䜩光送別詩〉〈贈䜩光草書歌〉等。〔註107〕《全唐詩》錄四首：吳融的《䜩光上人草書歌》、陸希聲的《寄䜩光上人》、羅隱的《送䜩光上人》、貫休的《䜩光大師草書歌》。

到宋朝，以詩記事或讚誦的情形依舊，如蘇軾就有〈次韻子由論書〉、〈小篆《般若心經》贊〉、〈石蒼舒醉墨堂〉、〈孫莘老求墨妙堂詩〉、〈題王逸少帖〉等都是。

南宋陳思的《書苑菁華》由二十卷組成，其中〈書歌〉、〈書詩〉〔註108〕，都與詩歌形式有關。

清朝，又有以詩歌的形式論書者，包世有〈論書十二絕句〉。序云：「書道以用筆爲主，然明於源流所自，則筆法因之。故紀漢世以來，迄於近今，宗派脈絡，次爲韻語。其人所共見，而名實復副者。」〔註109〕顯然，這不是以推崇某書家，而是以詩記用筆源流。書學後輩姚配中同樣〈次包愼伯先生論書原韻〉回應〔註110〕，而康有爲亦曾有〈論書絕句〉續之。〔註111〕

〔註105〕懷素書《自敘》（臺北市：國立故宮博物院，民92）第七輯下，頁16。
〔註106〕宣和間官修《宣和書譜》卷十九。見楊家駱主編（臺北市：世界書局，民64）頁428～429。卷四「楊鉅」小傳：「當時贈䜩光草書詩序者，無慮數十人。」
〔註107〕同註106，卷四～卷五、卷八、卷十。
〔註108〕陳思《書苑菁華》卷十七。永瑢、紀昀等撰《欽定四庫全書》（上海市：上海古籍出版社，1987）814冊。
〔註109〕包世臣撰《藝舟雙楫》頁83～84。見楊家駱主編《清人書學論著》（臺北市：世界書局，民61）。
〔註110〕姚配中撰《書學拾遺》。見崔爾平選編《明清書法論文選》（上海：上海書店，1994）頁824。
〔註111〕康有爲撰《廣藝舟雙楫》頁64～66。見楊家駱主編《近人書學論著》（臺北市：世界書局，民73）。

其後，又有胡元常《論書絕句六十首》，包括論篆書十四首、論隸書十首、論大草四首、論章草二首、論飛白一首、論眞書二十三首、論法帖四首、自述二首。每首列次書家姓名及附註語，方便學者查檢。〔註112〕

六、小結

本節標目爲〈鑑賞分析〉。所謂鑑賞，一般的解釋是對於藝術品的鑑別賞玩。它的步驟：第一爲感覺觸動，第二爲感情興起。感覺與感情都是人們對於藝術而起的中心經驗；由此經驗移入於對象之藝術品中，稱爲鑑賞。〔註113〕但是所分的五項，分別是〈體類批評〉、〈比較批評〉、〈品第批評〉、〈印象批評〉及〈詩歌批評〉，都以「批評」名目。批評是對於事物加以剖解，並評定其是非優劣。〔註114〕與上述「鑑賞」一詞比對，顯然一屬感性，一屬理性：二者遠不相侔。問題在一般認爲鑑賞少不了批評，而批評也透過鑑賞；批評也是鑑賞的一環，鑑賞也是批評的一環。看來扞格，卻彼此相容。爲尊重學術用語，五項名分未見以「鑑賞」相稱者。不過，本節雖各分項名爲批評，但鑑賞之成分居多。文中舉證或有多寡，都可見其會通。至於偏理性之批評，則歸於下節。

第二節　觀念批評

本部分就鄭杓《衍極》所言，屬「評以討論其得失」。〔註115〕

批評一詞如上所述，是心理學名詞。廣義爲一切由認識作用而產生之意識內容之總稱，如感覺、知覺、想念、想像等皆包括在內。狹義謂不依外界刺激而起之認識，及過去印象之再現於意識中。〔註116〕觀念批評，這裡指一種觀念產生後，出現反面批評的聲浪。反響本是回聲，原本爲由聲音反射所產生的現象，下文子目替以之代批評一詞，以免與上節之批評混淆。

任何觀念，都會有相對應的觀念出現；文論與書論也不例外。在文學與書法中，一般最普遍的現象是自古都有摹擬現象，然而卻有人不以爲然。在

〔註112〕胡元常撰《論書絕句六十首》。同註110，頁827。

〔註113〕熊鈍生主編《辭海》（臺北市：台灣中華書局，民69）頁4561。

〔註114〕同註113，頁1894。

〔註115〕鄭杓述、劉有定釋《衍極》卷三，頁281。見楊家駱主編《宋元人書學論著》（臺北市：世界書局，民61）。

〔註116〕熊鈍生主編《辭海》（臺北市：台灣中華書局，民69）頁4036。

文學與書法中，祈求寫出漂亮的詩文與書跡和強調作者與書者的人品，同樣也有人不以爲然。諸如此類不在少數，本節以反響作爲名目，就此三項，觀察古人反面性的說法。

一、對摹擬形似的反響

摹擬與創作之別，近人鄧散木有一絕好的比喻：創作是「把自己的衣服穿在古人身上」，而摹擬則是「把古人的衣服硬剝下來裝扮自己。」〔註117〕摹擬形似本是古人學習文學與書法最普遍的方式，甚至也將摹擬作品當作創作看待。當作學習，無可厚非；若以摹擬爲創作，自然有反面的聲音。

（一）文論中的求變

漢世以摹擬爲創作之風甚盛，到魏、晉、南朝、唐初未歇。〔註118〕

摹擬之成爲時尚，原先在古書之難明；之所以難明有幾個原因：其一是語言隨時代而有所變遷。王充首先提出這個歷史性的問題：

> 經傳之文，聖賢之語，古今言殊，四方談異也。當言事時，非務難知，使指閉隱也。後人不曉，世相離遠。此名曰「語異」，不名曰「材鴻」。〔註119〕

王充認爲：一時代有一時代的語言，就好像各地語言都各自不同。以語言爲基本結構的「經傳之文，賢聖之語」，由於古今言殊，文辭自然亦異。古人故意造些難懂的詞彙，而是語言結構的變異，因此「語異」，並不是古人才能特別突出。

其二，語言變遷包括時間與空間。除此，還有歷經戰亂、飢荒，導致編殘、簡斷等也是因素。東晉葛洪說：

> 古書之多隱，未必昔人故欲難曉：或世異語變，或方言不同，經荒歷亂，埋藏積久，簡編朽絕，亡失者多；或雜續殘闕，或脫去章句，是以難知，似若至深耳。〔註120〕

〔註117〕《臨池偶得・勤學苦練的何紹基》。華正人編輯《現代書法論文選》（臺北市：華正書局，民73）頁271。

〔註118〕見第三章第一節〈文論上的摹擬說〉。

〔註119〕〈自紀〉。王充著《論衡》五（北京市：中華書局，1985）卷三十，頁310～311。

〔註120〕〈鈞世〉。葛洪《抱朴子內外篇》（北京市：中華書局，1985）外篇，卷三十，頁629～630。

其三，古書之難懂，時、空、斷簡還算是客觀因素，作者著作之由可能更是主因。王充舉出許多例證：

> 周道不弊，則民不文薄；民不文薄，《春秋》不作。楊墨之學不亂
> 仁義，則孟子之傳不造。韓國不小弱，法度不壞廢，則韓非之書不
> 為。高祖不辨得天下，馬上之計未轉，則陸賈之語不奏。眾事不失
> 實，凡論不壞亂，則桓譚之論不起。故夫聖賢之興文也，起事不空
> 為因。〔註121〕

引文舉《春秋》、《孟子》、《韓非子》、《新語》之所以作，都緣其當年之環境；對於當年時空背景的不同，也增加了後人對古人著作明白的隔閡。

由上可知，諸多因素，造成古書之難明。可是常人不查，以古為貴，以近為賤。難明之古書渲染成神品，而近人之作則視若糞土，於是仿古贗品自成珍寶：

> 守株之徒，嘍嘍所翫，有耳無目，何肎謂爾！其於古人所作為神，
> 今世所著為淺，貴遠賤近，有自來矣。故新劍以詐刻加價，弊方以
> 偽題見寶也。是以古書雖質樸，而俗儒謂之墮於天也；今文雖金玉，
> 而常人同之於瓦礫也。〔註122〕

拘泥守舊的人，整天誦習玩賞的都是自己所熟悉的古書。只聽古書說的，不肯用眼睛看看當前的作品，怎肯說今人勝於古人呢！他們認為古人所作是神聖的，今人所作是膚淺的。推崇遠古，鄙薄當今，早已如此。所以新鑄之劍，刻上古代的年號，就值錢，並無效驗的藥方託名古人就成了寶貝。所以古書雖然質樸無華，而俗儒說是自天而降，當代文章縱使美如金玉，一般人卻視同瓦礫。人心如此，社會之標準如此，摹擬之風豈能不大盛？

對於強學古人的摹擬之作，王充認為：

> 飾貌以疆類者失形，調辭以務似者失情。百夫之子，不同父母，殊
> 類而生，不必相似，各以所稟，自為佳好。文必有與合，然後稱善。
>
> 〔註123〕

摹擬仿冒，終失其內在之真情，何況人性本各自有別？不如「各以所稟，自為佳好。文必有與合，然後稱善。」

〔註121〕 〈對作〉。同註119，卷二十九，頁305。
〔註122〕 〈鈞世〉。葛洪《抱朴子內外篇》（北京市：中華書局，1985）外篇，卷三十，
　　　　 頁630。
〔註123〕 〈自紀〉。王充著《論衡》五（北京市：中華書局，1985）卷三十，頁312。

陸機是第一位從創作角度勸人擺脫與古人的相似：

> 收百世之闕文，採千載之遺韻，謝朝華於已披，啓弘秀於未振。〔註124〕

為文之初，作者靜心沉思之時，「觀古今於須臾，撫四海之一瞬」，上天下地，廣爲蒐羅。若古人已用，便當去之；古人未用，則取之。在剪裁部分，陸機又說，即使是自己精心獨造之句，與古人偶合，也當去之：

> 或藻思綺合，清麗千眠。炳若縟繡，悽若繁絃。必所擬不殊，乃闇合乎曩篇。雖杼軸於予懷，怵佗人之我先。苟傷廉而愆義，亦雖愛而必捐。〔註125〕

雖佳辭麗句出自胸臆，一定要和所摹擬的對象有別；如果相同，不見特殊，必須拋棄不用。這個要求比王充所言更爲嚴苛。他的理由有二：一是與前人類似，可能無法凸顯自己；二是如果傷廉害義，何須沿襲，更宜捨棄。

南朝摹擬之習，風氣更盛。蕭子顯《南齊書・文學傳論》承〈文賦〉創作之說：

> 習玩爲理，事久則瀆。在乎文章，彌患凡舊；若無新變，不能代雄。建安一體，〈典論〉短長互出。潘、陸齊名，機、岳之文永異。江左風味，盛道家之言；郭璞舉其靈變，許詢極其名理。仲文玄氣，猶不盡除；謝混清新，得名未盛。顏、謝並起，乃各擅奇。休、鮑後出，咸亦標世。朱藍共妍，不相祖述。〔註126〕

他的立論基礎在人性：人性喜新厭舊，若守舊而乏新意，勢必爲人所厭煩。反之，要稱雄一代，新意自不能免。成名的作者潘岳、陸機、郭璞、許詢、殷仲文、謝混、顏延之、謝靈運，莫不各擅新奇；他們絕不相互摹擬。簡文帝〈與湘東王書〉也深斥當時摹擬之風：

〔註124〕 〈文賦〉。陸機〈文賦〉。昭明太子撰《文選》（臺北縣板橋鎮：藝文印書館，民72）卷十七，頁246。譯文：取用百年來中從來沒有過的文字，採摘千年來從未寫出過的詩篇；(拋棄那些前人用過的陳詞濫調，)像拋棄已隕落的朝花，(採用前人還沒用過的清辭秀句，)像拾取還未開放的花朵。

〔註125〕 同註124，頁247。譯文：文辭鮮麗有如五彩繽紛的縟繡，文情悽惻有如繁絃奏出的音樂。如果和所模擬的對象沒有不同，就和前代的篇章暗中相合了。雖說文辭是出自我的胸臆，只怕前人已經說過了。如果傷廉害義（意謂抄襲）即使喜愛，也必須拋棄。

〔註126〕 蕭子顯撰《南齊書》（臺北市：鼎文書局，民67）卷五十二，頁908。習玩爲理，事久則瀆：當一件事習以爲常，日子久了就不會尊重。

若夫六典三禮，所施則有地；言凶嘉賓，用之則有所。未聞吟詠情性，反擬〈內則〉之篇；操筆寫志，更摹〈酒誥〉之作。遲遲春日，翻學〈歸藏〉；湛湛江水，遂同〈大傳〉。吾既拙於為文，不敢輕有掎摭，但以當世之作，歷方古之才人，遠則揚、馬、曹、王，近則潘、陸、顏、謝，而觀其遣辭用心，了不相似。若以今文為是，則古文為非；若昔賢可稱，則今體宜棄。俱為盍各，則未之敢許。〔註127〕

這個立論點又有所別。古今倫常禮典，各有所施，各有所用，不可變更，於理為然。但是抒心寫靈，哪有模仿古人之作者？文學上知名的作者，沒有是以摹擬而稱雄於世者。鍾嶸《詩品》的看法是從文體本身的優缺點著眼：

夫四言，文約意廣，取效風騷，便可多得。每苦文繁而意少，故世罕習焉。五言居文詞之要，是眾作之有滋味者也。故云會於流俗，豈不以指事造形，窮情寫物，最為詳切者邪？〔註128〕

一文體之所以興起必然補前一文體之不足。四言有其不足處，五言可以彌補。四言之淘汰，五言之興起，是必然之勢。那麼，何必唯古是擬？

反摹擬是一條路，求變又是一條路。劉勰《文心雕龍‧通變》有云：

夫設文之體有常，變文之數無方，何以明其然耶？凡詩、賦、書、記，名理相因，此有常之體也；文辭氣力，通變則久，此無方之數也。名理有常，體必資於故實；通變無方，數必酌於新聲。故能騁無窮之路，飲不竭之源。〔註129〕

作文之道有二：常與變。世間有些事是永恆不變的，有其名必有其理，有其理必有其名；名與理互為因果。文辭在乎氣力，懂得通變自能長久。名與理要能恆常，源自多讀書；通變並沒有一定的方法，必參酌新的聲音。若如此，必能長長久久。《文心》告訴我們的是有內有外，內質不變而外辭可變。

〔註127〕嚴可均校輯《全上古三代秦漢三國六朝文》（北京市：中華書局，1958）《全梁文》卷十一，頁3011。
〔註128〕何文煥編訂《歷代詩話》臺北縣：藝文印書館，民60）頁7。
〔註129〕劉勰撰、范文瀾注《文心雕龍注》（臺北市：開明書局，民57）卷六，頁17。
譯文：文章的體是永久不變的，而文辭技巧的變化，卻沒有固定的法則。怎麼說呢？不論是詩、賦、書、記，就有這個名分，就有相應的法則，這就是恆久不變的規矩。至於文采、辭藻、氣勢、才力，就要透徹了解傳統，再推陳出新，才能流傳久遠。所以說技巧的變化沒有固定的法則。名分與相應的法則，就必須借助古人的成規：通曉舊作，再革故鼎新，斟酌新的格調是必須的。能夠如此，就能像一匹駿馬，奔馳於無邊的草原；又如口渴的人，汲飲永不乾涸的泉水。

唐世，以摹擬爲創作者依舊。〔註130〕

劉勰的觀念，唐朝劉知幾從史學的角度，提出「貌異而心同」的說法：

> 蓋模擬之體，厥途有二：一曰貌同而心異，二曰貌異而心同。……
> 世之述者，銳志於（當是「矜」字之譌）奇，喜編次古文，撰敍今事，
> 而巍然自謂五經再生，三史重出，多見其無識者矣。惟夫明識之士
> 則不然。何則？其所擬者，非如圖畫之寫眞，鎔鑄之象物，以此而
> 似也。其所以爲似者，取其道術相會，義理玄同，若斯而已。……
> 大抵作者自魏已前，多効三史，從晉已降，嘉學五經。夫史才文淺
> 而易模，經文意深而難擬。既難易有別，故得失亦殊。蓋貌異而心
> 同者，模擬之上也。貌同而心異者，模擬之下也。然人皆好貌同而
> 心異，不尚貌異而心同者，何哉？蓋鑑識不明，嗜愛多僻，悅夫似
> 史而憎夫眞史。此子張所以致譏於魯侯，有葉公好龍之喻也。〔註131〕

他說修史者有兩類：一類文取似五經三史之古詞古語以敍今事；一類僅取其道
術相會，義理玄同。劉氏所言雖是記史當用何種文辭的分辨，究竟取形似還是
義同？「葉公好龍」出自漢代劉向《新序·雜事》。葉公並非眞的喜歡龍，而是
喜歡似龍非龍的東西而已。這裡用以感嘆「人皆好貌同而心異」，「悅夫似史而
憎夫眞史」。事實上，答案應是「貌異而心同者，模擬之上也。」他並舉出例證：

> 江羋罵商臣曰：「呼！役夫！宜君王廢汝而立職。」漢王怒酈生曰：
> 「豎儒！幾敗乃公事。」單固謂楊康曰：「老奴！汝死自其分。」樂
> 廣歎衛玠曰：「誰家生得寧馨兒？」斯並當時侮嫚之詞，流俗鄙俚之
> 說，必播以脣吻，傳諸諷誦，而世人皆以爲上之二言，不失清雅，
> 而下之二句，殊爲魯朴者何哉？蓋楚、漢世隔，事已成古，魏、晉
> 年近，言猶類今。已古者即謂之文，猶今者乃驚其質。夫天地長久，
> 風俗無恆，後之視今，亦猶今之視昔。而作者怯書今語，勇効昔言，
> 不其惑乎？〔註132〕

〔註130〕 見第三章第一節〈文論上的摹擬說〉。

〔註131〕 〈模擬篇〉。劉知幾著、浦起龍通釋《史通通釋》（揚州：江蘇廣陵古籍刻印
社，1991）卷八，頁1～3。

〔註132〕 〈言語〉。劉知幾著、浦起龍通釋《史通通釋》（揚州：江蘇廣陵古籍刻印社，
1991）卷六，頁2～3。按：「豎儒」音近豎子，閩南語謂「豎子」曰「豎兒」；
「乃公」音近令公，猶如「你爸」。「寧馨」音近「靈精」。俗謂「狡點」曰「鬼
靈精」。意謂哪家生的這麼個鬼靈精？

「呼！役夫！宜君王廢汝而立職。」語出《左傳・文公元年》:「豎儒！幾敗乃公事。」典出《史記・留侯世家》:「老汝！汝死自其分。」語見《魏略》:「誰家生得寧馨兒？」語出〈晉書・王衍傳〉。四個不同的時代，四句粗俗罵人之語，立足點相同；各以其時代語人文，不相抄襲。這就是劉勰所說的「名理相因」、「酌乎新聲」。怪就怪在前兩句人們認爲「清雅」，後兩句以爲「魯樸」。這樣的原因是好古所致，「古人所作爲神，今世所著爲淺。」以此類推，如果我們以當代語詞入文，後人早晚有一天由「魯樸」晉升爲「清雅」，「後之視今，亦猶今之視昔。」既然如此，同樣的語義，何苦摹擬古語？何不以眞誠的心面對，取用當世的語言。這就是「貌異而心同」的道理。

這樣的立論，又見於韓愈的論說。古文思潮興起，從字面含意，反對六朝以來的駢文文風，主張恢復三代兩漢自然質樸的文體。但在當年，必有文辭是否擬古的疑慮，至少韓愈之前，擬古而最知名者，遠有揚雄擬《論語》作《法言》，擬《易經》作《太玄》，近有蘇綽仿《尙書》作大誥。韓愈〈答劉正夫書〉云:

> 或問:「爲文宜何師？」必謹對曰:「宜師古聖賢人。」曰:「古聖賢人所爲書具存，辭皆不同，宜何師？」必謹對曰:「師其意不師其辭。」
> 〔註133〕

所謂「師其意不師其辭」，意在法「古聖賢人」之意，不法「古聖賢人」之辭。正是劉勰「名理相因」、「酌乎新聲」，劉知幾「貌異而心同」之意。既然如此，駢文不取，古人之辭不可摹擬，那要人如何爲文？韓愈的答案是:

> 若聖人之道不用文則已，用則必尙其能者。能者非他，能自樹立，不因循者是也。〔註134〕

「能自樹立，不因循者是也」，既不法古，也不從駢。「能自樹立」，簡言之，自行創作而已。言貴獨到，詞必己出，「惟陳言之務去」。〔註135〕後白居易的詩論類此。

後人看唐朝的詩與文，前後都有變化。宋朝歐陽脩、宋祁《新唐書・藝文傳序》說:「唐有天下三百年，文章無慮三變。」〔註136〕明朝高棅〈唐詩

〔註133〕韓愈撰、馬其昶校注《韓昌黎文集校注》（臺北市:世界書局，2002）頁217。
〔註134〕〈答劉正夫書〉。同註133，頁218。
〔註135〕〈答李翊書〉。同註133，頁177。
〔註136〕歐陽脩、宋祁等奉敕奉《新唐書》（臺北市:鼎文書局，民68）卷二百一，頁5725。

品彙總序〉云：「有唐三百年詩，眾體備矣。⋯⋯略而言之，則有初唐、盛唐、中唐、晚唐之不同。」〔註137〕苦在後之學唐者。唐朝近體詩風行之後，據說王安石就曾經對此發出過深深的感慨：「世間好語言，已被老杜道盡；世間俗言語，已被樂天道盡。」〔註138〕

為此，黃庭堅以自己大量創作實際經驗，歸納出一套比較完整的詩歌創作技巧，指示人們作詩的方法。其中「點鐵成金」、「奪胎換骨」雖被後人認為有剽竊之嫌〔註139〕，明目張膽摹擬古人；但是，就黃氏本身而言，則苦心孤詣以求創新。正像王安石早已指出的那樣，中國古代詩歌在經歷了唐代數百年的繁榮之後，各種體裁大多基本定型，各類題材也幾乎寫盡。在這種情況下，宋代詩人要想繼續在文學樣式上有所創新顯然十分困難。黃庭堅的「奪胎換骨」、「點鐵成金」，在這種歷史背景下，未嘗不是詩歌創作方法所作的一種積極嘗試。張鎡《仕學規範》也說：「老杜詩云：『詩清立意新』，最是作詩用力處，蓋不可循習陳言，只規摹舊作也。魯直云：『隨人作詩終後人』，又云：『文章切忌隨人後』，此自魯直見處也。近世人學老杜多矣，左規右矩，不能稍出新意，終成屋下架屋，無所取長。獨魯直下語，未嘗似前人而卒與之合，此為善學。」〔註140〕

黃庭堅後被奉為江西詩派之祖師，由於師祖的「隨人作詩終後人」、「文章切忌隨人後」，江西詩人也承襲這一氣概。如徐俯，雖為黃氏之甥，但他磊落不群之氣，終不肯屈居下人。晚年，有人稱其詩源自黃氏；他頗不以為然。答以小啟，云：

〔註137〕 高棅編選《唐詩品彙》（臺北市：學海出版社，民72）頁8。

〔註138〕 《陳輔之詩話》。胡仔纂集《苕溪漁隱叢話》（臺北市：長安出版社，民67）前集，卷十四，頁90。

〔註139〕 按：金人王若虛〈詩話下〉云：「魯直論詩，有『奪胎換骨、點鐵成金』之喻，世以為名言，以予觀之，特剽竊之黠者耳。魯直好勝，而恥其出於前人，故為此強辭，而私立名字。」王若虛撰《滹南遺老集》（臺北市：新文豐出版公司，民73）卷四十，頁257。

〔註140〕 張鎡《仕學規範》卷三十九。見永瑢、紀昀等撰《欽定四庫全書》（上海市：上海古籍出版社，1987）875冊，頁196。按：句末所謂善學，姜夔〈白石道人詩集・自敘二〉之言可相互映發：「作者求與古人合，不若求與古人異。求與古人異，不若不求與古人合而不能不合，不求與古人異而不能不異。彼惟有見乎詩也，故向也求與古人合，今也求與古人異；及其無見乎詩已，故不求與古人合而不能不合，不求與古人異而不能不異。其來如風，其止如雨，如印印泥，如水在器，其蘇子所謂不能不為者乎？」《白石道人詩集》（北京市：中華書局，1985）頁1。

涪翁之妙天下，君其問之水濱；斯道之大域中，我獨知之濠上。
〔註141〕

「知之濠上」，語出《莊子・秋水》。〔註142〕惠子與莊子的思維是兩條平行線，你認爲是，我認爲不是；反之，你認爲不是，我認爲是。同理，或人稱其詩出自黃氏，徐俯則不以爲然。所以《呂氏童蒙訓》云：「徐師川言，作詩自立意，不可蹈襲前人。」〔註143〕後，金人李之純受黃庭堅影響，也「教後學爲文欲自成一家。每曰：『當別轉一路，勿隨人腳跟。』」〔註144〕

明朝，前後七子當道，文必秦漢，詩必盛唐。摹擬之風盛行，「字字而啄之，句句而擬之」。〔註145〕但反對摹擬者也不在少數，如李東陽、屠隆、胡應麟、莊元臣、焦竑、徐文長、湯顯祖、三袁等都是，也都各有其理。清初古文家魏禧認爲：

> 予嘗與論文章之法。法，譬諸規矩，規之形圓，矩之形方，而規矩所造，爲楠，爲槷，爲眼，爲倨句磬折，一切無可名之形，紛然各出。故曰規矩者，方員之至也。至也者，能爲方圓，能不爲方圓，能爲不方圓者也。〔註146〕

所謂法者，是後人學習前人經由之路，其來源之一可能是經由摹擬之後，歸納而得。魏禧未必反對規矩，更重要的是學習規矩後，須將規矩運用至變化無方的地步。「規矩者，方員之至也。至也者，能爲方圓，能不爲方圓，能爲不方圓者也。」若眞如此，摹擬只是過程，終極則無所謂變與不變。

有清一朝，文論以古文家爲中堅，而古文家之文論又以桐城派爲中堅。由清代文學史言，文學批評言，都不能不以桐城爲中心。桐城派劉大櫆，對於摹擬，也是站在語言變遷的角度：

> 大約文字是日新之物，若陳陳相因，安得不目爲臭腐？原本古人意

〔註141〕趙戫著《鷄林子》（北京市：中華書局，1985）卷一，頁2。
〔註142〕郭慶藩輯《莊子集釋》（臺北市：河洛圖書出版社，民63）卷六下，頁607。
〔註143〕《呂氏童蒙訓》。胡仔纂集《苕溪漁隱叢話》（臺北市：長安出版社，民67）前集，卷三十七，頁254。徐俯，江西派著名詩人之一。字師川。
〔註144〕劉祁撰《歸潛志》（臺北市：華文書局，民57）卷八，頁203。
〔註145〕屠隆《由拳集・文論》。王水照編《歷代文話》第三冊（上海市：復旦大學出版社，2007）頁2300。
〔註146〕〈陸懸圃文序〉。魏禧撰《魏叔子文集》卷八。見續修四庫全書編纂委員會編《續修四庫全書》（上海市：上海古籍出版社，1995）1048冊，頁549。

義，到行文時，卻須重加鑄造（，試問：何需如此？）。──一樣，不可
便直用古人。此謂去陳言。〔註147〕

語言日新，文字日新，摹擬成臭腐，何必不必從新？對於問題的看法，又回
到千年前王充、葛洪的原點。

他們標舉的雖是古文，卻是有鑑於明代文人強學秦、漢之失，所以宗主唐、
宋文；又希望作比較接近口語的文字，開創以「雅潔」爲主的文風。〔註148〕胡
適《五十年來中國之文學》謂：「唐、宋八大家的古文和『桐城派』的古文的
長處，只是他們甘心做通順清淡的文章，不妄想做假骨董。」〔註149〕桐城文
之所以能通於古而又能近於今者在此。

詩論家葉燮，則從兩個角度看待詩之必變，一是歷史進化的必然：「詩之爲
道，未有一日不相續相禪而或憩者也。但就一時而論，有盛必有衰。綜千古而
論，則盛而必至於衰，又必自衰而復盛。」又云：「蓋自有天地以來，古今世運
氣數，遞變遷已相禪。古云：『天道十年一變。』此理也，亦勢也。無事無物不
然；寧獨詩之一道，膠固而不變乎？」〔註150〕因此《三百篇》一變而爲蘇、李，
再變而爲建安、黃初，三變而爲陸機、左思、鮑照、謝靈運、陶潛、顏延之、
謝朓、江淹、庾信眾詩家；而後代有新秀。此歷史之大勢。一是縮小範圍看待，
當一種詩體到高原期，互相蹈襲者多，不得不變。下文以唐詩爲例：

> 唐詩爲八百年來一大變，韓愈爲唐詩之一大變。……開、寶之時，
> 一時非不盛，遞至大曆、貞元、元和之間，沿其影響字句者且百年。
> 此日餘年之詩，其傳者已少殊尤出類之作，不傳者更可知矣。必待
> 有人焉，起而撥正之，則不得不改弦而更張之。愈嘗自謂陳言之務
> 去，想其陳言之爲禍，必有艸于目不忍見，耳不堪聞者。使天下人

〔註147〕劉大櫆撰《論文偶記》。王水照編《歷代詩話》（上海市：復旦大學出版社，
2007）第四冊，頁4116。

〔註148〕按：沈蓮芳云：「古文中不可入語錄體中語，魏、晉、六朝人藻麗俳語，漢賦
中板重字法，詩歌中儁語，南北史俳巧語。」（見《清文錄》六十八〈書方望
溪先生傳後〉）呂璜所纂吳德旋〈初月樓古文緒論〉云：「古文之體忌小說，
忌語錄，忌詩話，忌時文，忌尺牘：此五者不去，非古文也。袁枚對「古文」
一詞所下的定義是「名之爲文，故不可俚也；名之爲古，故不可時也。」（見
〈與邵厚庵太守論杜茶村文書〉）袁枚撰《小倉山房詩文集》（臺北市：臺灣
中華書局，民55）卷十九，頁5。

〔註149〕胡適作《五十年來中國之文學》（臺北市：遠流出版事業，1986）頁72。

〔註150〕葉燮著《原詩》頁1。丁福保編訂《清詩話》（臺北市：藝文印書館，民
54）。

之心思智慧，日腐爛埋沒於陳言中，排之者比於救焚溺，可不力乎？〔註151〕

陳言一詞，與劉大櫆所用相同，當皆指摹擬之語句：詩、文一同，都是高原期的現象；摹擬者，或許是好古，或僅能力所及。就歷史之必然與高原期之不得不然，無論詩，無論文，都思能變。

　　明末清初，崑曲風行。李漁從事戲曲的年代，正趕上這樣一個時期。對於戲曲之所以能風行，他的看法也在於求變：

> 人惟求舊，物惟求新。新也者，天下事物之美稱也。而文章一道，較之他物，尤加倍焉。戛戛乎陳言務去，求新之謂也。至於填詞之道，較之詩、賦、古文，又加倍焉。非特前人而作，於今爲舊，即出我一人之手，今之視昨，亦有間焉。昨已見而今未見也，知未見之爲新，即知已見之爲舊矣。〔註152〕

無庸諱言，李漁之觀念固然從韓愈來，更從《大學・湯之盤銘》〔註153〕來。下文並舉「傳奇」爲例，「古人呼劇本爲『傳奇』者，因其事甚奇特，未經人見而傳之，是以得名。可見非奇不傳。新，即奇之別名也。若此等情節，業已見之戲場，則千人共見，萬人共見，絕無奇矣，焉用傳之！」〔註154〕戲曲的生命，建立在觀眾，其餘文體，又何獨不然？只是觀眾的反應，比起閱讀詩、文更爲即時。李漁之說，等同爲傳統詩文之求變畫下句點。

（二）書論中的求變

　　摹擬不只是文學，書法之臨摹更是必須。

　　臨摹在書法本是學習的一種方式，卻也少不了專務於此者。羊欣在〈采古來能書人名〉記載一位專仿王羲之書風者：

> 晉穆帝時，有張翼善學人書。寫羲之表：表出，經日不覺。後云「幾欲亂眞。」〔註155〕

〔註151〕同註150，頁5。

〔註152〕李漁著《閒情偶寄》。見楊家駱主編《歷代詩史長編二輯》（臺北市：中國學典館復館籌備處出版：鼎文經銷，民63）七，頁15。

〔註153〕《大學》頁3：「〈湯之盤銘〉曰：『苟日新，日日新，又日新。』」朱熹撰《四書集註》（臺北市：世界書局，民55）。

〔註154〕李漁著《閒情偶寄》。見楊家駱主編《歷代詩史長編二輯》（臺北市：中國學典館復館籌備處出版：鼎文經銷，民63）七，頁15。

〔註155〕〈羊欣采古來能書人名〉。張彥遠集《法書要錄》卷一，頁7。見楊家駱主編《唐人書學論著》（臺北市：世界書局，民64）。

同樣的內容，又見於虞龢〈論書表〉：「羲之嘗自書表與穆帝，帝使張翼寫効，一毫不異，題後荅之。羲之初不覺，更詳看，乃歎曰：『小人幾欲亂眞。』」〔註156〕三見於王僧虔〈論書〉。王羲之書風流行於南朝，可見一斑。奇的是，當時及後世的人，並不待以異樣的眼光，反而另眼相視。虞龢當作王氏書風風行的佐證，羊欣將張翼視爲「能書」，王僧虔又添上另一位：「康昕學右軍書，亦欲亂眞。」〔註157〕不過，這好像只存在於東晉南朝。

　　求變，一直是書家在用筆達到某一高度的心願，這種現象可以說自書寫成爲意識藝術的東漢時代就已如此。衛恆的《四體書勢》說：「漢興而有草書，……，至章帝時，齊相杜度，號稱善作。後有崔瑗、崔寔，亦皆稱工。杜字殺字（結構）甚安，而書體微瘦；崔氏甚得筆勢，而結字小疏。弘農張伯英（張芝）者，因而轉精其巧。」所謂轉精其巧，是變。又說：「魏初，有鍾、胡二家，俱學之於劉德升，而鍾氏（即鍾繇）小異，然亦各有其巧。」〔註158〕所謂小異，也是變。王僧虔〈論書〉說：「亡曾祖領軍洽，與右軍俱變古形，不爾，至今猶法鍾、張。」〔註159〕則明言，王羲之變鍾、張之形。

　　初唐末季，從東晉以來風靡的二王書風開始有了變異。李嗣眞的〈書後品〉透露「伐之馳鶩，去聖逾遠，徒識方圓，而迷點畫。」「古之學者皆有師法，今之學者但任胸懷，無自然之逸氣，有師心之獨往。」〔註160〕「去聖逾遠」、「但任胸懷」、「師心之獨往」，都是想脫離舊軌，而不被認同的書者。

　　張懷瓘是主張創新的書論家：「先其草創立體，後其因循著名。」〔註161〕明白說出創作當先，摹擬在後。在〈評書藥石論〉更以學爲文章作比：

　　　　假如欲學文章，必先覽經籍子史。其上才者，深酌古人之意，不錄
　　　　其言。故陸士衡云：「或襲故而彌新。」美其語新而意古。其中才者，
　　　　采連文兩字，配言以成章，將爲故實，有所典據。其下才者，模榻

〔註156〕〈虞龢論書表〉。同註153，卷二，頁17。
〔註157〕〈王僧虔論書〉。同註153，頁10。
〔註158〕房玄齡等撰《晉書》（臺北市：鼎文書局，民68）卷三十六，頁1065。
〔註159〕〈王僧虔論書〉。張彥遠集《法書要錄》卷一，頁10。見楊家駱主編《唐人書學論著》（臺北市：世界書局，民64）。
〔註160〕〈李嗣眞書後品〉。同註159，卷三，頁44、48。
〔註161〕〈張懷瓘文字論〉。同註159，卷四，頁70。

舊文，迴頭易尾，或有相呈新製，見模搨之文，爲之愧報。其無才
而好上者，但寫之而已。書道亦然。〔註162〕

在張氏眼中，模仿而亂眞的作品，宛如模拓印文，當有人找出原文出處，模
仿者必然羞愧無地。這類的人，沒有創新能力的人，「但寫之而已」。這類的
作品，「雖功用多而有聲，終天性少而無象。同乎糟粕，其味可知。」〔註163〕
張懷瓘筆下的獻之，更是求變的化身：「幼學于父，次習于張，後改變制度，
別創其法。率爾私心，冥合天矩。觀其逸志，莫之與京。」〔註164〕十五六，
即勸父改體。歷代影響後世深遠的書家，莫不是承之於前人，又能建立自我
的面目。

晚唐釋亞棲〈論書〉同樣強陳出新：

> 凡書通即變。王變白雲體，歐變右軍體，柳變歐陽體，永禪師、褚
> 遂良、顏眞卿、李邕、虞世南等，並得書中法，後皆自變其體，以
> 傳後世，俱得垂名。若執法不變，縱能入石三分，亦被號爲書奴，
> 終非自立之體。〔註165〕

書法界稱但能摹擬而不能自立者爲「書奴」，疑起自於此。宋朝歐陽脩同樣說
出：

> 學書當自成一家之體，其模仿他人，謂之奴書。〔註166〕

「書奴」是指人，「奴書」是指作品，意則相同。書家講究創作是蘇軾、黃庭
堅。蘇軾說：「我書意造本無法。」〔註167〕黃庭堅在爲《樂毅論》所作的跋文
中寫道：「隨人作計終後人，自成一家始逼眞。」〔註168〕並借晁美叔批評黃庭
堅時，發表自己的主張：

> 晁美叔嘗背議予書唯有韻耳，至於右軍波戈點畫，一筆無也。有附

〔註162〕 〈評書藥石論〉。董誥等編《全唐文》（上海市：上海古籍出版社，1990）卷
四百三十二，頁1952。
〔註163〕 〈張懷瓘文字論〉。同註159，卷四，頁70。
〔註164〕 〈張懷瓘書斷中〉。同註159，卷八，頁124。
〔註165〕 王原祁等纂輯《佩文齋書畫譜》（北京市：中國書店，1984）卷六，頁151。
〔註166〕 《筆說・學書自成家說》。歐陽脩撰《歐陽脩全集》（臺北市：河洛圖書出版
社，民64）卷五，頁113。
〔註167〕 〈石蒼舒醉墨堂〉。蘇軾著《蘇東坡集》（臺北市：臺灣商務印書館，民54）
第二冊，頁22。
〔註168〕 〈題樂毅論後〉。黃庭堅撰《山谷題跋》卷四，見楊家駱主編《宋人題跋》（臺
北市：世界書局，民81）頁216。計：疑是「字」自一因之轉，由方言讀「字」
字即可得「計」之音。

予者，傳若言於陳留，予笑之曰：「若美叔則與右軍合者，優孟抵掌談說，乃是孫叔教邪？」往嘗有丘敬和者摹倣右軍書，筆意亦潤澤，便爲繩墨所縛，不得左右。予嘗贈之詩，中有句云：「……。隨人作計終後人，自成一家始逼眞。」不知美叔嘗聞此論乎？〔註169〕

蘇軾有〈西湖寄晁美叔同年〉一詩，而科舉時代同榜錄取的人互稱同年，因此爲黃庭堅師執輩。晁美叔以羲之的用筆模式套在庭堅的作品上。對熟悉黃氏書風熟悉的人而言，知道黃與王相去不啻十萬八千里。黃的看法，認爲越像羲之字的人，不是像戲子的摹仿，就是受制於羲之之法，惟有「自成一家」，才是眞正的自己。他雖然主張筆墨以韻勝，對於唐世書家分而爲二：「觀魯公此帖，奇偉秀拔，奄有魏、晉、隋、唐以來風流氣骨，回視歐、虞、褚、薛、徐、沈輩，皆爲法度所窘，豈如魯公蕭然出於繩墨之外，而卒與之合哉？」〔註170〕認爲承繼兩晉、宋、齊的是顏眞卿等，而非歐、虞之屬。「蓋自二王後，能臻書法之極者，惟張長史與魯公二人，其後楊少師頗得髣髴。」〔註171〕「見魯公書，則知歐、虞、褚、薛未入右軍之室；見楊少師書，然後知徐、沈有塵埃氣。」〔註172〕「塵埃氣」自是上文「爲法度所窘」者。我們從上文可以看出，「爲法度所窘」的「塵埃氣」，指的當是承襲者，而顏、楊則是「自成一家」的創作者。

如何陶冶汲取，前人也提出方法：

學書時時臨摹可得形似，大要多取古書細看，令入神，乃到妙處；唯用心不雜，乃是入神要路。〔註173〕

古人學書，不盡臨摹。張古人書於壁間，觀之入神，則下筆時隨人意。……凡作字，須熟觀魏晉人書，會之於心，自得古人筆法也。〔註174〕

〔註169〕 黃庭堅〈自論書〉。王原祁等纂輯《佩文齋書畫譜》（北京市：中國書店，1984）卷六，頁159。

〔註170〕 〈題顏魯公帖〉。同註168，頁222。

〔註171〕 〈題顏魯公帖〉。黃庭堅撰《山谷題跋》卷四，見楊家駱主編《宋人題跋》上（臺北市：世界書局，民81）頁222。

〔註172〕 〈跋王立之諸家書〉。同註171，頁226。尚可見同頁〈跋洪駒父諸家書〉、卷五頁228〈跋東坡書〉、頁229〈跋東坡帖後〉。

〔註173〕 〈書贈福州陳繼月〉。同註171，卷五。見楊家駱主編《宋人題跋》（上）（臺北市：世界書局，民81）頁233。

〔註174〕 〈跋與張載熙書卷尾〉。同註173。

學書須是收昔人眞迹佳妙者，可以詳視其先後筆勢輕重往復之
法；若只看碑本，則惟得字畫，全不見其筆法神氣，終難精進。
又學時不在旋看字本，逐畫臨倣，但貴行、住、坐、臥常諦翫，
經目著心。久之，自然有悟入處。信意運筆，不覺得其精微，斯
爲善學。〔註175〕

前兩則引文出自黃庭堅《山谷題跋》，第三段弔文見於陳櫰撰《負暄野錄》引
范成大語。「臨摹可得形似」，學書者皆知：「多取古書細看」、「張古人書於壁
間」、「熟觀魏晉人書」、「收昔人眞迹佳妙者，可以詳視其先後筆勢輕重往復
之法」，則是爲學書者提供實際臨摹外的方法；至於「令入神，乃到妙處；唯
用心不雜，乃是入神要路」、「觀之入神」、「會之於心，自得古人筆法」、「行、
住、坐、臥常諦翫，經目著心。久之，自然有悟入處」，就是涵泳其中，在潛
移默化中學習。這就是書論中不時見到的取其神不取其形的觀念。

　　時間略晚於黃庭堅的方外人士德洪，其〈昭默禪師序〉云：

李北海以字畫之工而世多法其書。北海笑曰：「學我者拙，似我者死。」
當時之人不知其言有味，余茲愛之。蓋學者所貴，貴其知意而已；
至於縱繩墨，非善學也。，〔註176〕

德洪以方外人士看書法，自然近於禪家旨宗——「不立文字」〔註177〕，但也
給書法界立下反摹擬，反形似，取其意不取其法的概念。

　　元朝郝經，把楷書與草書分別爲一正一變：「蓋楷則《孟子》七篇，草則
《莊周》十萬言耳；楷則子美之詩，草則太白之詩也。然既知法，又貴知變
也。非變法而自爲法，則不能名家，在人足跡之下矣。」然後，區分出鍾繇、
王羲之、顏眞卿、蘇軾四位書家改變了什麼：

〔註175〕陳櫰撰《負暄野錄》頁257。見楊家駱主編《宋元人書學論著》（臺北市：世
　　　　界書局，民61）。
〔註176〕釋德洪撰《石門文字禪》（臺北市：臺灣商務印書館，民56）卷二十三，頁
　　　　251～252。見王雲五主編《四部叢刊·初編·集部》56冊。
〔註177〕〈付囑品第十〉。釋法海著、丁福保箋註《六祖壇經箋註》（臺北市：維新書
　　　　局，民66）頁96。按：世尊在靈山會上，撚花示眾，人天百萬，悉皆罔措，
　　　　獨有金色頭陀摩訶迦葉，破顏微笑，世尊言「吾有法眼藏，涅槃妙心；實相
　　　　無相，微妙法門；不立文字，教外別傳」付囑大迦葉，又有《碧巖集》第一
　　　　則評唱，曰：達摩遙觀此土有大乘根，遂泛海得得而來，單傳心，開示迷途：
　　　　不立文字，直指人心，見性成佛。這便是禪宗「不立文字，教外別傳，直指
　　　　人心，見性成佛」十六字玄旨的來源。

> 鍾、王變篆、隸者也，顏變鍾、王用篆也，蘇變顏、柳用隸也，故
> 古今書學，不能踰是四家。〔註178〕

在郝經眼中，只有這四位足以代表，他們轉變的不是些微的差別，而是從一體陡然轉變成另一體，其間的差異性特大。依這樣的推理，曾被譽為「上下五百年，縱橫一萬里，舉無此書」的趙孟頫〔註179〕，明末董其昌對他的看法，其缺失就在於守法太過：

> 晉人書取韻，唐人書取法，宋人書取意。或曰：「意不勝於法乎？」
> 不然，宋人自以其意為書耳，非能有古人之意也。然趙子昂則矯宋
> 之弊，雖己意亦不用矣。此必宋人所訶，蓋為法所轉也。〔註180〕

這段文字以三個時代書風特色為主軸，但重心卻是評論趙孟頫的功過。他的功，在矯正宋人以己意為書的弊病；反之，也正是他自己的過，雖己意也不敢用，為法所轉。「唐人書無不出于二王，但能脫去臨倣之迹，故稱名家。『世人但學《蘭亭》面，誰得其皮與其骨。』凡臨書者，不可不知此語。」〔註181〕「自元人後，無能知趙吳興受病處者，自余始發其膏肓——在守法不變耳。」「書家以豪逸有氣，能自結撰為極則。」〔註182〕「書家未有學古而不變者。」〔註183〕「守法不變，即為書家奴耳。」〔註184〕簡言之，趙孟頫未能創新。一味追求右軍之妙，晉人正脉，終受「奴書」之誚。〔註185〕

　　承先與求變這個問題永遠在書界輪迴，清朝包世臣的《藝舟雙楫》紀載了一則故事：

〔註178〕〈敘書〉。郝經撰《陵川集》（臺北市：臺灣商務印書館，民62）卷二十，頁8。

〔註179〕何良俊撰《四友齋書論》頁7。見楊家駱主編《明人書學論著》（臺北市：世界書局，民62）。

〔註180〕董其昌撰《容臺集》（四）（臺北市：國立中央圖書館，民57）頁1890。

〔註181〕〈跋自書・臨像贊題後〉。董其昌著《畫禪室隨筆》（臺北市：廣文書局，民66）頁27。

〔註182〕董其昌撰《容臺集》（四）（臺北市：國立中央圖書館，民57）頁2050、1898。

〔註183〕〈評法書〉。同註181，頁4。

〔註184〕同註182，頁1941。

〔註185〕祝允明〈書述〉：「吳興獨振國手，遍友歷代歸宿，晉、唐良是獨步，然亦不免奴書之眩。」王原祁等纂輯《佩文齋書譜》（北京市：中國書店，1984）卷十，頁267。又馮班撰《鈍吟書要》頁16：「趙孟頫出入古人，無所不學，貫穿斟酌，自成一家，當時誠為獨絕也。自近代李禎伯創奴書之論，厚生恥以為師。」見楊家駱主編《清人書學論著》（臺北市：世界書局，民61）。

乾、嘉之間，都下言書推劉諸城、翁宛平兩家。戈仙舟學士，宛平
之壻而諸城門人也，嘗質諸城書詣於宛平，宛平曰：「問汝師那一筆
是古人？」學士以告諸城，諸城曰：「我自成我書耳，問汝岳翁那一
筆是自己？」〔註186〕

諸城是劉墉，宛平是翁方綱，並享譽於乾隆、嘉慶之間。兩人究竟誰勝出？：
依文中所述，觀念上翁方綱似趙，劉墉類董，包世臣對兩方都未見滿意：「宛平
書只是工匠之精細者耳，於碑帖無不遍搜默識，下筆必具其體勢，而筆法無聞，
不止無一筆是自己已也。諸城冥悟筆法，而微變其體勢，正是深於古人。必云
自成我書，亦稍涉矜張矣。」而近人鄧散木則云：「一個刻意學古，亦步亦趨；
一個自我作古，獨來獨往。不必見到作品，誰優誰劣，已判然若揭。」〔註187〕

　　脫離所學對象，是董其昌的終極目標。究竟要怎麼脫離？在《畫禪室隨
筆》云：

書家妙在能合，神在能離，所欲離者，非歐、虞、褚、薛諸名家伎
倆，直欲脫去右軍老子習氣，所以難耳。那比（那叱）析骨還父，析
肉還母，若別無骨肉，說甚虛空粉碎，始露全身。晉、唐以後，惟
楊凝式解此竅耳，趙吳興宋夢見在。余此語悟之《楞嚴》八還義：「明
還日月，暗還虛空。不汝還者，非汝而誰？」〔註188〕

「能合」指的是書寫形體要能符合先賢法帖。對很多學習者來說，這已經不
是一件容易的事；如做得到，叫「妙在能合」。「能離」不只是離開長年臨摹
的眾書家，而且要脫去長年籠罩在王羲之所產生的習性；如做得到，這更不
是一件容易的事。形體與神采之間，並不是去除形體，而是在神采上和古人
有異。下文舉「那比（那叱）析骨還父，析肉還母」為例，那叱並不是去除生

〔註186〕　〈書劉文清〈四智頌〉後〉。包世臣撰《藝舟雙楫》頁106。見楊家駱主編《清
　　　　　人書學論著》（臺北市：世界書局，民61）。

〔註187〕　《臨池偶得・劉石庵自創一格》。華正人編輯《現代書法論文選》（臺北市：
　　　　　華正書局，民73）頁268～269。

〔註188〕　〈評法書〉。董其昌著《畫禪室隨筆》（臺北市：廣文書局，民66）頁9。按：
　　　　　那比，應是那叱之誤。那叱即民間信仰之哪吒。在道教的頭銜爲太子元帥、
　　　　　中壇元帥、通天太師、威靈顯赫大將軍、三壇海會大神等，尊稱太子爺、三
　　　　　太子。「明還日月，暗還虛空。不汝還者，非汝而誰？」如果光明來自日月，
　　　　　那沒有日月應該不會看到暗，如果暗是來自虛空，那你應該不夠看到暗，意
　　　　　思就說不是你的又是誰的？這個能見的見性和所見的色性不是你的又是誰
　　　　　的，意思應該是這樣，虛生不能生暗，或者說如果沒有你能見的見性不能見
　　　　　虛空，也不能見明也不能見暗，再進一步就是說本來就是心性起作用。

我養我的父母之軀;如果沒了身,還能做甚麼?而是在神情上與父母不同。這個道理,誰都知道,要做到,何其困難。下文引「《楞嚴》八還義」,只是說明董氏從何悟得而已。

董其昌之說是「貌合神離」,清人于令淓更爲激烈,連同形體亦異:

> 書必異境獨闢,夭矯不群,乃能耐久。不但與時人異,即祖、父、師、友,亦不可同。顏魯公若貌同師古,則爲祖所掩;獻之若形肖義之,則爲父所掩;義之若墨守衛夫人,則爲師所圍,不能獨步千古矣;蘇、黃相友善,交口讚嘆,無一筆雷同。前輩謂「同能不如獨異」,正爲此耳。〔註189〕

董其昌所涉及的不過書學者與所學「父母」之間,于氏則連祖帶師一起超越。在某些傳統衛道人士耳中,必難以爲聽。

書者終極都想求變、求創新,對所學對象是否是大逆不道、數典忘祖?楊賓回答了這個問題:

> 米南宮初學顏、柳,後極貶顏、柳;王逸少先學衛夫人,後亦不滿,以爲徒費歲月。此非背本也,學問進一步,自有一步境界。譬諸登岱,由平地而登梁父雲亭,自以梁父雲亭爲高,迨後歷天門,登觀日,下視梁父雲亭,培塿耳!〔註190〕

王羲之歷經大江南北後,說「學衛夫人徒費歲月」事,見〈題衛夫人〈筆陣圖〉後〉。米芾評顏眞卿書「行字可教,眞便入俗品」及柳公權「爲醜怪惡札之祖」,見《海岳名言》。這是書法界熟悉書論的人所共知,只是儡於王、米盛名,不便明言。楊賓認爲,這是階段的不同,層次的不同。當學書者眼界開闊,自不以先前所見爲是。韓愈早說過:「弟子不必不如師,師不必賢於弟子。」學問路上本如此,才有更高的思路,更高的境界;書法路上本如此,才能後浪推前浪,一代新人換舊人。

二、對趨向妍美的反響

質是文之反,樸實無華之謂。

愛美是人的天性。但是,不論文學與書法,都有主張與追求妍美相反的論述。

〔註189〕于令淓《方石書話》。見崔爾平選編《明清書法論文選》(上海:上海書店,1994)頁752。

〔註190〕楊賓撰、楊霈編次《大瓢偶筆》。見崔爾平選編《歷代書法論文選續編》(上海:上海書店,1999)頁550。培塿:小土坵。

　　主張質樸，某些時候是儒、道兩家共同的觀念。在言行上，孔子曾說：「巧言、令色、鮮矣仁。」當有人批評冉雍：「仁而不佞。」孔子說：「焉用佞？禦人以口給，屢憎於人。不知其仁，焉用佞？」〔註191〕在生活上，孔子說：「君子食無求飽，居無求安。」「禮，與其奢也，寧儉。」〔註192〕孔子要求的是一個實實在在、誠懇不欺的人生。在儒家成為顯學的時候，道家更以崇尚自然標榜。老子說：「處其厚，不居其薄；處其實，不居其華。」〔註193〕這是什麼意思？《韓非子》解釋道：「夫君子取情而去貌，好質而惡飾。」為什麼？「夫恃貌而論情者，其情惡也；而論質者，其質衰也。何以論之？和氏之璧不飾以五采；隨侯之珠不飾以銀黃。其質至美，物不足以飾之。」〔註194〕需要依靠外在形貌虛飾，必定是實質本身已壞。經過這樣的解釋，原來老子認為，真正的美，不靠外飾，就是物的本身。何況，老子對於美言採取不信任的態度：「信言不美，美言不信。」〔註195〕

　　其後，《淮南子》說：「至味不慊，至言不文，至樂不笑，至音不叫。」〔註196〕「大羹之和，可食而不可嗜也；朱絃漏越，一唱而三歎，可聽而不可快也。故無聲者，正其可聽者也。其無味者，正其足味者也。」〔註197〕所引兩節，都是訴諸人類最原始的感官，認為真正的美味，就是無味；真正的美聲，就是無聲。同樣，真正的快樂，就是不笑；真正的文飾，就是不文。與老子、韓非之說，如出一轍。

（一）文論中的主質

　　文學的崇尚美感，本是人性之常，但物極必反，於是力矯文勝之弊，期望漸漸返回質樸之道。

　　揚雄《法言・吾子》有一段文字：

〔註191〕　《上論》卷一〈學而〉，頁2；卷三〈公冶長〉，頁26。朱熹集註《四書集註》（臺北市：世界書局，民55）。
〔註192〕　《上論》卷一〈學而〉，頁5；卷二〈八佾〉，頁13。同註191。
〔註193〕　〈三十八章〉。《老子王弼注》。王弼等著《老子四種》（臺北市：大安出版社，1999）頁7。
〔註194〕　〈解老〉。陳奇猷注《韓非子集釋》（臺北市：華正書局，民64）卷六，頁334～335。
〔註195〕　〈八十一章〉。同註193，頁66。
〔註196〕　〈說林訓〉。劉安著《淮南鴻烈解》（北京市：中華書局，1985）卷十七，頁640。
〔註197〕　〈泰族訓〉。同註196，卷二十，頁814。

或問：「君子尚辭乎？」曰：「君子事之爲尚。事勝辭則（事）伉，辭
勝事則（辭）賦。事辭稱則經。足言足容，德之藻矣。」〔註198〕

辭，包括言辭、文辭。事是最重要的。君子總希望事辭相稱，否則事勝辭
也勉強，若「辭勝事則賦」，這裡的賦，在揚雄的時代，是過分誇飾（麗以
淫）。過分誇飾，李軌的註：「皆藻飾之僞，非篤實之眞。」〔註199〕《法言》
另一則云：「或曰：『女有色，書亦有色乎？』曰：『有。女惡華丹之亂窈窕
也，書惡淫辭之淈法度也。』」〔註200〕既然淫辭攪亂法度，寧可「事之爲
尚」。

　　王充是一位學者，《論衡》之所以作，是痛恨世間的虛假，是痛恨世間的
虛假，尋求事物的眞實。他認爲華麗的詞藻，無助於眞相的理解，評司馬相
如、揚雄的賦云：「文麗而務巨，言眇而趨深，然而不能處定是非，辯然否之
實。」〔註201〕於是痛斥華麗的文辭，云：

　　虛妄之語不黜，則華文不見息，華文放流，則事實不見用。……
　　虛實之分定，而華僞之文滅；華僞之文滅，則純誠之化日以孳矣。
　　〔註202〕

但，他也不是一味排斥華麗，而是認爲「華與實俱成者也」：

　　繁文之人，人之傑也。有根株於下，有榮葉於上；有實核於內，有
　　皮殼於外。文墨辭說，士之榮華皮殼也。實誠在胸臆，文墨著竹帛。
　　外內表裏，自相副稱。意奮而筆縱，故文見而實露也。〔註203〕

作者舉樹木爲例，「有根株於下，有榮葉於上；有實核於內，有皮殼於外。」
同理，「實誠在胸臆，文墨著竹帛。外內表裏，自相副稱。」有眞正的「意」
在胸臆之中，自然筆隨意從，文華自然表露於外。一言以蔽之，眞正的華，
就是質；何待文飾？所謂華，不過是實於內的必然結果，何需刻意藻飾？〈自
紀篇〉云：「夫養實者不育華，調行者不飾辭——豐草多華英，茂林多枯枝。

〔註198〕〈吾子〉。揚雄撰、李軌注《法言》（臺北市：臺灣中華書局，民55）卷二，
　　　　頁2。伉：抬頭、高昂。足，音巨，過分。
〔註199〕同註198。
〔註200〕同註198。按：書，指文章。
〔註201〕〈定賢篇〉。王充著《論衡》五（北京市：中華書局，1985）卷二十七，頁
　　　　291。
〔註202〕〈對作篇〉。王充著《論衡》五（北京市：中華書局，1985），卷二十九，頁
　　　　305～306。按：放流：風靡。
〔註203〕〈超奇篇〉。同註202，三，卷十三，頁148。

為文欲顯白其為，安能令文而無譴毀？」〔註204〕並於〈佚文篇〉舉例云：「玩揚子雲之篇，樂於居千石之官；挾桓君山之書，富於積猗頓之財。韓非之書傳在秦庭，始皇嘆曰：『獨不得與此人同時。』陸賈《新語》每奏一篇，高祖左右稱曰萬歲。夫嘆思其人與喜稱萬歲，豈可空為哉？誠見其美，懽氣發於內也。」〔註205〕可見文章只要有深厚的內容，自然「懽氣發於內」，而這份深厚的內容，就是王充所謂的質。〔註206〕

文論中反對過分文飾的，不算少數：

> 於辭則易為藻飾，於義則虛而無徵。且夫玉卮無當，雖寶弗用，侈
> 言無驗，雖麗非經。〔註207〕

引文出自左思〈三都賦序〉。他的立場是「班固曰：『賦者古詩之流也。』先王采焉，以觀土風。見『綠竹猗猗』，則知衛地淇澳之產；見『在其版屋』，則知秦西戎之宅：故能居然而辨八方。」意思是所描寫的，務必是實情實景。但是，「相如賦〈上林〉而引『盧橘夏熟』，揚雄賦〈甘泉〉而陳『玉樹青葱』，班固賦〈西都〉而歎以比目，張衡賦〈西京〉而述以遊海若；假稱珍怪，以為潤色。若斯之類，匪啻于茲。考之果木，則生非其壤；校之神物，則出非其所。」故期期以為不可。對自己所作《三都賦》，要求「山川城邑，則稽之地圖；其鳥獸草木，則驗之方志；風謠歌舞，各附其俗；魁梧長者，莫非其舊。」〔註208〕實事求是，有一分證據，說一分話。為此，〈三都賦〉費時十年之久。

> 假象過大，則與類相遠；逸辭過壯，則與世相違；辯言過理，則與
> 義相失；麗靡過美，則與情相悖。〔註209〕

引文出自摯虞的《文章流別論》。他的立場則是本於儒家實用的觀點：「古詩之賦以情義為主，以事類為佐；今之賦以事形為本，以義正為助。情義為主，

〔註204〕王充著《論衡》五（北京市：中華書局，1985）卷三十，頁311。

〔註205〕同註204，四，卷二十，頁218。

〔註206〕按：王充所論「虛妄有兩種，一種是思想上的虛妄，一種是文辭上的虛妄。文辭上的虛妄，實在不過是一種夸飾。所以思想上的虛妄，不妨取『辨照然否』的態度，而文辭上的夸飾，……也以為不合於理，謂為言過其實，斯不免過甚了。」郭紹虞著《中國文學批評史》（臺北市：盤庚出版社，民67）頁71。

〔註207〕昭明太子撰《文選》（臺北縣板橋鎮：藝文印書館，民72）卷四，頁76。

〔註208〕昭明太子撰《文選》（臺北縣板橋鎮：藝文印書館，民72）卷四，頁76。

〔註209〕嚴可均校輯《全上古三代秦漢三國六朝文》（北京市：中華書局，1958）《全晉文》卷七十七，頁1905。情：真實。

則言省而文有例矣，事形爲本，則言當而辭無常矣。文之煩省，辭之險易，蓋由于此。」〔註210〕等於是揚雄論賦的同一理論。其《文章流別集》早佚，唯一可知者，選輯該集的宗旨，未必專向麗辭。

劉勰也接續揚雄曾經批評辭賦的話，說明文壇虛假僞飾風氣的趨向：

> 昔人什篇，爲情而造文；辭人賦頌，爲文而造情。何以明其然？蓋
> 風雅之興，志思蓄憤，而吟咏情性，以諷其上，此爲情而造文也。
> 諸子之徒，心非鬱陶，苟馳夸飾，鬻聲釣世，此爲文而造情也。故
> 爲情者要約而寫眞，爲文者淫麗而煩濫。而後之作者，採濫忽眞，
> 遠離風雅，近師辭賦。故體情之製疎，逐文之篇愈盛。〔註211〕

認爲文飾太過，最後，讀者看到的，常是與事實相反的一面。「有志深軒冕，而諷詠皋壤；心纏幾務，而虛述人外」〔註212〕，有些作家，明明利慾薰心，熱衷於高官厚祿，吟詠之間，卻故意留露出田園的樂趣；內心糾纏於俗務，卻虛僞地描述隱逸不仕的生活。人們還能相信什麼？

> 夫翠飾羽而體分，象美牙而身喪，蚌懷珠而致剖，蘭含香而遭焚，
> 膏以明而自煎，桂以蠹而成疾：並求福而得禍。〔註213〕

引文是梁元帝《金樓子・立言篇》對文飾的看法，幾乎可說過份文飾，反遭致禍害，難以善終。

駢體有四項基本要求：駢偶、詞藻、用典、音律。華藻掩其事實，常人共見，至於用典與音律也有大不以爲然者。鍾嶸《詩品》云：

> 夫屬詞比事，乃爲通談。若乃經國文符，應資博古，撰德駁奏，宜
> 窮往烈。至乎吟詠情性，亦何用事？「思君如流水」，既是即目：「高
> 臺多悲風」，亦惟所見；「清晨登隴首」，羌無故實；「明月照積雪」，
> 詎出經史！觀古今勝語，多非假補，皆由直尋。
> 顏延、謝莊尤爲繁密，於時化之。故大明、泰始中，文章殆同書抄。
> 近任昉、王元長等，詞不貴奇，競須新事，爾來作者，寖以成俗。

〔註210〕同註209。
〔註211〕〈情采〉。劉勰撰、范文瀾注《文心雕龍注》（臺北市：開明書局，民57）卷七，頁1。體情之製疎，逐文之篇愈盛：能體驗眞情的作品越來越少，追逐華辭麗具的篇章越來越多。
〔註212〕同註211。
〔註213〕梁孝元帝撰《金樓子》（臺北市：臺灣商務印書館，民64）卷四，頁21。體分：身軀裂解。

遂乃句無虛語，語無虛字，拘攣補衲，蠹文已甚。但自然英旨，罕
值其人。詞既失高，則宜加事義。雖謝天才，且表學問，亦一理乎？
〔註214〕

眞正的好詩，都是「直尋」，何需數典隸事？《詩品》也以這個概念評顏延之
詩「喜用古事，彌見拘束」；評任昉詩「動輒用事，所以詩不得奇」。〔註215〕
而對於永明體主張的音律，鍾嶸更云：

昔曹、劉殆文章之聖，陸、謝爲體貳之才。銳精研思，千百年中，
而不聞宮商之辨，四聲之論。或謂前達，偶然不見，豈其然乎？
嘗試言之：古曰詩頌，皆被之金竹，故非調五音，無以諧會。若「置
酒高堂上」、「明月照高樓」，爲韻之首。故三祖之詞，文或不工，而
韻入歌唱。此重音韻之義也；與世之言宮商異矣。今既不被管絃，
亦何取於聲律邪？齊有王元長者，嘗謂余云：「宮商與二儀俱生，自
古詞人不知之；唯顏憲子乃云律呂音調，而其實大謬。唯見范曄、
謝莊頗識之耳。」嘗欲進〈知音論〉，未就。王元長創其首，謝朓、
沈約揚其波。三賢或貴公子孫，幼有文辯，於是士流景慕，務爲精
密。襞積細微，專相陵架，故使文多拘忌，傷其眞美。余謂文製，
本須諷讀，不可蹇礙，但令清濁通流，口吻調利，斯爲足矣。至平、
上、去、入，則余病未能；蜂腰、鶴膝，閭里已具。〔註216〕

他反對的理由有二：一、詩樂早已分離，何必講究聲律？；二、文多禁忌，
反傷害其美。

　　不論用典還是音律，如同劉勰《文心雕龍‧明詩》云：「感物吟志，莫非
自然。」〔註217〕又如蕭子顯《南齊書‧文學傳論》所云：「委自天機，參之史

〔註214〕何文煥編訂《歷代詩話》臺北縣：藝文印書館，民60）頁8～9。屬詞比事，
　　　　乃爲通談：文章用典，是一般的説法。羌：乃。
〔註215〕同註214，頁13、14。
〔註216〕何文煥編訂《歷代詩話》臺北縣：藝文印書館，民60）頁9。襞積：重複或
　　　　堆砌。陵架：超越。蜂腰：兩頭大，中間小。指五言詩一句內首尾皆濁音，
　　　　而中間一字清音，如張衡詩「邂逅承際會」，手近、際會是濁音，承是清音，
　　　　是以濁夾清，就犯蜂腰的毛病。鶴膝：首尾皆清音，而中間一字濁音，如傅
　　　　玄詩「徽音冠清雲」，徽音、清雲是清音，冠是濁音，以清夾濁，讀起來兩頭
　　　　輕，中間重，這就是犯鶴膝的毛病。閭里：平民聚居之處。參看郭紹虞著《中
　　　　國文學批評史》（臺北市：盤庚出版社，民67）上卷，頁149～150。
〔註217〕劉勰撰、范文瀾注《文心雕龍注》（臺北市：開明書局，民57）卷二，頁
　　　　1。

傳。應思悱來，勿先構聚。言尙易了，文憎過意。」〔註218〕說「莫非自然」，說「應思悱來，勿先構聚」，無非主張原始本眞。

與劉勰、蕭子顯並世的北周蘇綽，仿《尙書》作大誥〔註219〕，隋文帝的詔告天下公私文書並宜實錄，同時將泗川刺史司馬幼之因爲文表華豔而交付有司治罪，都已經是政治上的干預。李諤的「公私文書並宜實錄」到唐朝劉知幾的敘事尙簡〔註220〕，李白的詩「貴清眞」〔註221〕，韓愈的「師其意不師其辭」〔註222〕，都是在實際行動的主質。在唐代，古文思潮的崛起，一變六朝對偶聲律之習，而崇尙散文，崇尙氣勢。於是，文章之美不重在文字之雕鏤，而重在語勢之自然。唐代古文，爲什麼不必「綺穀紛披，宮徵靡曼」，也未嘗不可「脣吻遒會，情靈搖蕩」的原因，即在於此。

白居易的近俗又是另外一種主質：他的復古是復到《三百篇》的六義。所謂《三百篇》的六義，是指詩應與時事相結合，補察時政，洩導人情的文學；至於作風則非返回周世，而是平易而尙質。〈新樂府并序〉云：

> 其辭質而徑，欲見之者易喻也。其言直而切，欲聞之者深戒也。其事覈而實，使采之者傳信也。其體順而肆，可以播於樂章歌曲也。〔註223〕

晚唐，文風漸趨浮華；宋初，西崑體當道。文質之爭再起。柳開說：「女惡容之厚于德，不惡德之厚于榮也；文惡辭之華于理，不惡理之華于辭也。」〔註224〕

〔註218〕 蕭子顯撰《南齊書》（臺北市：鼎文書局，民67）卷五十二，頁908。委：安、安於。天機：天然之機神。悱：想說而說不出的樣子。

〔註219〕 〈蘇綽傳〉：「自有晉之季，文章競爲浮華，遂成風格。太祖欲革其弊，因魏帝祭廟，群主畢至，乃命綽作太誥，奏行之。」令狐德棻等撰《周書》（臺北市：鼎文書局，民67）卷二十三，頁391。

〔註220〕 〈敘事〉：「夫國史之美者，以敘事爲工；而敘事之工者，以簡要爲主。簡之時義大矣哉！」劉知幾著、浦起龍通釋《史通通釋》（揚州：江蘇廣陵古籍刻印社，1991）卷六，頁10。

〔註221〕 〈古風〉首章。李白撰《李太白全集》（臺北市：商務印書館，民54）卷二，頁40。

〔註222〕 〈答劉正夫書〉、韓愈撰、馬其昶校注《韓昌黎文集校注》（臺北市：世界書局，2002）頁217。

〔註223〕 白居易著、朱金城箋校《白居易集箋校》（上海市：上海古籍出版社，1988）卷三，頁136。

〔註224〕 〈上王學士第三書〉。曾棗莊、劉琳主編《全宋文》（四川省：巴蜀書社，1988）卷一一六，頁582。

　　宋朝，因為重文輕武，是文人的黃金時代，文人界大抵分古文家、道學家與政治家。古文家與道學家不主文華，自不待言，政治家亦復如此。李覯，未曾在政治界大顯，卻可算是政治學家，其〈上宋舍人書〉對於雕琢無用的文辭云：

> 近年以來，新進之士，……不求經術，而摭小說以為新；不思理道，而專雕鏤以為麗。句千言萬，莫辨首尾，覽之若游都市，但見其晨而合，夜而散，紛紛藉藉，不知其何氏也。……聖人之門，將復榛蕪矣。〔註225〕

他認為，一位政治人物，文章當重在經術，重在治道。一篇奏摺，起首尚合主旨，為求文辭之華麗，離題日遠，最後莫名所以。這樣的政治人物，去聖道益遠，於生民何益？

　　蘇門四學士之一的張耒，對當時承繼韓門樊紹述、皇甫湜一派如宋祁以奇為文的作法，在〈答李推官書〉中也深致不滿：

> 足下之文可謂奇矣。捐去文字常體，力為壞奇險怪，務欲使人讀之，如見數千歲前科蚪鳥迹所記弦匏之歌、鍾鼎之文也。足下之所嗜者如此，固無不善者。抑耒之所聞所謂能文者，豈謂其能奇哉！能文者，固不能以奇為主也。……自唐以來至今，文人好奇者不一，甚者或為缺句斷章，使脉理不屬，又取古書訓詁，希于見聞者，衣被而說合之，或得其字不得其句，或得其句不知其章，反覆咀嚼，卒亦無有，此最文之陋也。〔註226〕

對於古文家的奇，南宋南宋詩人、文學家樓鑰，認為奇非本質，本質是「平」：

> 來書謂長江東流，不見其怪，瞿唐、灩澦之所迫束，而有動心駭目之觀，誠是也。然豈水之性也哉！水之性本平，彼遇風而紋，遇壑而奔，浙江之濤，蜀川之險，皆非有意于奇變，所謂湛然而平者，固自若也。……妄意論文者，當以是求之，不必惑于奇而先求其平。唐三百年，文章三變而後定，以其歸于平也。而柳子厚之稱韓文公乃曰，文益奇，文公亦自謂怪怪奇奇。二公豈不知此，蓋在流俗中以為奇，而其實則文之正體也。……文人欲高一世，或挾戰國策士

〔註225〕李覯撰《直講李先生文集》（臺北市：臺灣商務印書館，民56）卷二十七，頁196。見王雲五主編《四部叢刊‧初編‧集部》46冊。
〔註226〕張耒撰《張右史文集》卷五十八，頁455～456。同註227，55冊。

之氣以作新之，誠可以傾駭觀聽，要必有太過處。嗚呼，如伊川先生之《易傳》，范太史之《唐鑑》，心平氣和，理正詞直，然後爲文之正體，可以追配古作；而遽讀之者，未必深喜。波平水靜，過者以爲無奇，必見高崖懸瀑而後快，韓文公之文非無奇處，正如長江數千里，奇險時一間見，皆有觸而復發，使所在而然，則爲物之害多矣。〔註227〕

樓鑰以長江爲例，水之性本平靜無波，「遇風而紋，遇礐而奔」，是外在與所遇而產生的、一時的現象。歸其本，仍以平實爲正體。如果一條長江水，隨時都「高崖懸瀑而後快」，爲害必多；文亦如之。而「平」也是一種「質」。

朱熹，既然承襲二程夫子爲文害道之說，自然會說出：「作文字須是靠實，說得有條理乃好，不可架空細巧。」〔註228〕主張：

文章須正大，須教天下後世見之，明白無疑。〔註229〕

「語體化」成爲道學家的必然趨向：「實」是質，而「語體化」何嘗不是一種質？

至於詩，宋初楊億、劉筠、錢惟演等人的詩歌多用典故，喜用對偶，著重音律，模仿李商隱，風格艷麗。梅堯臣詩則主平淡，其〈依韻和晏相公詩〉云：

因吟適情性，稍欲到平淡。〔註230〕

又〈讀郡不疑學士詩卷〉云：

作詩無古今，唯造平澹難。〔註231〕

歐陽脩於〈再和聖俞見答詩〉亦云：「嗟哉我豈敢知子，論詩賴子初指迷。子言古淡有眞味，大羹豈須調以虀？」〔註232〕足可證明梅氏論詩主旨。由於歐、梅等人，詩風終歸平淡，蘇軾、黃庭堅皆「以俗爲雅，以故爲新」。蘇軾曰：「詩須要有爲而作，用事當以故爲新，以俗爲雅，好奇務新，乃詩

〔註227〕〈答綦君更生論文書〉。樓鑰撰《攻媿集》（臺北市：新文豐出版公司，民73）卷六十六，頁883～884。
〔註228〕黎靖德編《朱子語錄》八（北京市：中華書局，1986）卷一三九，頁3320。
〔註229〕同註227，頁3322。
〔註230〕梅堯臣撰《宛陵集》（臺北市：臺灣中華書局，民55）卷二十八，頁6。
〔註231〕同註230，卷四十六，頁4。
〔註232〕《居士集一》。歐陽脩撰《歐陽脩全集》（臺北市：河洛圖書出版社，民64）卷一，頁12。

之病。」〔註233〕黃庭曰：「蓋以俗爲雅，以故爲新，百戰百勝如孫吳之兵；
棗端可以破鏃，如甘蠅、飛衛之射，此詩人之奇也。」〔註234〕

　　陳師道則直接道出爲詩宗旨，非平易而已，而是拙、樸、粗、僻：

　　　　寧拙毋巧，寧朴毋華，寧粗毋弱，寧僻毋俗。〔註235〕

當然，陳氏的「拙、樸、麤、僻」必是巧後之拙，華後之樸，細後之麤，熟
後之僻；而非嬰兒學步或學之不善的後果。

　　江西詩派論詩強調「無一字無來處」，用典以故爲新、變俗爲雅。風行之
初，朱戒似亦深受江西詩影響，後轉而推崇鍾嶸《詩品》謂「吟詠情性，亦
何貴用事」的觀念。他說：

　　　　大抵句無虛辭，必假故實；與無空字，必究所從。拘攣補綴而露斧
　　　　鑿痕迹者，不可與論自然之妙也。

　　　　詩人體物之語多矣，而未有指一物爲題而作詩者。晉、宋以來，
　　　　始命操觚而賦詠興焉。皆倣詩人體物之語，不務以故實相夸也。

　　〔註236〕

雖然以故實相夸之習始於江左顏延之、謝靈運，也是駢文基本要素之一，朱
弁之不贊同，似反文華，但也同時是反以學問爲詩。〔註237〕

　　道學中人雖然重在道德之實，本不在文事，但包恢則講究「意味風韻，
含蓄蘊藉」。其論詩要求深度：

　　　　詩有表裏淺深。人直見其表而淺者，孰爲能見其裏而深者哉？猶之
　　　　花焉：凡其華彩光燄，漏泄呈露，曄然盡發於表，而其裏索然，絕
　　　　於餘蘊者，淺也；若其意味風韻，含蓄蘊藉，隱然潛寓於裏，而其
　　　　表淡然若無外飾者，深也。〔註238〕

包氏的表、淺，自然指的是外表華豔，而裏與深則指平實質樸。妍美與質實

〔註233〕〈題柳子厚詩又〉。蘇軾撰《東坡題跋》卷二。楊家駱主編《宋人題跋》上（臺
　　　　北市：世界書局，民81）頁73。
〔註234〕〈再次韻楊明叔詩小序〉。黃庭堅著、任淵注《山谷詩內外集注》（臺北市：
　　　　學海出版社，民68）卷十二，頁710～711。
〔註235〕陳師道撰《後山居士詩話》（北京市：中華書局，1985）頁8。
〔註236〕朱弁撰《風月堂詩話》（臺北市：廣文書局，民62）卷上，頁4、5。
〔註237〕「客或謂予曰：『篇章以故實相誇，起於何時？』余曰：『江左自顏、謝以來，
　　　　乃始有之，可以表牽（學）問，而非詩之至也。』」同註240。
〔註238〕〈書徐致遠無絃萹後〉。包恢撰《敝帚萹略》（臺北市：臺灣商務印書館，民
　　　　61）卷五，頁13。

的天平，自然反妍美而向質實。因此，雖然欣賞的是「春蘭、夏蓮、秋菊、
冬梅」，隱喻的當是人品之實。

金朝周昂，王若虛舅父，影響王甚鉅。《金史‧文藝下》記載周教王：「文
章工於外而拙於內者，可以驚四筵而不可以適獨坐，可以取口稱而不可以得
首肯。」〔註239〕下文又云：「文章以意為主，以言語為役。主強而役弱，則無
令不從。今人往往驕其所役，至跋扈難制，甚者反役其主，雖極辭語之工，
而豈文之正哉！」他所說的「今人」指是李之純、雷希顏、李天英、趙衍等
人。他們都推尊晚唐的盧仝、李賀和北宋的黃庭堅，忽視內容而追求字句的
奇險新巧。因此有如上之說。王若虛同樣採取其舅之說，云：

> 凡文章須是典實過於浮華，平易多於奇險，始為知本末。〔註240〕

簡言之，文章的本，在典實，在平易，不在浮華，不在奇險。

值得一提的是，宋朝自從歐陽脩主掌科舉後，大力扭轉當年楊億、劉筠
所主華麗的駢文，這件事是對是錯，有待歷史的驗證。〔註241〕晚明時期，古
代文學批評進入總結和融合階段，流派林立，異說紛呈。許學夷是這個時期
的重要人物。他一生歷嘉靖、隆慶、萬曆、天啓、崇禎五朝，撰有詩論著作
《詩鴻辯體》。其中紀載了一則：

> 詩與文章，正變一也。宋至和、嘉祐間，場屋舉子為文尚奇澀，讀或
> 不成句。歐陽公既知貢舉，凡文涉雕刻者，皆黜之。及放榜，乃得蘇
> 子瞻第二，子由及曾子固亦在選中，一時有聲者皆不錄，士論洶洶。
> 然迄今六百年來，世傳文章，惟歐、蘇、子由、子固而已，當時雕刻
> 者安在耶？乃知詩文千古之業，斷不可要譽一時也。〔註242〕

這等於是歐陽脩政策是功是過的評斷，同時也是文學當虛飾還是當質實的選
擇。歷史證明，「雕刻者安在？」是重文還是重質，了然可辨。

清代詩文家、文學評論家潘德輿的《養一齋詩話》標舉「質實」：「吾學
詩數十年，近始悟詩境全貴質實二字。蓋詩本是文采上事，若不以質實為貴，

〔註239〕　〈文藝下〉。脫脫等撰《金史》（臺北市：鼎文書局，民68）卷一百二十六，
　　　　　頁2730。
〔註240〕　〈文辨〉四。王若虛撰《滹南遺老集》（臺北市：新文豐出版公司，民73）
　　　　　卷三十七，頁236。
〔註241〕　參看第五章第一節〈文論中的政治〉。
〔註242〕　許學夷撰《詩源辯體》卷三十四。續修四庫全書編纂委員會編《續修四庫全
　　　　　書》（上海市：上海古籍出版社，1995）1696冊，頁403。

則文濟以文，文勝則靡矣。」〔註243〕他的觀察是：

> 凡悦人者未有不欺人者也。末世詩人求悦人而不恥，每欺人而不顧，
> 若事事以質實而爲的，則人事治矣。若人人之詩以質實爲的，則人
> 心治而人事亦漸可治矣。詩所以厚風俗者也。隋李諤曰：「連篇累牘，
> 不出月露之形；積案盈箱，盡是風雲之狀。」文筆日煩，其政日亂，
> 此皆不質實之過。質則不悦人，實則不欺人，以此二字衡之，而天
> 下詩集之可焚亦眾矣。〔註244〕

或許作者將文學與人品合而之，但從文由心生的角度視之，未嘗不是一種主
質的方式；再度證明韓、歐以來，文士的選擇。

至於戲曲，王驥德、黃圖珌皆主「嫵媚閒豔」、「香豔清幽」，而且認爲這
才是「合作」、「神品」。〔註245〕李漁頗不以爲然，云：

> 戲文中花面插科，動及淫邪之事，有房中道不出口之話，公然道之
> 戲場者。無論雅人塞耳，正士低頭，惟恐惡聲之污聽，且防男女同
> 觀，其聞褻語，未必不開窺竊之門。鄭聲宜放，正爲此也。不知科
> 諢之設，止爲發笑。人間戲語儘多，何必專談愆事？即談愆事，亦
> 有「善戲謔兮，不爲虐兮」之法，何必以口代筆，畫出一幅春意圖，
> 始爲善談愆事者哉？〔註246〕

我們不知道李漁所描述的，等不等同於王驥德、黃圖珌所言。若如李漁所述，
則李漁所反對的，可能不只文辭上的浮華虛飾，更直指人間性事。這在過去
傳統社會，是難以接受的事。「善戲謔兮，不爲虐兮」語出《詩·衛風·淇奧》，
意思是說以詼諧的話取笑，開玩笑，但又不致過分。幽默而不傷大雅。李漁
引此，認爲插科打諢本是戲曲中製造滑稽效果的一種表現手法；在戲曲中只
作喜劇性的穿插，避免觀眾瞌睡。〔註247〕方法有百百種，但也不當流於低級、
色情。

（二）書論中的主質

書法本是視覺藝術，愛看美好的形象是人之常情。當整體書法趨向由鍾

〔註243〕潘德輿《養一齋詩話》卷三。同註241，1706 冊，頁 218。

〔註244〕同註242。

〔註245〕見第五章第一節〈文論中的愛美〉。

〔註246〕〈戒淫集〉。李漁《閒情偶寄》。楊家駱主編《歷代詩史長編二輯》（臺北市：
中國學典館復館籌備處出版：鼎文經銷，民63）七，頁。

〔註247〕見第四章第一節〈文論中的休閒〉。

繇眞書、張芝草書走向王羲之書風〔註248〕，由王羲之書風走向王獻之書風的
時候〔註249〕，自然會出現反其道而行的特殊人物。記載中，第一個違反潮流
的是謝安。「謝安嘗問子敬：『君書何如右軍？』荅云：『固當勝。』安云：『物
論殊不爾。』」〔註250〕謝安反對的理由是什麼？文獻未見記載，只知他對王獻
之書的不屑：「謝安善書，不重子敬。（子敬）每作好書，必謂被賞；安輒題後
荅之。」我們知道謝安與王羲之是同輩，又是同事，對獻之書的不禮，是否
由於對老朋友、老同事的追懷；姑置不論。以下係就書論觀察：

書法裡的古質，與今妍相對。最早的古質，指的是古肥，與今瘦相對。

重古肥，起自梁武帝的論述。梁武帝在述說觀察鍾繇書法十二意之後，
有段文字：

> 世之學者，宗二王，元常逸迹，曾不睥睨。羲之有過人之論，後生
> 遂爾雷同。元常謂之古肥，子敬謂之今瘦；今古既殊，肥瘦頗反。
> 如自省覽，有異眾說。張芝、鍾繇，巧趣精密，殆同機神，肥瘦古
> 今，豈易致意？眞跡雖少，可得而推。逸少至學鍾書，勢巧形密，
> 及其獨運，意疎字緩。譬猶楚音習夏，不能無楚。又子敬之不迨逸
> 少，猶逸少之不迨元常。學子敬者如畫虎也，學元常者如畫龍也。
> 〔註251〕

從虞龢的〈論書表〉我們已經知道王羲之父子的書風已經風靡於宋，齊、梁
沿宋之後，勢亦不免。因此，梁武帝說：「世之學者，宗二王，元常逸迹，曾
不睥睨。」〔註252〕之所以產生這樣的現象，武帝認爲「羲之有過人之論，後
生遂爾雷同。」所謂「羲之有過人之論」，是指王羲之曾經說：「吾書，比之
鍾、張，當抗行，或謂過之；張草猶當雁行。張精熟過人，臨池學書，池水

〔註248〕〈王僧虔論書〉：「亡曾祖領軍洽與右軍書云（按：云，衍文）俱變古形，不
爾，至今猶法鍾、張。」

〔註249〕〈虞龢論書表〉：「夫古質而今妍，數之常也；愛妍而薄質，人之情也。鍾、
張方之二王，可謂古矣，豈得無妍質之殊？且二王暮年皆勝於少，父子之間
又爲古今，子敬窮其妍妙，固其宜也。」同註248，卷二，頁14。

〔註250〕同註249。下引文亦同。

〔註251〕〈梁武帝觀鍾繇書法十二意〉。張彥遠集《法書要錄》卷二，頁 18～19。見
楊家駱主編《唐人書學論著》（臺北市：世界書局，民64）。

〔註252〕按：陶隱居回梁武帝論書啓，同樣如此說：「比世皆高尚子敬，子敬、元常繼
以齊名，貴斯式略，海內非惟不復知有元常，於逸少亦然。」〈陶隱居又啓〉。
同註251，卷二，頁22。

盡墨；若吾耽之若此，未必謝之。後達解者，知其評之不虛。」〔註253〕意思是我王羲之目前和鍾繇、張芝相比不分上下，對於鍾繇有人認爲我超過了他；至於張芝，假以時日，也必然超過。日後，懂得我話的人，必然認爲我說的不錯。因爲作父親的有這種自負的「過人」言詞，於是作兒子的，也說了相同的話語。即是前文虞龢〈論書表〉所記載的：「謝安嘗問子敬：『君書何如右軍？』荅云：『固當勝。』」父子如此言論，自然「元常逸迹，曾不睥睨。」在武帝的看法，鍾繇的肥，獻之的瘦，這是時代風向的不同，古人喜歡肥，而今人喜歡瘦。肥和瘦是兩種截然不同的形象，在當年，張芝、鍾繇何嘗不用盡心思在他們所耕耘的書形上（張芝、鍾繇，巧趣精密，殆同機神。）？鍾、張不能爲羲、獻，是因爲古不能作今；反之，今人也未必能作古（逸少至學鍾書，勢巧形密，及其獨運，意疏字緩。譬猶楚音習夏，不能無楚）。所以羲、獻父子「過人」的言詞，未必定論。如果說後浪推前浪，一代新人換舊人（指虞龢〈論書表〉所言），我們也可以說，一代不如一代：「子敬之不迨逸少，猶逸少之不迨元常。學子敬者如畫虎也，學元常者如畫龍也。」

　　這樣的解釋，把鍾繇、張芝、羲之、獻之放在同一平面上，你不必說我強，我不必說你弱。本來肥瘦能以古今論，而不是優劣論；但文獻告訴我們，或許由於武帝特別憐愛鍾繇，也或許爲平衡當年獻之獨領風騷的局面而有〈觀鍾繇書法十二意〉，而他自己的書風，「狀貌亦古」〔註254〕，因此影響他的臣子學書、評書的方向。〔註255〕「斯理既明，諸畫虎之徒，當日就輟筆，反古歸眞，方弘盛世。」〔註256〕整個天平偏向鍾繇的古質。到初唐，孫過庭還聽聞「彼之四賢，古今特絕；而今不逮古，古質而今妍。」、「子敬之不及逸少，猶逸少之不及鍾、張」的言論。〔註257〕

　　盛唐時，張懷瓘主張「風神骨氣居上，妍美功用居下。」〔註258〕張氏認爲書法是藝術，觀賞者應該看到更深的「風神骨氣」，而不是表象的「妍美功用」，但這與貶斥妍美，多少有其相通之處。因此其〈書議〉評王羲之草書云：

〔註253〕　〈王右軍自論書〉。同註251，卷一，頁2。
〔註254〕　〈張懷瓘書斷下〉。張彥遠集《法書要錄》卷九，頁140。見楊家駱主編《唐人書學論著》（臺北市：世界書局，民64）。
〔註255〕　見第五章第一節〈受政治影響——書論中的政治〉。
〔註256〕　〈陶隱居又啓〉。同註254，卷二，頁22。
〔註257〕　孫虔禮《書譜序》（臺北市：國立故宮博物院，民76）頁28。
〔註258〕　〈張懷瓘書議〉。同註254，卷四，頁67。

「逸少則格律非高，功夫又少，雖圓豐妍美，乃乏神氣，無戈戟銛銳可畏，無物象生動可奇。」甚至云「逸少草有女郎才，無丈夫氣，不足貴也。」〔註259〕

蘇軾基本上認為「筆墨之迹託於有形，有形則有弊。」〔註260〕對於這個命題更說：「貌妍容有顰，璧美何妨橢」〔註261〕、「短長肥瘠各有態，玉環飛燕誰敢憎」〔註262〕、「吾聞古書法，守駿莫如跛。」〔註263〕朱長文對顏真卿的書迹，最類似蘇軾的反應，認為顏真卿對書法美的形象，非不能也，乃不為也：

> 或曰：公之於書，殊少媚態，……安得越虞、褚而偶羲、獻耶？答曰：公之媚非不能，恥而不為也。退之嘗云「羲之俗書趁姿媚」，蓋以為病耳。求合流俗，非公志也。……今所傳《千福寺碑》，公少為武部員外時也，遒勁婉熟，已與歐、虞、徐、沈晚筆相上下，而魯公《中興》以後，筆迹迥與前異者，豈非年彌高、學愈精耶？以此質之，則公於柔媚圓熟，非不能也，恥而不為也。〔註264〕

黃庭堅則直接主張取拙：

> 凡書要拙多於巧，近世少年作字，如新歸（婦）子粧梳，百種點綴，終無烈婦態也。〔註265〕

他這種觀念，和他在文學上的理念相合。「寧律不諧而不可使句弱，用字不工不使語俗：此庾開府之所長也，然有意於為詩也；至於淵明則所謂不煩繩削而自合。雖然巧於斧斤者多疑其拙，窘於檢括者輒病其放。孔子曰：『甯武子其智可及也，其愚不可及也。』淵明之拙與放，豈可為不知者道哉？」

〔註259〕 同註254，卷四，頁68、69。

〔註260〕 〈題筆陣圖〉。蘇軾撰《東坡題跋》卷四。見楊家駱主編《宋人題跋》（臺北市：世界書局，民81）頁108。

〔註261〕 〈和子由論書〉。蘇軾著《蘇東坡集》（臺北市：臺灣商務印書館，民54）第二冊，頁7。

〔註262〕 〈孫莘老求墨妙亭詩〉。同註261。

〔註263〕 〈和子由論書〉。同註261。

〔註264〕 朱長文撰《墨池篇》卷三。何文煥編訂《歷代詩話》臺北縣：藝文印書館，民60）王雲五主編《四部叢刊·初編·集部》揚雄撰、李軌注《法言》（臺北市：臺灣中華書局，民55）永瑢、紀昀等撰《欽定四庫全書》（上海市：上海古籍出版社，1987）812冊，頁734。

〔註265〕 〈李致堯乞書書卷後〉。黃庭堅撰《山谷題跋》卷七。見楊家駱主編《宋人題跋》（臺北市：世界書局，民81）頁252。按：《書法正傳》作「新婦子」。馮武編《書法正傳》（臺北市：臺灣商務印書館，民59）頁190。

〔註266〕北宋末，劉正夫對於漂亮的字，有如下的論述：

> 字美觀則不古。初見之，則使人甚愛；次見之，則得其不到古人處；
> 三見之，則偏傍點畫不合古者，歷歷在眼矣！字不美觀者必古。初
> 見之，則不甚愛；再見之則得其到古人處；三見之，則偏傍點畫，
> 亦歷歷在眼矣！故觀今之字如觀文繡，觀古之字如觀鐘鼎。學古人
> 字，期於必到；若至妙處，如會於道，則無愧古人矣！〔註267〕

大概是最有力主質的論述。

元朝，鄭杓的《衍極》是以古文、篆、籀爲書法正宗。劉有定的解釋是：
「夫六書之微，非古文、篆、籀，無所宗主；八法之妙，非程（邈）隸、蔡（邕）
分，莫能發明。自古法變而趨今，學者往往文滅其質矣。」〔註268〕在這樣的
大原則之下，鄭杓固然稱「王羲之有高人之才，一發新韻，晉末（疑「宋」之誤）
能人，莫或敢擬。」〔註269〕但是，劉有定的解釋卻引姜氏之言曰：

> 右軍書成，而漢、魏、西晉之風盡廢。右軍固新奇可喜，而古法之
> 廢，實自右軍始，亦可恨也。〔註270〕

對以古法爲標準的鄭杓、劉有定而言，王羲之書雖爲世俗所喜悅，卻也是最
「可恨」者。於是，升顏真卿「爲書統宗」。究其原因，劉有定堅持基本法古
的原則：

> 蓋古法書，晉、唐以降，日趨姿媚，至徐（浩）、沈（傳師）輩，幾於
> 掃地矣。而魯公蔚然躅雅，有先秦科斗、籀、隸之遺思焉。〔註271〕

當年歐陽、蘇、黃人之崇顏，係以人品分，鄭、劉二氏則純以古質論。

明朝晚期，董其昌字風行。傅山早年學習過趙孟頫、董其昌書跡，國破
家亡之後，在觀念上驟變。其〈作字示兒孫〉云：他二十歲左右，對「晉、
唐楷書法，無所不臨」，卻「不能略肖」；轉而習趙、董，原因在「愛其圓轉
流麗」，成果卻相反：「不數過，而遂欲亂眞」。推究緣由，在「晉、唐楷書法」

〔註266〕〈題意可詩後〉。同註265，卷二，頁202。撿括：稽查。
〔註267〕宣和間官修《宣和書譜》卷十二，頁281～282。見楊家駱主編《宣和書譜》
（臺北市：世界書局，民64）。按：此劉正夫爲宋朝人，非韓愈時之劉正夫。
〔註268〕鄭杓述、劉有定釋《衍極》卷二，頁248：「宗古文、篆、籀。」見楊家駱
主編《宋元人書學論著》（臺北市：世界書局，民61）。
〔註269〕鄭杓述、劉有定釋《衍極》卷一，頁213。見楊家駱主編《宋元人書學論著》
（臺北市：世界書局，民61）。
〔註270〕同註269，卷一，頁213～214。
〔註271〕同註269，卷一，頁215～216。躅雅：清潔雅致。

若「正人君子，只覺觚稜難近」〔註272〕，而趙、董如「匪人」。他以人品為喻，於是對趙、董「大薄其為人，痛惡其書淺俗。」他的感慨是心術的重要，「趙卻是用心於王右軍者，只緣學問不正，遂流軟美一途。心手之不可欺也如此。」心術與軟美之間，如果心術正，字醜又何妨？於是留下他的名言：

　　寧拙毋巧，寧醜毋媚，寧支離毋輕滑，寧直率毋安排。〔註273〕

其後，王澍論書，有類似的言語：「評者議魯公書『真不及草，草不及稿』，以太方嚴為魯公病，豈知寧樸無華，寧拙無巧，故是篆籀正法。」〔註274〕翁方綱則更加闡發：

　　故拙者勝巧，斂者勝舒，樸者勝華。西漢之文近質，故勝東漢，馬史之文用疏，故勝班史。畫家亦曰逸品在神品上，故太璞不完，勝於雕琢也；太羹不和，勝於淳熬也；五弦之琴，清廟之瑟，勝於八音之繁會也。〔註275〕

翁氏之意，只在論《化度》勝《醴泉》，二者之別一質樸，一華巧。經過這段論述，自是《化度》勝出。而王澍與翁氏皆非立足道德，而在質勝文之觀念；這是與傅山不同處。

　　主質之最者，莫如劉熙載。他將質樸提高到書法的最高層次。其《藝概》云：

　　學書者始由不工求工，繼由工求不工。不工者，工之極也。《莊子·山木篇》曰：「既雕既琢，復歸於樸。」善夫！〔註276〕

「始由不工求工，繼由工求不工」，這是學習過程，猶如湯臨初所說的「書必先生而後熟，亦必先熟而後生。始之生者，學力未到，心手相違也；熟而生者，不落蹊徑，不隨世俗，新意時出，筆底具化工也。」〔註277〕究竟「熟而生者，不落蹊徑，不隨世俗，新意時出，筆底具化工也」是何樣貌？沒有明

〔註272〕觚稜：有稜有角。
〔註273〕〈作字示兒孫〉。傅山撰《霜紅龕集》（臺北市：漢華文化事業，民60）卷四，頁107～108。
〔註274〕〈唐顏真卿家廟碑〉。王澍《虛舟題跋》卷六。見續修四庫全書編纂委員會編《續修四庫全書》（上海市：上海古籍出版社，1995）1067冊，頁433。
〔註275〕〈化度勝醴泉論一〉。翁方綱《復初齋文集》（臺北縣永和市：文海出版社。民58）卷九，頁7。
〔註276〕劉熙載撰《藝概》（臺北市：廣文書局，民58）卷五，頁20。
〔註277〕湯臨初撰《書指》。倪濤撰《六藝之一錄》（臺北市：臺灣商務印書館，民59）27冊，卷二百九十六，頁13。

確的答案。但是，劉熙載不然。所引《莊子》之，「不工求工」等於「既雕既琢」，明白標示求其妍美；「不求不工」等於「復歸於樸」，質樸不言而喻。至於「樸」是何等模樣？劉熙載下一則如此說：

怪石以醜為美，醜到極處，便是美到極處。一「醜」字中丘壑未易盡言。〔註278〕

這個質樸之醜，一方面劉氏認為「便是美到極處」，一方面也說，不是寫不好美而託醜以自命的醜。「俗書非務為妍美，則故托醜拙。」樸字到醜，豈不是主質之極？或許因為這個緣故，到康有為時，提升北碑的聲價。他看待自古以來無人聞問的北碑如是說：「魏碑無不佳者，雖窮鄉兒女造像，而骨肉峻宕，拙厚中皆有異態，構字亦緊密非常。」〔註279〕當他評碑時，標準如下：

古尚質厚，今重文華，文質彬㻞，乃為粹美，孔從先進，今取古質。

華薄之體，蓋少後焉。〔註280〕

「孔從先進」，語出《論語‧先進》。朱熹引程子之言曰：「先進於禮樂，文質得宜，今反謂之質樸，而以為野人。後進之於禮樂，文過其質，今反謂之彬彬，而以為君子。」〔註281〕既然如此，孔子寧可選擇不合時宜的「野人」之道——質樸。意謂康氏效法孔子，「今取古質」。

三、對重視人品的反響

《易‧繫辭下》云：「聖人之情見乎辭。」〔註282〕《孟子》說：「在乎人者，莫良於眸子。眸子不能掩其惡：胸中正則眸子瞭焉；胸中不正則眸子眊焉。聽其言也，觀其眸子，人焉廋哉！」〔註283〕《法言》亦言之鑿鑿〔註284〕；有諸內必形乎外，此人之常情。在文學與書法理論的發展上，人品也成為作家與書家的本質，而且成為必備的修養。然而孔老夫子在「有德者必有言」

〔註278〕同註276。
〔註279〕康有為撰《廣藝舟雙楫》頁40。見楊家駱主編《近人書學論著》（臺北市：世界書局，民73）。
〔註280〕同註279，42。
〔註281〕《下論》卷六〈先進〉，頁69。朱熹集註《四書集註》（臺北市：世界書局，民55）。
〔註282〕王弼、韓康伯注、孔穎達疏《周易注疏》（臺北市：臺灣學生書局，民56）卷八，頁670。
〔註283〕《中孟》卷四〈離婁〉上，頁105。同註281。
〔註284〕指「言，心聲也；書，心畫也。聲畫形，君子小人見矣；聲畫者，君子小人所以動情乎！」揚雄撰、李軌注《法言》（臺北：臺灣中華書局，民55）頁3。

後，接下來也說了：「有言者，不必有德。」〔註285〕已經將德與言兩分。不只是孔老夫子，歷代對於作家的人品是否以高道德視之，都有其看法。如葛洪曾說：「小疵不足以損大器，短疢不足以累長才。日月挾蟲鳥之瑕，不妨麗天之景；黃河含泥滓之濁，不害凌山之流。」〔註286〕

（一）文論的不以為然

事實情況，面對龐大的文藝工作者，很難要求人人是君子。如曹丕〈與吳質書〉曾說：「觀古今文人，類不護細行，鮮能以名節自立。」〔註287〕楊遵彥作〈文德論〉，也說：「古今辭人，皆負才遺行，澆薄險忌。」〔註288〕劉勰《文心雕龍》舉出許多實例：

> 略觀文士之疵：相如竊妻而受金，揚雄嗜酒而少算，敬通之不循廉隅，杜篤之請求無厭，班固諂竇以作威，馬融黨梁而瀆貨，文舉傲誕以速誅，正平狂憨以致戮，仲宣輕脆以躁競，孔璋惚恫以麤疎，丁儀貪婪以乞貨，路粹餔啜而無恥，潘岳詭譸於愍懷，陸機傾仄於賈郭，傅玄剛隘而詈臺，孫楚狠愎而頌府：諸有此類，並文士之瑕累。……孔光負衡據鼎，而仄媚董賢，況班、馬之賤職，潘岳之下位哉！王戎開國上秩，而鬻官囂俗，況馬、杜之磐懸，丁路之貧薄哉！〔註289〕

而北齊的顏之推更舉出長篇例證：

> 自古文人，多陷輕薄：屈原露才揚己，顯暴君過；宋玉體貌容冶，見遇俳優；東方曼倩，滑稽不雅，司馬長卿，竊貲無操；王褒過章〈僮約〉，揚雄德敗美新；李陵降辱夷虜，劉歆反覆莽世；傅毅黨附權門，班固盜竊父史；趙元叔抗竦過度，馮敬通浮華擯壓；馬季長佞媚獲誚，蔡伯喈同惡受誅；吳質詆忤鄉里，曹植悖慢犯法；杜篤乞假無厭，路粹隘狹已甚；陳琳實號麤疎，繁欽性無檢格；劉楨屈強輸作，王粲率躁見嫌；孔融、禰衡，誕傲致殞，楊修、丁廙，扇動取斃；阮籍無禮

〔註285〕《下論》卷七〈憲問〉，頁94。同註281。
〔註286〕〈博喻〉。葛洪《抱朴子內外篇》（北京市，中華書局，1985）外篇，卷三八，頁701。短疢：小毛病。按：有關德行與文才之間，尚可見〈尚博〉、〈文行〉、〈仁明〉三篇。
〔註287〕昭明太子撰《文選》（臺北縣板橋鎮：藝文印書館，民72）卷四十二，頁603。
〔註288〕〈溫子昇傳〉。魏收撰《魏書》（臺北市：鼎文書局，民68）卷八十五，頁1876。
〔註289〕〈程器〉。劉勰撰、范文瀾注《文心雕龍注》（臺北市：開明書局，民57）卷十，頁16。

敗俗，嵇康凌物凶終；傅元忿鬭免官，孫楚矜誇凌上；陸機犯順履險，
潘岳乾沒取危；顏延年負氣摧黜，謝靈運空疎亂紀；王元長凶賊自貽，
謝元暉侮慢見及。凡此諸人，皆其翹秀者，不能悉紀，大較如此。至
於帝王，亦或未免。自昔天子而有才華者，唯漢武、魏太祖、文帝、
明帝、宋孝武帝，皆負世議，非懿德之君也。〔註290〕

二人所舉文士，後人未必全然同意，但其中不少人物重複。有司馬相如、揚
雄、馮敬通、杜篤、班固、馬融（文舉）、禰衡（正平）、王粲、陳琳（孔璋）、路
粹、潘岳、陸機、傅玄、孫楚。如此的人數，比例不能算不高。在劉、顏觀
念中，這些文人「無行」；二位對於人品是否應當重視，可能不以為然，至少
不以為意。清季方苞對此現象作如下解釋：「蓋古文之傳，與詩賦異道。魏、
晉以後，姦衺污邪之人，而詩賦為眾所稱者有矣。以彼瞑瞞於聲色之中，而
曲得其情狀，亦所謂誠而形者也；故言之工而為流俗所不棄。」〔註291〕

唐初姚思廉明白表示一個人的個性表現與道德無關。《梁書‧文苑傳》結
尾，引其父姚察語：

魏文帝稱「古之文人，鮮能以名節自全。」何哉？夫文者妙發性靈，
獨拔懷抱。易邈等夷，必興矜露。大則凌慢侯王；小則傲蔑朋黨。
速忌離訕，啟自此作。〔註292〕

姚氏先引曹丕之言，而後作解。為什麼「古之文人，鮮能以名節自全」？在他的
看法，文章是「妙發性靈，獨拔懷抱」，任何幽隱的情緒，都會感發出來。在這
一前提下，「大則凌慢猴王；小則傲蔑朋黨」，所謂人倫、道德，何須顧忌太多？

到五代劉昫，所撰《舊唐書》如此說：

才出於智，行出於性。故文章之巧拙，由智之深淺也。行義詭實，
由性之善惡也。然則智性稟之於氣，不可使之彊也。蘇味道、李嶠
等俱為輔相，各處穹崇，觀其章疏之能，非無奧瞻。驗以弼諧之道，
固有貞純。〔註293〕

〔註290〕〈文章〉。顏之推撰《顏氏家訓》（臺北市：臺灣中華書局，民57）卷四，頁
1～5。

〔註291〕〈答申謙居書〉。方苞撰《望溪文集》（臺北市：臺灣中華書局，民61）卷六，
頁20。

〔註292〕魏徵、姚思廉同撰《梁書》（臺北市：鼎文書局，民67）卷五十，頁727。

〔註293〕〈蘇味道、李嶠諸人傳論〉。劉昫等撰《舊唐書》（臺北市：鼎文書局，民68）
卷九十四，頁3007。穹崇：像天般的崇高，意指相位。奧瞻：深遠前瞻。弼
諧：輔佐協調。

劉昫顯然將才與行的源頭分別看待，「才出於智，行出於性。故文章之巧拙，由智之深淺也。行義詭實，由性之善惡也。」蘇味道、李嶠的文才是第一流，身居相位所表現的人品又是一回事。

南宋之初，胡銓雖是道學中人，卻認爲傳道以人，而非以文：「書所以衛道，而非所以傳道。」並如此證明：

> 書者道之文也。韓愈〈原道〉曰：「其文則《詩》、《書》、《易》、《春秋》。」是《詩》、《書》、《易》、《春秋》，道之文也，而不可以謂之道。況諸子百家之書而謂之道，可乎？道之傳，以人而不以書也。《易》曰：「神而明之，存乎其人。」堯傳之舜，舜傳之禹，禹傳之湯，湯傳之文、武、周公、孔子，孔子傳之孟軻，軻之死不得其傳焉。是傳道者，以人不以書也。孔子於詩，蔽之以一言，曰：「思無邪。」孟子於書之〈武成〉，止取二三策，是聖賢蓋以心傳道，而非專取諸《詩》、《書》之文辭而已也。道苟得於心，書雖不作可也，文何有哉？〔註294〕

胡銓的看法，書是道之文，不是道的本身。而且同樣是書，未必都是道之文。這等於說明書之文不等同於道。又從所謂道統觀察，堯與舜並世，舜與禹並世，舜、禹知堯、舜之所爲而得其「道」，禹與湯，湯與文、武、周公，文、武、周公與孔子，孔子與孟子，都屬隔世，彼時無「書」，道何以傳？中間必有未見之記載者，但必是人口耳相傳，所以「傳道者，以人不以書」。又書籍所載，端視人之取擇，而取擇以心；不同的人，心必不同。同樣是書，是文，卻所獲非一。再次證明文不等同於道。終其結論，「道苟得於心，書雖不作可也，文何有哉？」

反對一般所謂人品，最令人震驚的，可能屬明朝李贄。他認爲「天下之至文，未有不出于童心焉者也。」〔註295〕但是，許多人卻喪失了這顆童心，爲什麼？其〈童心說〉云：

> 蓋方其始也，有聞見從耳目而入，而以爲主於其內而童心失；其長也有道理從聞見而入，而以爲主於其內而童心失。其久也道理聞見日以益多，則所知所覺，日以益廣，於是焉又知美名之可好也，而

〔註294〕 〈瀟陵文集序〉。胡銓撰《胡澹庵先生文集》（臺北市：漢華文化事業，民59）卷十五，頁748～749。

〔註295〕 〈童心說〉。李贄撰《焚書》（臺北縣樹林鎮：漢京文化事業，民73）卷三，頁99。

務欲以揚之，而童心失；知不美之名之可醜也，而務欲以掩之而童
心失。……夫既以聞見道理爲心矣，則所言者皆聞見道理之言，非
童心自出之言也。言雖工，於我何與！豈非以假人言假言，而事假
事，文假文乎？蓋其人既假，則無所不假矣。由是而以假言與假人
言，則假人喜；以假事與假人道，則假人喜。無所不假，則無所不
喜，滿場是假，矮人何辯也。然則雖有天下之至文，其湮滅於假人
而不盡見於後世者，又豈少哉！〔註296〕

這段引文前半在分析人們童心之所以喪失，其後有所作，不過是「以假言與
假人言」，「以假事與假人道」，「無所不假，則無所不喜，滿場是假」。李贄雖
未明言道德，但可看出認爲儒家經典並不代表聖賢之眞言。直言之，出於童
心的天下「至文」，與世間之道德何關？

　　清初汪琬，與侯方域、魏禧齊名。其〈荅陳藹公論文書一〉云：

僕嘗徧讀諸子百氏大家名流與夫神僊浮屠之書矣，其文或簡練而精
麗，或疏暢而明白，或汪洋縱恣，逶迤曲折，沛然四出而不可禦，蓋
莫不有才與氣者在焉。惟其才雄而氣厚，故其力之所注，能令讀之者
動心駭魄，改觀易聽，憂爲之解頤，泣爲之破涕，行坐爲之忘寢與食。
斯已奇矣，而及其求之以道，則小者多支離破碎而不合，大者乃敢於
披猖磔裂，盡決去聖人之畔岸，而翦拔其藩籬。雖小人無忌憚之言，
亦常襍見於中，……。然後知讀者之驚駭改易，類皆震於其才，懾於
其氣而然也，非爲其於道有得也。……夫文之所以有寄託者，意爲之
也，其所以有力者，才與氣舉之也，於道果何與哉？〔註297〕

汪氏提出的是「諸子百氏大家名流，與夫神仙浮屠之書」，不獨文筆無可指摘，
尤其「能令讀之者動心駭魄，改觀易聽，憂爲之解頤，泣爲之破涕，行坐爲
之忘寢與食」。若繩之以道，不獨不合常理，而且離經叛道，「雖小人無忌憚
之言，亦長襍（雜）見於中」。最後作者不得不說：「夫文之所以有寄託者，意
爲之也，其所以有力者，才與氣舉之也，於道果何與哉！」文中的道，或許
是理，也免不了是行有得於心的德。文之優劣，除了意，涉及才與氣，與道
德何關？

〔註296〕〈童心說〉。李贄撰《焚書》（臺北縣樹林鎮：漢京文化事業，民73）卷三，
　　　　頁99。矮人何辯：這裡以演戲爲喻，矮人根本看不到，就無法分辨。

〔註297〕〈文槀七，書二〉。汪琬著、李聖華箋校《汪琬全集箋校》（北京市：人民文
　　　　學出版社，2010）卷十九，頁481。

　　袁枚的爲人，放誕風流，與舊禮教不相融，其詩不廢豔體，攻擊沈德潛道德觀，云：

　　至所云詩貴溫柔，不可說盡，又必關係人倫日常，此數語有褒衣大
　　袑氣象：僕口不敢非先生，而心不敢是先生。何也？孔子之言，戴
　　經不足據也，惟《論語》爲足據。子曰：「可以興，可以群」，此指
　　含蓄者言之，如……。曰：「可以觀，可以怨」，此指說盡者言之，
　　如……。曰：「邇之事父，遠之事君」，此詩之無關係者也。僕讀詩，
　　常折衷於孔子，故持論不得不小異於先生。〔註298〕

這段話引用孔子之言，用意在說明詩有多重功能，在表現上不必受到約束，卻不必然與道德有關。批評沈德潛《清詩別裁》不收情詩之不當，並指出《詩經》第一首詩，傳統上認爲是表現聖君文王想望淑女爲后，卻是一首情詩。然後玩笑式的加入一句話：「以求淑女之故，至于展轉反側。使文王生于今，遇先生，危矣！」反過來，又以一種較爲莊嚴的口吻繼續說：「《易》曰：『一陰一陽之謂道』，又曰：『有夫婦然後有父子』，陰陽夫婦豔詩之祖也。」由於主張愛是人倫關係的基礎，他試圖證明情詩並不違背道德，舉出不少例證：「傅鶉觚善言兒女之情，而臺閣生風：其人君子也。沈約事兩朝，佞佛，有綺語之懺：其人小人也。」〔註299〕這說明不可以詩來判斷詩人的道德品格。「王荊公作《字說》云：『詩者寺言也。寺爲九卿所居，非禮法之言不入。故曰：「詩無邪。」』近者有某太史恪守其說，動則云詩可以觀人品。余戲誦一聯云：『哀箏兩行雁，約指一勾銀』，當是何人之作？太史意薄之曰：『不過冬郎、溫、李耳。』余笑曰：『此宋四朝元老文潞公詩也。』太史大駭。余再誦李文正公昉贈妓詩曰：『便牽魂夢從今日；再覩嬋娟是幾時？』一往情深，言由衷發，而文正公爲開國名臣，夫亦何傷于人品乎？《孝經·含神霧》云：『詩者持也。』持其性情，使不暴去也。其立意比荊公差勝。」〔註300〕其用意與前同，詩不能用以判斷一個人的道德品格。詩表現對一個女人，甚至歌妓的愛情，無損於一個人的人格，只要那份愛情是眞誠的。衛道人士能不語塞？袁枚之披靡詩壇，並非無由。

〔註298〕〈答沈大伯論詩書〉。袁枚撰《小倉山房詩文集》（臺北市：臺灣中華書局，
　　　　民55）卷十七，頁6。褒衣大袑：官屬不中節度。

〔註299〕以上見〈再與沈大伯書〉。袁枚撰《小倉山房詩文集》（臺北市：臺灣中華書
　　　　局，民55）卷十七，頁6。按：傅鶉觚：傅玄，晉朝詩人及大臣。

〔註300〕袁枚撰《隨園詩話》（臺北市：廣文書局，民60）卷二，頁1。按：冬郎：韓
　　　　偓，享盛名。晚唐詩人，以豔詩聞名。溫即溫庭筠，晚唐詩人，以艷詩聞。
　　　　李爲李商隱。文潞公：文彥博。宋名臣與武將，封爲潞公。

（二）書論的不以為然

當書法成為一門意識性的藝術，早初的書論，只有在書跡的是否美好上著眼，並不顧及人品。

最早的如鍾繇，漢末舉孝廉，累遷侍中、尚書僕射，封東正亭侯。魏初，為廷尉，進封嵩高鄉侯，遷太尉，轉平陽鄉侯。明帝時進太傅，封定陵侯。人稱「鍾太傅」。諡成侯。生平歷經兩朝，但在書評上，備極榮寵。梁袁昂〈古今書評〉云：「鍾繇意氣密麗，飛鴻戲海，舞鶴遊天，行間茂密，實亦難過。」〔註301〕庾肩吾的〈書品〉把他與張芝、王羲之並列上之上，論曰：「鍾天然第一，工夫次之。妙盡許昌之碑，窮極鄴下之牘。」〔註302〕唐張懷瓘《書斷》列鍾繇隸、行入神品，八分、草入妙品。評曰：「真書絕世，剛柔備焉，點畫之間，多有異趣，可謂幽深無際，古雅有餘，秦、漢以來，一人而已。」又云：「雖古之善政遺愛，結于人心，未足多也。尚德哉若人！」〔註303〕比之後世的趙孟頫、王鐸都屬二臣；際遇何其不同！

鍾會是鍾繇幼子，魏國重臣鍾毓之弟。三國後期滅蜀的曹魏重要智將，歷來曾在魏國官居要職；後與鄧艾、諸葛緒等人分兵攻滅蜀漢，卻因自己的野心而發動叛亂，最後死於亂軍之中。就是因桀傲不遜，《三國志·鍾會傳》裴松之注引郭頒《魏晉世語》云：「會善效人書。」〔註304〕他利用了自己的特長，代蜀勝利後，曾偽造鄧艾書信使司馬昭對鄧艾產生懷疑下令收押鄧艾；鍾會趁機兼并了鄧艾的軍隊。《世說新語》亦記載有鍾會假冒外甥荀勗筆跡，騙取荀勗寶劍之事。古來書評，但記書事，不及人品。羊欣〈采古來能書人名〉：「絕能學父書，改易鄧艾上事，皆莫有知者。」〔註305〕所謂「改易鄧艾上事，皆莫有知者」，衡其文意，是讚美模仿能力的高超。袁昂的〈古今書評〉稱他的書法「十二種意，意外殊妙，實亦多奇。」〔註306〕李嗣真〈書後品〉列其書上之中品。張懷瓘《書斷》云：「書有父風，稍備筋骨，美兼行草，尤工隸書，遂逸然飄致，有凌雲之志，亦所謂劍則干將、莫耶焉。」下文猶如

〔註301〕〈袁昂古今書評〉。張彥遠集《法書要錄》卷二，頁 33。見楊家駱主編《唐人書學論著》（臺北市：世界書局，民64）。

〔註302〕〈庾肩吾的書品〉。同註301，頁26。

〔註303〕〈張懷瓘書斷中〉。同註301，卷八，頁123。

〔註304〕陳壽撰《三國志》（臺北市：鼎文書局，民66）卷二十八，頁793。

〔註305〕〈羊欣采古來能書人名〉。同註301，卷一，頁6。

〔註306〕〈袁昂古今書評〉。同註301，卷二，頁32。

〈采古來能書人名〉，記其「嘗詐爲荀勖書，就勖母鍾夫人取寶劒」事〔註307〕，以美其模仿逼眞。

自從人品變成書家必備的修養之後，可說呈壓倒性的觀念。蘇軾一方面認爲環境可以移人，舉晉武帝、宋太宗書跡爲例：「昨日閣下見晉武帝書，甚有英偉氣，乃知唐太宗書實有似之。魯君之宋，呼於垤澤之門。門者曰：『此非吾君也？何其聲之似吾君也！』居移氣，養移體，信非虛語矣。」「軾近至終南太平宮，得觀三聖遺迹，有太宗書《急就章》一卷，爲妙絕。自古英主少有不工書，魯君之宋，呼於垤澤之門，守者曰：『非吾君也？何其聲之似我君也？』軾於書亦云。」〔註308〕但在另一方面，又感嘆人心與行跡不相吻合：

> 此卷有《山公啓事》，使人愛玩，不與他書比。然吾嘗怪山公薦阮咸
> 之清政寡欲，咸之所爲，可謂不然者矣。意以謂心迹不相關，此最
> 晉人之病也。〔註309〕

山濤，「竹林七賢」之一。武帝時任尙書之職，每選用官吏，皆先秉承晉武帝之意旨，且親作評論，時稱《山公啓事》。阮咸，亦「竹林七賢」之一，所爲多違禮法。山濤舉薦爲吏部郎，評之曰「清眞寡欲，萬物不能移也」〔註310〕、「若在官人之職，必妙絕於時」。〔註311〕在蘇軾的看法，山濤的書迹「使人愛玩，不與他書比」，奈何他所推薦的阮咸，其行爲與所推薦的評語之間幾同南轅北轍。那麼，山濤書雖可觀，其行是否如此？令人生疑。又〈題魯公帖〉云：

> 觀其書，有以得其爲人，則君子、小人必見於書。是殆不然。以貌
> 取人且猶不可，而況書乎？〔註312〕

「以貌取人且猶不可，而況書乎？」任誰看都認爲這也是「心迹不相關」的實證。最令蘇軾深覺書與人相反的，莫過黃庭堅，云：

> 魯直以平等觀作敧側字，以眞實相出游戲法，以磊落人書細碎事，
> 可謂三反。〔註313〕

〔註307〕 〈張懷瓘書斷中〉。同註301，卷八，頁128。

〔註308〕 〈題晉武書〉、〈書太宗皇帝急就章〉。蘇軾撰《東坡題跋》卷四。見楊家駱主編上《宋人題跋》（臺北市：世界書局，民81）頁111、113。

〔註309〕 〈題山公啓事帖〉。蘇軾撰《東坡題跋》卷四。見楊家駱主編《宋人題跋》上（臺北市：世界書局，民81）頁110、112。

〔註310〕 〈賞譽〉。劉義慶著、楊勇校箋《世說新語校箋》（臺北市：正文書局，民81）頁319。

〔註311〕 同註310。

〔註312〕 〈題魯公帖〉。同註309，頁112。

〔註313〕 〈跋魯直爲王晉卿小書《爾雅》〉。同註309，頁122。

本段文字出自蘇軾〈跋魯直爲王晉卿小書《爾雅》〉。《爾雅》是中國最早的一部解釋詞義的書。《漢書・藝文志》將《爾雅》列爲儒家的經典之一，列入十三經之中。唐朝時，是學館生徒必讀書之一，是生徒所用。這種一般人不會當作重大事件的書，竟然黃庭堅會動筆去書寫，所以蘇軾說：「以磊落人書細碎事。」黃庭堅四十歲時曾寫〈發願文〉：「今者對佛。發大誓願。願從今日。盡未來世。不復淫欲。願從今日。盡未來世。不復飲酒。願從今日。盡未來世。不復食肉。設復淫欲。當墮地獄。烈火坑中。經無量劫。一切眾生。爲婬亂故。應受苦報。我皆代受。設復飲酒。當墮地獄。飲洋銅汁。經無量劫。一切後生。爲酒顚倒故。應受苦報。我皆代受。設復食肉。當墮地獄。吞熱鐵丸。經無量劫。一切眾生。爲殺生故。應受苦報。我皆代受。」〔註314〕我們今天從《松風閣詩帖》、《伏波神祠詩帖》、《跋東坡寒食詩帖》諸作，我們可以看出黃書共同的現象「敧側」，若遊戲人間。他理當是位中規中矩的人，卻寫出「敧側字」，類似遊戲法。因此，蘇軾說黃庭堅的書法與人完全相反。其實，蘇軾本人與其書跡，未嘗沒有人提出質疑，清人陳玠《書法偶集》即云：「東坡書專以老樸勝，不似其人之瀟灑，何也？」〔註315〕

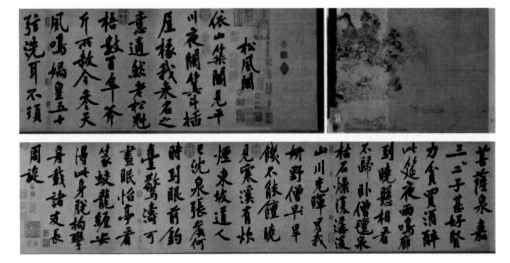

圖9：黃庭堅《松風閣詩帖》

〔註314〕黃庭堅撰《山谷集》卷二十一。見永瑢、紀昀等撰《欽定四庫全書》（上海市：上海古籍出版社，1987）1113 冊，頁 204。

〔註315〕陳玠撰《書法偶集》。見崔爾平選編《明清書法論文選》（上海：上海書店，1994）頁 581。

又，范至能〈跋司馬溫公帖〉云：

> 世傳字似其為人，亦未必皆然。王文正之沉毅，而筆意灑落，敧側
> 有態；杜文獻之嚴整，而好作草聖，豈皆似其人哉？〔註316〕

王文正，即王旦。相宋真宗二十年，相傳前世為僧，未必為然，但其「沉毅」
或可想見。范至能卻說其書「筆意灑落，敧側有態」，殊非僧侶之所為。杜文獻
即杜衍，與范仲淹、韓琦、歐陽脩、晏殊、石介等人為慶曆主張革新中人之一。
依理，是嚴肅中人，卻喜作草書。在范至能眼中，都是書與人不符的表現。

明人莫雲卿論書，基本主張師古，認為「師匠不古，終乏梯航。」〔註317〕
所謂的古，自然是以鍾、王書跡，如鍾之《力命》、《宣示》、《戎路》、《季直》，
羲之《樂毅》、《黃庭》、《曹娥》、《東方贊》，獻之《洛神十三行》為準。評唐人
書云：「歐、虞、褚、柳，淵源有自，雖心手各異，而古法多存。」對於自宋以
來，立於書統地位的顏真卿，則曰：「元章以為後人惡札之祖，他可知也。」評
宋人書云：「蘇、黃二家，大悖古法。」特別的是，自元朝以來，被唾棄的蔡京、
蔡卞，論其書法，則是以古法為尊，理當承古法血脈。因此，就古法言：「蔡京
父子，人品別倫，不能不重其書。」〔註318〕顯然，書法與人品主張分論。

同是明人，湯臨初也提出相同的意見：

> 「書者心畫」，此揚子雲之言也，柳誠懸因有心正筆正之說。宋人遂
> 據以斷案，此似然而實不然也。譬之以木石為人，衣冠坐立，描寫極
> 似，非不儼然莊肅也，而色笑蹈舞，一之不具，即莊肅，何取焉？晉
> 人雖稱蔑棄禮法，至於作字，實其用意處。張懷瓘評中散草書，加右
> 軍數等，使非功用精密，何以至此？已不類其為人矣！若槩以為簡墮
> 使然，則不作可矣。右軍在晉，最閑經世，顏之推謂其人品最高，惜
> 為書所掩。右軍比之中散，其人又可知，乃其書則風流醞藉，翱翔物
> 表。蓋法有固然，不必斤斤以心術為校（較）也。世有文章、德業曄然
> 名世者，即不事鉛槧，舉而登之鍾、王之列，其孰從而信之？〔註319〕

〔註316〕范至能〈跋司馬溫公帖〉。王紱《書畫傳習錄・論書》。崔爾平選編《明清書
　　　　法論文選》（上海：上海書店，1994）頁52，稽承咸注。

〔註317〕莫雲卿〈論書〉。同註316，頁210。梯航：梯與船。登山渡水的工具，引申
　　　　指有效的途徑。

〔註318〕以上引文，同註316，頁212。

〔註319〕湯臨初撰《書指》。倪濤撰《六藝之一錄》（臺北市：臺灣商務印書館，民59）
　　　　27冊，卷二百九十六，頁13～14。

嵇康，曾官至曹魏中散大夫，故後世稱嵇中散。中國古代著名的文學家、思想家、音樂家。爲魏晉時期文人團體「竹林七賢」之一。他們主張「越名教而任自然」，在生活上不拘禮法，清靜無爲，聚眾在竹林喝酒、縱歌。作品揭露和諷刺司馬朝廷的虛僞。但是嵇康的書跡，張懷瓘認爲超越王羲之，「常（嘗）有其草，寫《絕交書》一紙，非常寶惜。有人與吾兩紙王右軍書，不易。」〔註 320〕一位不拘禮法，喝酒、縱歌的人，卻有超乎書聖的書跡，可見書人難一。反觀王羲之，後人推其閑於經世，理當正氣凜然，其書法卻是「風流蘊藉，翱翔物表」，與經世之說難以吻合。書法界一向以晉人書風爲極則，嵇康、王羲之皆晉人，湯氏書人不必相合之說，可謂直指書法心臟。

同樣的話題，錢泳也爲趙孟頫打抱不平：

> 張丑云：「子昂書法，溫潤閒雅，遠接右軍，第過爲妍媚纖柔，殊乏大節不奪之氣。」非正論也。褚中令書，昔人比之美女嬋娟，不勝羅綺，而其忠言讜論，直爲有唐一代名臣，豈在區區筆墨間以定其人品乎？〔註 321〕

張丑、明書畫收藏家、藏書家、文學家。著有《清河書畫舫》。褚遂良書跡不美嗎？「昔人比之美女嬋娟，不勝羅綺」〔註 322〕，這是什麼感覺？「忠言讜論」指的是貞觀二十三年（649），與長孫無忌同受太宗遺詔輔政。唐高宗欲立武則天爲皇后，褚遂良與長孫無忌堅決反對，後遭貶潭州都督。武后即位後，轉桂州都督，再貶愛州刺史。顯慶三年（658），死於任所。成爲書品難與人品畫上等號作證。

于令淓的說法，或許較爲持平：

> 柳誠懸云：「心正則筆正。」山谷云：「敗壁片紙，傳數百歲，特存乎其人。」東坡云：「苟非其人，雖工不貴。」此皆引人爲善，同一婆心。李斯、曹操輩品行心術，正人君子所不齒，得其墨跡，未必不爭購之。歷觀古今，忠孝節義之士，不盡善書，而工書者不盡有品，原係兩事。然世間橫行而以書傳者，使人愛其書愈鄙其爲人，亦足垂戒。〔註 323〕

〔註 320〕〈張懷瓘書議〉。張彥遠集《法書要錄》卷四，頁 69～70。見楊家駱主編《唐人書學論著》（臺北市：世界書局，民 64）。

〔註 321〕〈書學・總論〉。錢泳撰《履園叢話》（臺北市：大立出版社，民 71）十一上，頁 295。

〔註 322〕原見〈張懷瓘書斷中〉。同註 320，卷八，頁 134。

〔註 323〕于令淓《方石書話》。見崔爾平選編《明清書法論文選》（上海：上海書店，1994）頁 757。

于氏先說出兩種現象，一是前人說人品影響書品，一是縱使正人君子，遇李斯、曹操書跡卻爭相購買，這是蠻大的諷刺與矛盾。作者個人看法，書品、人品本來不相干；如果書者在世行為為人鄙視，不敵社會輿論，後人還是引以為戒的好。看起來最後似是人品為要，但是在于氏骨子裡，還是認為這是兩回事。

清末民初，張之屏的《書法真詮》也認為書之美惡，與人品無關：

> 昔人有言：「心正則筆正。」又云：「字為心畫。」且歷舉其人以證之；吾意殊不謂然。伯夷能築室，盜跖亦能築室；伯夷能樹穀，盜跖亦能樹穀，室與穀，豈因人而有異乎？技藝之事，與人品固毫不相涉也。〔註324〕

伯夷，孟子譽為聖之清者；盜跖，《莊子》書中大盜。作者以兩位人品極端相反人士為喻，認為書法與構屋、種穀相同，都是技藝之一，伯夷能者，盜跖亦能，並不是聖之清者的專利。而後，進入正文：「如顏真卿、柳誠懸，論者以為書如人，不虛矣。然如蔡京之圓勁瘦逸、嚴嵩之骨重神寒、張瑞圖之古麗精峭、王鐸之清迥高邁，固皆各具優長，不可一世，方之顏、柳諸賢，實足抗行而有餘。……其人均不足取，要皆不害為美術也，以為代表正人，其誣矣！」從技藝看，書法與人品係兩回事，所以他說：「品行道德，固屬別一問題。」他還有一個極為特殊的看法：「古之成書者，其人往往非忠耿即奸邪，否則，或高人逸士與夫性情乖者居多。何也？彼其人皆一意孤行，獨來獨往，故能超然獨表，獨步千古也。」〔註325〕最後雖是說：「要以作字亦不可不立品也。」〔註326〕與于令淓相同，骨子裡仍認為人品與書跡良窳是兩回事。

四、小結

本單元從相反的觀念出發，分成三種：一是對摹擬形似的反響，二是對趨向妍美的反響，三是對重視人品的反響。三種中，文論與書論都有極相似之論調。

求變一節，黃庭堅在作詩方面說：「隨人作詩終後人」、「文章切忌隨人後」

〔註324〕張之屏撰《書法真詮》。見崔爾平選編《明清書法論文選》（上海：上海書店，1994）頁1042。下引同此。
〔註325〕同註324，頁1031。
〔註326〕同註324，頁1043。

〔註327〕，在書法方面說：「隨人作計終後人，自成一家始逼眞。」〔註328〕同出一人之口，其間之同，自不待言。即是劉知幾《史通・模擬篇》與張懷瓘〈評書藥石論〉二者不屬同一範疇，但反對摹擬則如出一轍。

　　陳師道「論詩說換骨」〔註329〕，〈答秦少章〉詩云：「學詩如學仙，時至骨自換。」〔註330〕究竟「換骨」何意？如果我們和書法界董其昌《畫禪室隨筆》所說的「那比析骨還父，析肉還母」〔註331〕比對，換骨之意立見。他們所說的「換骨」、「析骨還父，析肉還母」，即是功夫火候到時的境界，自立門戶，不再依傍所學。

　　主質之質，文論中或爲樸實，或善平淡，或言直尋，或道反奇，或曰麤鄙，皆妍美之反；書論中或曰古肥，或曰尙拙，或曰篆籀，或曰醜極，其義一也。主質中，陳師道「寧拙毋巧，寧朴毋華，寧粗毋弱，寧僻毋俗。」〔註332〕和傅山的「寍拙毋巧，寍醜毋媚，寍支離毋輕滑，寍直率毋安排。」〔註333〕其間的會通性，可謂不煩費詞。

　　〈對重視人品的反響〉一項，在書法上最爲人傳道的，莫過趙孟頫與王鐸，但在文學中，類似人物若過江之鯽，讓人不覺得這些作家與書家，對傳統重視德行修養，何其不在意！明末董其昌也有書人不必同一的論調：

　　　　褚河南書，如瑤臺嬋娟，不勝綺靡。乃其人以大節著，所謂宋廣平

　　　　鐵石心腸，而賦情獨冶豔。〔註334〕

褚遂良「以大節著」，見前錢泳所述。和他「瑤臺嬋娟，不勝綺靡」弱女子的書風，頗不相合；不獨書法，文學亦然。宋廣平，唐人，宋璟的別稱，因曾封廣平郡公，故名。玄宗時名相，耿介有大節，以剛正不阿著稱於世。雖是

〔註327〕張鎡《仕學規範》卷三十九。見永瑢、紀昀等撰《欽定四庫全書》（上海市：上海古籍出版社，1987）875 冊，頁 196。

〔註328〕〈題樂毅論後〉。黃庭堅撰《山谷題跋》卷四。見楊家駱主編《宋人題跋》（臺北市：世界書局，民 81）頁 216。卷七〈論寫字法〉頁 255 又作「隨人學人成舊人，自成一家始逼眞。」。

〔註329〕曾季貍撰《艇齋詩話》（臺北市：廣文書局，民 60）頁 34。

〔註330〕〈陳屐常・學詩如學仙〉。魏慶之編《詩人玉屑》（臺北市：佩文書社，民 49）卷十八，頁 397。

〔註331〕〈評法書〉。董其昌著《畫禪室隨筆》（臺北市：廣文書局，民 66）頁 9。

〔註332〕陳師道撰《後山居士詩話》（北京市：中華書局，1985）頁 8。

〔註333〕〈作字示兒孫〉。傅山撰《霜紅龕集》（臺北市：漢華文化事業，民 60）卷四，頁 108。

〔註334〕董其昌撰《容臺集》（四）（臺北市：國立中央圖書館，民 57）頁 1891。

外在「鐵石心腸」，卻爲梅花作賦，不妨其柔情。二人在事業方面表現的都是鐵骨錚錚，但在作品上所表現的卻是柔情似水：知人知面不等同於知心。因此，作品與人品不必畫上等號，也是反對者觀念的會通之一。

第七章　結　論

　　本論文基本上即認定，同一文化背景之下，產生的藝術類型雖然不同，但在觀念上，自當有其會通之處。文學與書法，不過是傳統眾多藝術類型之一，其產生的文論與書論，也當不免。

　　此一命題，並非無人關注。大陸華中師範大學黃峰之博士論文，即與此相近之題目寫成博士學位論文。但細觀內容，並非以前人之說著眼，而且標題與內容常無法吻合。其他單篇涉及文學與書法之間關係的論文，多半就某一命題加以發揮。因此給予本論文發揮之空間。

　　本論文之架構，係以亞伯拉姆斯在《鏡與燈》一書中提出一件藝術作品有關的四個要素，及劉若愚在其著作《中國文學理論》所修正之觀念爲主幹，列出本源、功夫、創作、風格、品評五項，比對文論與書論是否有會通之處。

　　前人有關文論與書論之資料多如牛毛，以有生之年盡讀，情勢上絕無可能。綱領既定，此外之理論，自然不再範圍內。雖然範圍已經限縮，如何在此範圍內，找出代表性理論之彙編、選集已經不少，使本論文得以就選編擇要進行整理，欠缺者另尋資料補足。

　　第二章本源論，從人與宇宙之關係而來，探討的是文學與書法的本質，亦即文學與書法之本源。

　　採取兩種角度：一是本之自然；一是本之心性。前者是目之所見，後者是心之所發。自然的範圍，包括自然界的自然與人爲化工。這種由外而內的理論與實例，文論與書論都可找到相似之論述。由內而外的心性，分心與性。心的部分又分道體之心與道德之心。性的部分包括情性、性情、體性、情感、個性等。從前人的資料中，文論還是書論，都可以找到相應的說法，可見二者之間有其會通。

　　文學與書法雖同本之自然與心性，後之作家與書家可以直接面對創作，但古人認為不必作創始者，在前人龐大的資產下，先汲取前人經驗可能是更理性而有效的方法。因此，本源之後次以功夫論。

　　功夫分基本認知與深層素養。基本認知指不論文學與書法，在前人的成果下，都有不少可資學習之處。這裡提供兩個項目：認識體類與摹擬前賢。

　　認識體類又分橫向分類與縱向流變。橫向分類上，書論中從許慎《說文解字》的八體到庾元威〈論書〉的一百二十體，其數量猶如文論早初范曄《後漢書》的二十餘類到賀復徵《文章辨體彙選》一百三十二類：為數都不算少。另外，文體與書體都有以風格分類被學子所接受者。文體實用與純藝術難分，書體亦實用與藝術界域難明。縱向流變又分名實皆異、名同實異。名實皆異，文學上如詩、詞、曲、小說、戲曲，名與實各自不同。書法分篆、隸、真、行、草，不必費神理解。名同實異如賦之中有詩人之賦、詞人之賦。其他如詩之中、文之中、小說之中、戲曲之中都各自有這種現象。而書法上也不曾缺席，如隸有古隸、八分、楷隸，八分有分數之分、分別之分。

　　摹擬前賢是學習的簡便法門，文學是，書法亦是。「古風」是學習的目標，心態是不獨與今人爭勝，也與古人抗衡。摹擬的對象是「取法乎上」；縱然有非議摹擬者，就學習言，仍以摹擬為入門之法。以上三項基本觀念，就文論，就書論，都極其相似。又，文學有以摹擬為創作者，書法又何嘗不如此？

　　深層素養又分涵泳典籍與培養品德。

　　涵泳典籍是古來成為一位文人的內在條件。作為一位書家，認識體類、摹擬前賢之法帖，不過是入門；涵泳典籍則讓一位書家不致成為一位書手，更重要的是作品散發的韻味，非涵泳典籍不為功。雖然文學與書法是兩種不同的表現方式，作家與書家的內在卻極其一致。

　　品德的培養是我國傳統成為一位受人尊敬的作家及書家，其作品是否傳遠最重要的關鍵。文論與書論都十分重視，從唐、宋以後資料的多寡，可見其重視的程度。

　　至於讀書與做人並舉的理論，書論比起文論相形為多，原因可能在詩文是文學家分內事，敦品、勵學，理當如此；書法則屬餘事，因為餘事，容易忽略，強調二者之書論反而屢見。

　　創作是長期學養後的終極目標。功夫之後，次以創作。

　　創作部分分創作動機及創作技巧。

　　動機又分為實用、為抒情及休閒。文學與書法，最初都建立在文字的紀錄上。文字的創造及使用，都屬實用。後來單純的紀錄發展成藝術性的文學與書法，基本的實用功能不曾改變；而且範圍日益擴大，經國大業，傳世久遠，都憑藉於此。

　　抒情本是文字實用功能之一，但當純粹的紀錄演變為文學、書法後，也成為作家、書家抒寫情懷的重要方式；至於休閒，則是生活發展至無憂無慮下，文人尋求消遣的一種情趣。文學、書法都不免，於是文論、書論同步紀載。

　　創作是一種複雜的技巧，本論文取其能會通者：一是創作心理，一是過程簡述。

　　創作心理分虛靜與興致。過程簡述分形式與內容及相反以相成。文學創作心理需要虛靜，書法同樣如此；文學創作對嫻熟技法的作家，時有興致，書法同樣如此。過程簡述係接續虛靜而來。虛靜時想什麼？文學立意為先，書法則意在筆前，內容未必相同，先有意念相同。形式與內容的配合，文學與書法都須講究。雖然這是兩種不同的藝術類型，在實際進行中，都採取相反以相成的方式。

　　作品完成後，呈現的是作家與書家的風格。於是次以風格論。

　　風格論分述風格成因與呈現方式。成因部分分列政治、愛美、南北、個性四項。政治指的是層峰愛好及施政對藝術的影響，包括帝王對文學與書法、科舉對文學與書法等等；愛美是指人性的普遍心理，這種心理對文學與書法風格的影響；南北是指地域，人活著，莫不受周遭環境所接觸到人物的影響，南北只是將問題簡化；個性是最決定性的一項，人性的多采多姿，產生藝術的多樣化。這些，文論與書論都可找到相應的論述。

　　呈現方式，不是單獨針對某作家與書家風格的形容，而是舉出前人如何呈現這個問題。本論文提出三項：一是類型，這是論家就所觀察列出多少種類；二是源流，前人強調學習，所取法的對象常影響學習者，某些論家就該作家或書家，考其源流；三是統緒，這或許是前項源流的一個分支，不過這個分支不是細流，而是主幹。統緒這一項，在文學稱為文統，在書法稱為書統。歸入這個系統風格的作品常成為後人取法的對象。

　　最後一章是品評論。完全就觀賞者的角度著眼。品是鑑賞，評是批評：各占一節。

　　鑑賞有純粹欣賞，也有欣賞後評其高低。小項分別是體類批評、比較批評、品第批評、印象批評及詩歌批評。人不能兼備，專擅某體，已經是人中龍鳳：體類批評就是說明某體以某作家或該作家的某作品爲人間之最。比較批評與品第批評，都屬比較中見眞章，不同在前者偏兩兩比較，後者是多人定其甲乙。印象批評與詩歌批評，都是採取象徵手法形容所見作家、書家之作品。其所差異，在後者多屬歌頌，前者則有襃有貶。

　　批評有正有反，此處只談前人對某些觀念反面的看法。可以批評者多，僅選三項：一是摹擬。摹擬就學習而言，是汲取前人成果的重要方法，但是若以摹擬爲創作，不少論述都期期以爲不可；二是愛美。愛美是人類很自然的心態，但是某些論述都以爲不如本有之質樸；三是人品。人品是傳統對作者、書家十分重視的要求，但是某些論家認爲作品的好壞與人品無關。以上都可在文論與書論找到相應的觀念。

　　七章中，彼此牽引：

　　第一章亞氏對宇宙的解釋，產生第二章自然及心性爲文學與書法會通的本源。

　　第二章本源論中的本於自然，人文化工部分牽引出第二章第二節爲什麼要涵泳於前人典籍，本之心性中的道體，產生第四章第二節中相反以相成的陰陽關係；本之於心性的道德一節牽引出第三章第二節的培養品德、第五章風格論中的文統；道體之心與性的部分，產生出第四章創作動機中的爲抒寫與創作心理，第五章的愛美與風格、個性與風格。

　　第三章第一節認識體類涉及形式與內容之配合，摹擬牽動第五章第二節的源流與統緒及第六章第二節對摹擬形似的反響；第二節培養品德部分，牽引出第六章第二節對重視人品的反響。

　　第五章第二節時代風向愛美一節，牽涉到第六章第二節對趨向妍美的反響。

　　各節雖各有小結，第七章結論則總其成。

　　李漁說：「填塞之病有三：多弔古事，疊用人名，直書成句。」〔註1〕本論文主旨在證明二者之會通，是古人普遍之觀念，而非一己之我見，因此，「多引古事，疊用人名，直書成句」，在在者是；但本論文認爲這是文獻法之運用。文論與書論之是否會通，屬比較法；各章各節之小結及本章之總結屬歸納法。

〔註1〕李漁著《閒情偶寄》。見楊家駱主編《歷代詩史長編二輯》（臺北市：中國學典館復館籌備處出版：鼎文經銷，民63）七冊，頁27～28。

　　從第二章到第六章，分別提出本源論的本之自然與心性，功夫論的認識
體類、摹擬前賢、涵泳典籍、培養品德，創作論的為實用、抒情、休閒，創
作心理的虛靜與興致，創作技巧的形式、內容的搭配，方法上相反與相成的
運用，風格形成與政治、愛美、南北、個性，風格的類型、流派、統緒，鑑
賞分析分體類批評、比較批評、品第批評、印象批評、詩歌批評，觀念批評
分對摹擬形似、趨向妍美、重視人品的評論，計三十個單元。這三十個單元
分別代表了從最根本的本源，經過養成、創作，到風格、鑑賞與批評，或許
可以涵蓋文學與書法基本理論的範疇。每個單元分別從文論與書論，提出傳
統中具代表性的論述。依據這樣的範圍，這些代表理論的闡述，說文論與書
論在觀念上無法會通，難！

　　過去中國的文人，一管在手，既是文學家表達思想、情感的工具，也是
書法家傳達其書寫藝術理念的媒介。早在唐朝，張懷瓘就已經二者並舉：「論
人才能，先文而後墨。羲、獻等十九人，皆兼文墨。」〔註2〕早期的書勢論及
張氏各理論著作，如〈書議〉、〈書斷〉、〈文字論〉、〈六體書論〉、〈評書藥石
論〉，皆非不通「文墨」者可以自致。中唐韓愈及宋代文學巨匠歐陽脩、蘇軾、
黃庭堅等人的加入，更豐富了書法的內在生命。

　　其間也早有前人對文學與書法做過比對。明朝趙宧光就曾說：

　　　近體似眞書，古詞似篆籀。於篆之中，近體似小篆，古詞似大篆。

　　　近體儗合而時或不和，古詞儗散而時或不散。近體合以形，古詞合
　　　以意。〔註3〕

近體指的是駢體與絕句、律詩，講究平仄與對偶；古詞指的是以語體為主，
長短相間的古文與古詩。眞書、小篆強調的是用筆與結字的大小一致，作者
以之比近體，篆籀強調的是「大小不一倫」，作者以之比古詞，大體上兩相合
合。當然，這畢竟是兩類不同型式的藝術，因此作者又說：「近體儗合而時或
不和，古詞儗散而時或不散。近體合以形，古詞合以意。」但是這樣的類比，
還是可以接受。

　　趙氏更將兩種身分的人，在文學與書法上做了極度的密合：

〔註2〕〈張懷瓘書議〉。見張彥遠集《法書要錄》卷四，頁66。楊家駱主編《唐人書
　　　學論著》（臺北市：世界書局，民64）。

〔註3〕趙宧光撰《寒山帚談》頁43。見楊家駱主編《明人書學論著》（臺北市：世界
　　　書局，民62）。

> 能學問不能文章，此儒家之學究。能文章不能翰墨，此君子中傖父。
> 能翰墨不能法帖，此名士中野狐。能法帖不能遵古，此好事中俗調；
> 皆所不取。〔註4〕

這是一段層層遞推式的文字，由下而上，分出文人的層次。我們單看其中的一句：「能文章不能翰墨，此君子中傖父。」能文章指的是文學家，能翰墨指的是書法家。傖父，晉南北朝時，南人譏北人粗鄙，蔑稱之為「傖父」。《晉書‧文苑傳‧左思》云：「初，陸機入洛，欲為此賦（指〈三都賦〉），聞思作之，撫掌而笑，與弟雲書曰：「此間有傖父，欲作〈三都賦〉，須其成，當以覆酒甕耳。」〔註5〕南朝宋劉義慶《世說新語‧雅量》：「昨有一傖父，來寄亭中，有尊貴客，權移之。」〔註6〕後用以泛指粗俗、鄙賤者，猶言村夫野人。一個文人不善書法，猶如村夫；那麼，書法便成為文人必備的修養。

或許有人認為書法遠不及文學，列入文人必備修養，未免小題大作。趙宧光又說：

> 字學二途：一途文章，一途翰墨。文章游內，翰墨游外，一皆六藝
> 小學，而世以外屬小，內屬大，不然也。雖然，要皆大學之門戶，
> 不從此入，何由得睹宗廟百官？〔註7〕

在作者的看法，文章與書法，一屬人之內心，一屬人之外在，他們共同的目標是進入大學之門，若不從此，豈能對聖之學升堂入室？

諸多資料顯示，對於一位傳統文人，兩者之間在觀念上如果不見會通，而能匯集於一人之身，可信嗎？〔註8〕

〔註4〕同註3，頁49。

〔註5〕房玄齡等撰《晉書》（臺北市：鼎文書局，民68）卷九十二，頁2377。

〔註6〕劉義慶著、楊勇校箋《世說新語校箋》（臺北市：正文書局，民81）頁276。

〔註7〕趙宧光撰《寒山帚談》頁51。見楊家駱主編《明人書學論著》（臺北市：世界書局，民62）。

〔註8〕按：清朝劉熙載《游藝約言》、康有為《廣藝舟雙楫》都有不少書法與文學的比對。

參考書目

一、古代典籍（內容爲文言者）

（一）文學類（以撰著者朝代先後排序）

1. 〔漢〕毛亨傳、鄭玄箋、〔唐〕孔穎達疏《毛詩注疏》，臺北市，臺灣商務印書館，民 57。

2. 〔漢〕劉向編集、王逸章句《楚辭》，北京，中華書局，1985。

3. 〔漢〕張衡著、張震澤校注《張衡詩文集校注》，上海市，上海古籍出版社，1986。

4. 〔魏〕徐幹著《中論》，臺北市，臺灣商務印書館，民 57。

5. 〔晉〕阮籍撰、黃節注《阮步兵詠懷詩注》，臺北縣，藝文印書館，民 60。

6. 〔晉〕陶潛撰、〔宋〕李公煥箋註《箋註陶淵明集》，臺北市，中央圖書館，民 80。

7. 〔梁〕劉勰撰、范文瀾注《文心雕龍注》，臺北市，開明書局，民 57。

8. 〔梁〕昭明太子撰（編）《文選附考異》，臺北縣板橋鎮，藝文印書館，民 72。

9. 〔梁〕蕭統撰（編）《昭明太子集》，臺北市，臺灣中華書局，民 55。

10. 〔梁〕鍾嶸著《詩品》，見何文煥編訂《歷代詩話》，臺北縣，藝文印書館，民 60。

11. 〔唐〕陳子昂撰《新校陳子昂集》，臺北市，世界書局，民 53。

12. 〔唐〕王維撰、趙殿成箋注《王右丞集注》，臺北市，臺灣中華書局，民 59。

13. 〔唐〕李白撰《李太白全集》，臺北市，臺灣商務印書館，民 54。

14. 〔唐〕杜甫撰《杜工部集》,臺北市,臺灣學生書局,民 60。

15. 〔唐〕釋皎然撰《詩式》,北京市,中華書局,1985。

16. 〔唐〕釋皎然撰《五卷本皎然詩式》,臺北市,廣文書局,民 71。

17. 〔唐〕韓愈撰、馬其昶注《韓昌黎文集校注》,臺北市,世界書局,2002。

18. 〔唐〕柳宗元撰《柳宗元集》,臺北縣土城市,頂淵文化事業,2002。

19. 〔唐〕劉禹錫著、瞿蛻園箋證《劉禹錫集箋證》,上海市,上海古籍出版社,1989。

20. 〔唐〕殷璠編《河嶽英靈集》,見永瑢、紀昀等撰《欽定四庫全書》1332 冊,上海市,上海古籍出版社,1987。

21. 〔唐〕白居易著、朱金城箋校《白居易集箋校》,上海市,上海古籍出版社,1988。

22. 〔唐〕元稹著《元氏長慶集》,京都市,株式會社中文出版社,1972。

23. 〔唐〕弘法大師撰《文鏡秘府論》,臺北市,河洛圖書出版社,民 65。

24. 〔唐〕司空圖著《二十四詩品》,見〔清〕何文煥編訂《歷代詩話》,臺北縣,藝文印書館,民 60。

25. 〔唐〕張爲撰《詩人主客圖》,見丁福保編訂《歷代詩話續編》,臺北市,木鐸出版社,民 72。

26. 〔宋〕趙湘撰《南陽集》,北京市,中華書局,1985。

27. 〔宋〕孫復撰《孫明復小集》,臺北市,臺灣商務印書館,民 67。

28. 〔宋〕梅堯臣撰《宛陵集》,臺北市,臺灣中華書局,民 55。

29. 〔宋〕石介撰《石徂徠集》,北京市,中華書局,1985。

30. 〔宋〕范仲淹撰《范文正公集》,臺北市,臺灣商務印書館,民 54。

31. 〔宋〕歐陽脩撰《歐陽脩全集》,臺北市,河洛圖書出版社,民 64。

32. 〔宋〕歐陽脩著《六一詩話》,見何文煥編訂《歷代詩話》,臺北縣,藝文印書館,民 60。

33. 〔宋〕釋契嵩撰《鐔津集》,見《文淵閣四庫全書》1091 冊,臺北市,臺灣商務印書館,民 72～。

34. 〔宋〕李覯撰《直講李先生文集》,見王雲五主編《四部叢刊‧初編‧集部》46 冊,臺北市,臺灣商務印書館,民 56。

35. 〔宋〕蘇洵著《嘉祐集》,臺北市,臺灣商務商務印書館,民 66。

36. 〔宋〕邵雍著《伊川擊壤集》,見王雲五主編《四部叢刊‧初編‧集部》48 冊臺北市,臺灣商務印書館,民 56。

37. 〔宋〕蔡襄撰《端明集》,臺北市,臺灣商務印書館,民 62。

38. 〔宋〕司馬光撰《司馬溫公詩話》,北京市,中華書局,1985。

39. 〔宋〕司馬光撰《司馬文正公傳家集》，臺北市，臺灣商務印書館，民54。

40. 〔宋〕曾鞏撰《曾南豐全集》，臺北市，河洛圖書出版社，民64。

41. 〔宋〕王安石著《王臨川集》，臺北市，臺灣商務印書館，民54。

42. 〔宋〕蘇軾撰《東坡全集》，見永瑢、紀昀等撰《欽定四庫全書》1108冊，上海市，上海古籍出版社，1987。

43. 〔宋〕蘇軾著《蘇東坡集》，臺北市，臺灣商務印書館，民54。

44. 〔宋〕蘇軾撰、王十朋註《東坡詩集註》，永瑢、紀昀等撰《欽定四庫全書》1109冊，上海市，上海古籍出版社，1987。

45. 〔宋〕蘇軾撰《經進東坡文集事略》，臺北市，世界書局，民49。

46. 〔宋〕蘇軾撰、〔清〕趙克宜輯訂《蘇詩評注彙鈔》，臺北市，新興書局，民56。

47. 〔宋〕蘇軾撰《東坡題跋》，見楊家駱主編《宋人題跋》上，臺北市，世界書局，民81。

48. 〔宋〕郭茂倩編撰《樂府詩集》，臺北市，里仁書局，民88。

49. 〔宋〕李之儀撰《姑溪居士文集》，北京市，中華書局，1985。

50. 〔宋〕黃庭堅著、任淵注《山谷詩內外集注》，臺北市，學海出版社，民68。

51. 〔宋〕黃庭堅撰《豫章黃先生文集》，臺北市，臺灣商務印書館，民56。

52. 〔宋〕陳師道撰《後山居士詩話》，北京市，中華書局，1985。

53. 〔宋〕張耒撰《張右史文集》，見王雲五主編《四部叢刊・初編・集部》5冊，臺北市，臺灣商務印書館，民56。

54. 〔宋〕李廌撰《師友談記》，見永瑢、紀昀等撰《欽定四庫全書》863冊，上海市，上海古籍出版社，1987。

55. 〔宋〕韓駒撰《陵陽集》，見永瑢、紀昀等撰《欽定四庫全書》1133冊，上海市，上海古籍出版社，1987。

56. 〔宋〕葉少蘊（夢得）撰《石林詩話》，見何文煥編訂《歷代詩話》，臺北縣，藝文印書館，民60。

57. 〔宋〕王灼撰《碧雞漫志》，上海師範大學古籍整理研究所編，朱易安等主編《全宋筆記》，鄭州市，大象出版社，2008。

58. 〔宋〕包恢撰《敝帚藁略》，臺北市，臺灣商務印書館，民61。

59. 〔宋〕胡仔纂集《苕溪漁隱叢話》，臺北市，長安出版社，民67。

60. 〔宋〕曾季貍撰《艇齋詩話》，臺北市，廣文書局，民60。

61. 〔宋〕張戒撰《歲寒堂詩話》，北京市，中華書局，1985。

62. 〔宋〕朱弁撰《風月堂詩話》，臺北市，廣文書局，民 62。

63. 〔宋〕胡銓撰《胡澹庵先生文集》，臺北市，漢華文化事業，民 59。

64. 〔宋〕陸游著、錢仲聯校注《劍南詩稿校注》 上海市，上海古籍出版，1985。

65. 〔宋〕朱熹集註《詩集傳》，臺北市，臺灣中華書局，民 59。

66. 〔宋〕朱熹撰《楚辭集注》，臺北市，華正書局，民 63。

67. 〔宋〕朱熹撰《朱子文集》，北京市，中華書局，1985。

68. 〔宋〕陳造撰《江湖長翁集》，上海市，上海古籍出版社，1987。

69. 〔宋〕呂祖謙奉敕編《宋文鑑》，見永瑢、紀昀等撰《欽定四庫全書》1351 冊，上海市，上海古籍出版社，1987。

70. 〔宋〕呂祖謙評《古文關鍵》，臺北市，鴻學出版事業，民 78。

71. 〔宋〕樓鑰撰《攻媿集》，臺北市，新文豐出版公司，民 73。

72. 〔宋〕姜夔撰《白石道人詩說》，見何文煥編訂《歷代詩話》，臺北縣，藝文印書館，民 60。

73. 〔宋〕姜夔撰《白石道人詩集》，北京市，中華書局，1985。

74. 〔宋〕吳子良撰《荊溪林下偶談》，見永瑢、紀昀等撰《欽定四庫全書》1481 冊，上海市，上海古籍出版社，1987。

75. 〔宋〕張鎡《仕學規範》，見永瑢、紀昀等撰《欽定四庫全書》875 冊，上海市，上海古籍出版社，1987。

76. 〔宋〕真德秀編《文章正宗》，永瑢、紀昀等撰《欽定四庫全書》1355 冊，上海市，上海古籍出版社，1987。

77. 〔宋〕劉克莊撰《後村集》，上海市，上海古籍出版社，1987。

78. 〔宋〕何谿汶撰《竹莊詩話》，臺北市，臺灣商務印書館，民 59。

79. 〔宋〕嚴羽著《滄浪詩話》，見何文煥編訂《歷代詩話》，臺北縣，藝文印書館，民 60。

80. 〔宋〕魏慶之編《詩人玉屑》，臺北市，佩文書社，民 49。

81. 〔金〕趙秉文撰《滏水集》，見吳重熹輯《九金人集》，臺北市，成文出版社，民 56。

82. 〔金〕王若虛撰《滹南遺老集》，臺北市，新文豐出版公司，民 73。

83. 〔金〕劉祁撰《歸潛志》，臺北市，華文書局，民 57。

84. 〔元〕郝經撰《陵川集》，臺北市，臺灣商務印書館，民 62。

85. 〔元〕方回撰《桐江續集》，臺北市，臺灣商務印書館，民 59。

86. 〔元〕劉壎撰《水雲村稿》，臺北市，臺灣商務印書館，民 62。

87. 〔元〕楊載著《詩法家數》,見何文煥編訂《歷代詩話》,臺北縣,藝文印書館,民 60。

88. 〔元〕虞集撰《道園學古錄》,臺北市,臺灣商務印書館,民 57。

89. 〔元〕蘇天爵編《元文類》,臺北市,世界書局,民 51。

90. 〔元〕楊維禎撰《東維子文集》,見王雲五主編《四部叢刊‧初編‧集部》79 冊,臺北市,臺灣商務印書館,民 56。

91. 〔元〕施耐庵著、金聖嘆批《水滸傳》,臺北市,三民書局,民 59。

92. 〔元〕施耐庵、羅貫中著;李泉、張永鑫校注《水滸全傳》,四川省成都市,四川文藝出版社,1990。

93. 〔元〕辛文房撰《唐才子傳》,臺北市,世界書局,民 59。

94. 〔元〕范德機著《木天禁語》,見何文煥編訂《歷代詩話》,臺北縣,藝文印書館,民 60。

95. 〔明〕宋濂撰《宋學士全集》,北京市,中華書局,1985。

96. 〔明〕宋濂撰《宋文憲全集》,見王雲五主編《四部叢刊‧初編‧集部》88 冊,臺北市,臺灣商務印書館,民 56。

97. 〔明〕羅貫中編《三國志通俗演義》,臺北市,天一出版社,民 74。

98. 〔明〕王禕著《王忠文公集》,北京市,中華書局,1985。

99. 〔明〕高棅編選《唐詩品彙》,臺北市,學海出版社,民 72。

100. 〔明〕吳訥等著《文體序說三種》,臺北市,大安出版社,1998。

101. 〔明〕李東陽撰《懷麓堂稿》,臺北市,臺灣學生書局,民 64。

102. 〔明〕李東陽撰《麓堂詩話》,見丁福保編訂《歷代詩話續編》,臺北市,木鐸出版社,民 73。

103. 〔明〕李夢陽撰《空同先生集》,臺北市,偉文圖書出版社,民 65。

104. 〔明〕王廷相撰《王氏家藏集》,臺北市,偉文圖書出版社,民 65。

105. 〔明〕徐禎卿撰《談藝錄》,見何文煥編訂《歷代詩話》,臺北縣,藝文印書館,民 60。

106. 〔明〕朱承爵著《存餘堂詩話》,何文煥編訂《歷代詩話》,臺北縣,藝文印書館,民 60。

107. 〔明〕謝臻撰《四溟詩話》,北京市,中華書局,1985。

108. 〔明〕王世貞撰《藝苑卮言》,見丁福保編訂《歷代詩話續編》,臺北市,木鐸出版社,民 72。

109. 〔明〕王世貞撰《曲藻》,見楊家駱主編《歷代史詩長篇二輯》四,臺北市,中國學典館復館籌備處出版,鼎文書局經銷,民 63。

110. 〔明〕王驥德撰《曲律》 見楊家駱主編《歷代史詩長篇二輯》四，臺北市，中國學典館復館籌備處出版，鼎文書局經銷，民 63。

111. 〔明〕唐順之撰《荊川先生文集》，見王雲五主編《四部叢刊・初編・集部》85 冊，臺北市，臺灣商務印書館，民 56。

112. 〔明〕胡應麟撰《詩藪》，臺北市，廣文書局，民 62。

113. 〔明〕袁宗道著《白蘇齋類集》，上海市，上海古籍出版社，1989。

114. 〔明〕許學夷撰《詩源辯體》，續修四庫全書編纂委員會編《續修四庫全書》1696 冊，上海市，上海古籍出版社，1995。

115. 〔明〕袁宏道撰《袁中郎文集》，臺北市，世界書局，民 53。

116. 〔明〕胡震亨著《唐音癸籤》，臺北市，世界書局，民 59。

117. 〔明〕袁中道著《珂雪齋集》，上海市，上海古籍出版社，1989。

118. 〔明〕馮夢龍撰《醒世恆言》，臺北市，河洛圖書出版社，民 69。

119. 〔明〕鍾惺著《隱秀軒集》，上海市，上海古籍出版，1992。

120. 〔明〕屠隆撰《白榆集》，臺北市，偉文圖書出版社，民 66。

121. 〔明〕屠隆撰《由拳集》，見王水照編《歷代文話》第三冊，上海市，復旦大學出版社，2007。

122. 〔明〕艾南英撰《天傭子集》，臺北市，藝文印書館，民 69。

123. 〔明〕譚元春撰《譚友夏合集》，臺北市，偉文圖書出版社，民 65。

124. 〔明〕毛坤撰《茅鹿門文集》，見續修四庫全書編纂委員會編《續修四庫全書》上海市，上海古籍出版社，1995。

125. 〔明〕陸時雍撰《詩鏡總論》，見丁福保編訂《歷代詩話續編》，臺北市，木鐸出版社，民 73。

126. 〔清〕錢謙益著《牧齋初學集》，上海市，上海古籍出版社，1985。

127. 〔清〕錢謙益著《牧齋有學集》，見續修四庫全書編纂委員會編《續修四庫全書》1391 冊，上海市，上海古籍出版社，1995。

128. 〔清〕傅山撰《霜紅龕集》，臺北市，漢華文化事業，民 60。

129. 〔清〕李漁著《閒情偶寄》，見楊家駱主編《歷代詩史長編二輯》七，臺北市，中國學典館復館籌備處出版，鼎文經銷，民 63。

130. 〔清〕李漁著《李漁全集》，臺北市，成文出版社，民 59。

131. 〔清〕黃宗羲撰《南雷文定》，北京市，中華書局，1985。

132. 〔清〕吳喬撰《圍爐詩話》，臺北市，廣文書局，民 58。

133. 〔清〕顧炎武撰《日知錄》，臺北市，臺灣商務印書館，民 54。

134. 〔清〕尤侗撰《西堂雜俎》，臺北市，廣文書局，民 59。

135. 〔清〕王夫之譔《薑齋詩話》，丁福保編訂《清詩話》，臺北市，藝文印書館，民54。

136. 〔清〕魏禧撰《魏叔子文集》，見續修四庫全書編纂委員會編《續修四庫全書》1048冊，上海市，上海古籍出版社，1995。

137. 〔清〕汪琬著、李聖華箋校《汪琬全集箋校》，北京市，人民文學出版社，2010。

138. 〔清〕葉燮著《原詩》，見丁福保編訂《清詩話》，臺北市，藝文印書館，民54。

139. 〔清〕康熙四十五年敕編《全唐詩》，臺北市，復興書局，民50。

140. 〔清〕永瑢等著《四庫全書總目提要》，臺北市，臺灣商務印書館，民54。

141. 〔清〕王貽上（士禎）撰《漁洋詩話》，見丁福保編訂《清詩話》，臺北市，藝文印書館，民54。

142. 〔清〕蒲松齡著、王貽上評、呂湛清註《聊齋誌異評註》，臺北市，新文豐出版公司，民68。

143. 〔清〕姚際恆撰《詩經通論》，臺北市，廣文書局，民50。

144. 〔清〕方苞撰《望溪文集》，臺北市，臺灣中華書局，民61。

145. 〔清〕沈德潛著《說詩晬語》，見丁福保編訂《清詩話》，臺北市，藝文印書館，民54。

146. 〔清〕沈德潛選注《唐詩別裁》，臺北市，臺灣商務印書館，民54。

147. 〔清〕沈德潛選《清詩別裁》，臺北市，臺灣商務印書館，民54。

148. 〔清〕薛雪撰《一瓢詩話》，見續修四庫全書編纂委員會編《續修四庫全書》1701冊，上海市，上海古籍出版社，1995。

149. 〔清〕黃圖珌撰《看山閣集閒筆》，楊家駱主編《歷代史詩長篇二輯》七，臺北市中國學典館復館籌備處出版鼎文書局經銷，民63。

150. 〔清〕劉大櫆撰《論文偶記》，見王水照編《歷代文話》第四冊，上海市，復旦大學出版社，2007。

151. 〔清〕朱仕琇撰《朱梅崖文譜》，見王水照編《歷代文話》第五冊，上海市，復旦大學出版社，2007。

152. 〔清〕袁枚撰《小倉山房詩文集》，臺北市，臺灣中華書局，民55。

153. 〔清〕袁枚撰《隨園詩話》，臺北市，廣文書局，民60。

154. 〔清〕姚鼐撰《惜抱軒全集》，臺北市，世界書局，民56。

155. 〔清〕翁方綱撰《復初齋文集》，臺北縣永和市，文海出版社，民58。

156. 〔清〕董誥等編《全唐文》，上海市，上海古籍出版社，1990。

157. 〔清〕惲敬撰《大雲山房全集》，臺北市，臺灣中華書局，民61。

158. 〔清〕嚴可均校輯《全上古三代秦漢三國六朝文》，北京市，中華書局，1958。

159. 〔清〕焦循撰《花部農譚》，見楊家駱主編《歷代詩史長編二輯》八，臺北市中國學典館復館籌備處出版，鼎文經銷，民63。

160. 〔清〕舒位撰《乾嘉詩壇點將錄》，見續修四庫全書編纂委員會編《續修四庫全書》1705 冊，上海市，上海古籍出版社，1995。

161. 〔清〕潘德輿撰《養一齋詩話》，見續修四庫全書編纂委員會編《續修四庫全書》1706 冊，上海市，上海古籍出版社，1995。

162. 〔清〕何紹基著《東洲草堂文集》，臺北縣永和市，文海出版社，民62。

163. 〔清〕吳敏樹撰《柈湖集》，見續修四庫全書編纂委員會編《續修四庫全書》1534 冊，上海市，上海古籍出版社，1995。

164. 〔清〕曾國藩撰《曾文正公詩文集》，臺北市，臺灣商務印書館，民57。

165. 〔清〕曾國藩著《曾國藩家書家訓日記》，北京市，北京古籍出版社，1994。

166. 〔清〕吳重憙輯《九金人集》，臺北市，成文出版社，民56。

167. 〔清〕吳雷發著《說詩菅蒯》　見丁福保編訂《清詩話》，臺北市，藝文印書館，民54。

168. 〔清〕顧龍振編輯《詩學指南》，臺北市，廣文書局，民62。

169. 〔清〕吳曾祺著《涵芬樓文談》，臺北市，臺灣商務印書館，民57。

170. 〔清〕王國維撰《宋元戲曲攷》，臺北縣板橋市，藝文印書館，民63。

171. 〔現代〕黃節編著《詩學》，臺北縣深坑鄉，學海出版社，民88。

172. 〔現代〕丁福保編訂《歷代詩話續編》，臺北市，木鐸出版社，民72。

173. 〔現代〕丁福保編訂《清詩話》，臺北市，藝文印書館，民54。

174. 〔現代〕劉師培著《中古中國文學史》，臺北市，鼎文書局，民66。

175. 〔現代〕黃侃著《文心雕龍札記》，臺北市，新文豐出版，民68。

176. 〔現代〕胡適著《五十年來中國之文學》，臺北市，遠流出版事業，1986。

177. 〔現代〕屈萬里撰《詩經詮釋》，臺北市，聯經出版事業公司，民72。

178. 〔現代〕紀念元好問八百年誕辰學術研討會籌備會主編《元好問研究資料彙編》上，臺北市，文史哲出版社，民79。

179. 〔現代〕郭紹虞主編《中國歷代文學論著精選》三冊，臺北市，華正書局，1991。

180. 〔現代〕郭紹虞主編《中國歷代文論選》四冊，上海，上海古籍出版，1979。

181. 〔現代〕郭紹虞校輯《宋詩話輯佚》，臺北市，哈佛燕京學社，民 61。

182. 〔現代〕逯欽立輯校《先秦漢魏晉南北朝詩》，臺北市，文光出版社，民 63。

183. 〔現代〕賈文昭主編《中國古代文論類編》三冊，福州，海峽文藝出版社，1988。

184. 〔現代〕曾棗莊、劉琳主編《全宋文》，四川省，巴蜀書社，1988。

185. 〔現代〕王水照編《歷代文話》，上海市，復旦大學出版社，2007。

（二）書法類（以撰著者朝代先後排序）

1. 〔漢〕許慎著、段玉裁注《說文解字注》，板橋鎮，藝文印書館，民 55。

2. 〔晉〕衛恆《四體書勢》，見〔唐〕房玄齡等撰《晉書》，臺北市，鼎文書局，民 68。

3. 〔唐〕孫虔禮《書譜序》，臺北市，國立故宮博物院，民 76。

4. 〔唐〕張懷瓘《書斷》，見楊家駱主編《唐人書學論著》，臺北市，世界書局，民 64。

5. 〔唐〕竇臮撰、竇蒙注《述書賦》，見楊家駱主編《唐人書學論著》，臺北市，世界書局，民 64。

6. 〔唐〕張彥遠集《法書要錄》，見楊家駱主編《唐人書學論著》，臺北市，世界書局，民 64。

7. 〔唐〕韋續編纂《墨藪》，見楊家駱主編《唐人書學論著》，臺北市，世界書局，民 64。

8. 〔唐〕懷素書《自敘》，臺北市，國立故宮博物院，民 92。

9. 〔宋〕蘇訟撰《魏公題跋》，臺北市，世界書局，民 81。

10. 〔宋〕蘇軾撰《東坡題跋》，見楊家駱主編《宋人題跋》上，臺北市，世界書局，民 81。

11. 〔宋〕朱長文撰《墨池篇》，見永瑢、紀昀等撰《欽定四庫全書》812 冊，上海市，上海古籍出版社，1987。

12. 〔宋〕釋惠洪撰《石門題跋》，見楊家駱主編《宋人題跋》，臺北市，世界書局，民 81。

13. 〔宋〕黃庭堅撰《山谷題跋》，見楊家駱主編《宋人題跋》上，臺北市，世界書局，民 81。

14. 〔宋〕黃伯思撰《宋本東觀餘論》，北京，新華書店北京發行所，1988。

15. 〔宋〕米芾撰《寶章待訪錄》，見楊家駱主編《宋元人書學論著》，臺北市，世界書局，民 61。

16. 〔宋〕米芾撰《書史》，見楊家駱主編《宋元人書學論著》，臺北市，世界書局，民 61。

17. 〔宋〕米芾撰《海岳名言》，見楊家駱主編《宋元人書學論著》，臺北市，世界書局，民 61。

18. 〔宋〕米芾撰《寶晉英光集》，北京市，中華書局，1985。

19. 〔宋〕宣和間官修《宣和書譜》，見楊家駱主編《宣和書譜》，臺北市，世界書局，民 64。

20. 〔宋〕高宗撰《翰墨志》，見楊家駱主編《宋元人書學論著》，臺北市，世界書局，民 61。

21. 〔宋〕《岳飛書前後出師表》，西安，五丈原諸葛廟，1985。

22. 〔宋〕陳櫑撰《負暄野錄》，見楊家駱主編《宋元人書學論著》，臺北市，世界書局，民 61。

23. 〔宋〕姜夔撰《續書譜》，見楊家駱主編《宋元人書學論著》，臺北市，世界書局，民 61。

24. 〔宋〕陳思《書苑菁華》，見〔清〕永瑢、紀昀等撰《欽定四庫全書》814 冊，上海市，上海古籍出版社，1987。

25. 〔宋〕陳思撰《書小史》，見楊家駱主編《宋元人書學論著》，臺北市，世界書局，民 61。

26. 〔宋〕董更撰《書錄》，見永瑢、紀昀等撰《欽定四庫全書》814 冊，上海市，上海古籍出版社，1987。

27. 〔宋〕朱熹撰《晦菴題跋》，見楊家駱主編《宋人題跋》下，臺北市，世界書局，民 81。

28. 〔元〕鄭杓述、劉有定釋《衍極》，見楊家駱主編《宋元人書學論著》，臺北市，世界書局，民 61。

29. 〔元〕李溥光撰《雪庵字要》，臺北市，臺灣商務印書館，民 64。

30. 〔元〕陳繹曾撰《翰林要訣》，見楊家駱主編《宋元人書學論著》，臺北市，世界書局，民 61。

31. 〔元〕陳繹曾撰《翰林要訣》，見馮武編《書法正傳》，臺北市，臺灣商務印書館，民 59。

32. 〔元〕無名氏撰《書法三昧》，見馮武編《書法正傳》，臺北市，臺灣商務印書館，民 59。

33. 〔元〕吾丘衍撰《學古篇》，見楊家駱主編《篆刻學》，臺北市，世界書店，民 62。

34. 〔明〕王紱撰《論書》，見崔爾平選編《明清書法論文選》，上海，上海書店，1994。

35. 〔明〕解縉撰《春雨雜述》，見楊家駱主編《明人書學論著》，臺北市，世界書局，民 62。

36. 〔明〕楊慎撰《墨池璅錄》，見永瑢、紀昀等撰《欽定四庫全書》816 冊，上海市，上海古籍出版社，1987。

37. 〔明〕豐坊撰《書訣》，見楊家駱主編《明人書學論著》，臺北市，世界書局，民 62。

38. 〔明〕何良俊撰《四友齋書論》，見楊家駱主編《明人書學論著》，臺北市，世界書局，民 62。

39. 〔明〕王世貞撰《弇州四部稿‧藝苑巵言‧說部》，臺北市，偉文圖書出版社，民 65。

40. 〔明〕費瀛撰《大書長語》，見續修四庫全書編纂委員會編《續修四庫全書》1065 冊，上海市，上海古籍出版社，1995。

41. 〔明〕項穆撰《書法雅言》，見楊家駱主編《明人書學論著》，臺北市，世界書局，民 62。

42. 〔明〕趙宧光撰《寒山帚談》，見楊家駱主編《明人書學論著》，臺北市，世界書局，民 62。

43. 〔明〕汪挺撰《法書粹言》，見楊家駱主編《明人書學論著》，臺北市，世界書局，民 62。

44. 〔明〕張紳撰《法書通釋》，見楊家駱主編《明人書學論著》，臺北市，世界書局，民 62。

45. 〔明〕董其昌著《畫禪室隨筆》，臺北市，廣文書局，民 66。

46. 〔明〕趙宧光撰《寒山帚談》，見楊家駱主編《明人書學論著》，臺北市，世界書局，民 62。

47. 〔明〕李日華撰《紫桃軒雜綴》，見華人德主編《歷代筆記書論彙編》，南京市，江蘇教育出版社，1996。

48. 〔明〕李日華撰《六研齋筆記》，臺北市，臺灣商務印書館，民 66。

49. 〔明〕李日華撰《竹懶書論》，見崔爾平選編《明清書法論文選》，上海，上海書店，1994。

50. 〔明〕湯臨初撰《書指》，見倪濤撰《六藝之一錄》27 冊，臺北市，臺灣商務印書館，民 59。

51. 〔明〕黃道周撰《石齋書論》，見崔爾平選編《明清書法論文選》，上海，上海書店，1994。

52. 〔明〕倪後瞻撰《倪氏雜著筆法》，見崔爾平選編《明清書法論文選》，上海，上海書店，1994。

53. 〔明〕宋曹撰《法書約言》，見楊家駱主編《明人書學論著》，臺北市，世界書局，民 62。

54. 〔清〕傅山撰《雙紅龕集》，臺北市，文史哲出版社，民 75。

55. 〔清〕馮班撰《鈍吟書要》，見楊家駱主編《清人書學論著》，臺北市，世界書局，民 61。

56. 〔清〕馮武編《書法正傳》，臺北市，臺灣商務印書館，民 59。

57. 〔清〕陳奕禧撰《綠陰亭集》，見崔爾平選編《明清書法論文選》，上海，上海書店，1994。

58. 〔清〕陳奕禧撰《隱綠軒題識》，北京市，中華書局，1985。

59. 〔清〕翁振翼撰《論書近言》，見崔爾平選編《明清書法論文選》，上海，上海書店，1994。

60. 〔清〕楊賓撰、楊霈編次《大瓢偶筆》，見崔爾平選編《歷代書法論文選續編》，上海，上海書畫出版社，1999。

61. 〔清〕陳玠撰《書法偶集》，見崔爾平選編《明清書法論文選》，上海，上海書店，1994。

62. 〔清〕王原祁等纂輯《佩文齋書畫譜》，北京市，中國書店，1984。

63. 〔清〕張廷相、魯一貞撰《玉燕樓書法》，見楊家駱主編《清人書學論著》，臺北市，世界書局，民 61。

64. 〔清〕王澍撰《竹雲題跋》，見永瑢、紀昀等撰《欽定四庫全書》684 冊，上海市，上海古籍出版社，1987。

65. 〔清〕王澍撰《虛舟題跋》，見續修四庫全書編纂委員會編《續修四庫全書》1067 冊，上海市，上海古籍出版社，1995。

66. 〔清〕王澍撰《翰墨指南》，崔爾平選編《明清書法論文選》，上海，上海書店，1994。

67. 〔清〕蔣和等撰《蔣氏遊藝秘錄九種》，見續修四庫全書編纂委員會編《續修四庫全書》1068 冊，上海市，上海古籍出版社，1995。

68. 〔清〕侯仁朔撰《侯氏書品》，見崔爾平選編《明清書法論文選》，上海，上海書店，1994。

69. 〔清〕張照撰《天瓶齋書畫題跋》，見《叢書集成三編之九》，臺北縣板橋鎮，藝文印書館，民 61。

70. 〔清〕梁同書撰《頻羅庵論書》，見楊家駱主編《清人書學論著》，臺北市，世界書局，民 61。

71. 〔清〕翁方綱撰《復初齋文集》，臺北縣永和市，文海出版社，民 58。

72. 〔清〕梁巘撰《評書帖》，見楊家駱主編《清人書學論著》，臺北市，世界書局，民 61。

73. 〔清〕王宗炎撰《論書法》，見楊家駱主編《清人書學論著》，臺北市，世界書局，民 61。

74. 〔清〕于令淓撰《方石書話》，見崔爾平選編《明清書法論文選》，上海，上海書店，1994。

75. 〔清〕鄒方鍔撰〈論書十則〉，見崔爾平選編《明清書法論文選》，上海，上海書店，1994。

76. 〔清〕朱履貞撰《書學捷要》，見楊家駱主編《清人書學論著》，臺北市，世界書局，民61。

77. 〔清〕錢泳撰《書學》，見《履園叢話》，臺北市，大立出版社，民71。

78. 〔清〕沈道寬撰《八法筌蹄》，見崔爾平選編《明清書法論文選》，上海，上海書店，1994。

79. 〔清〕包世臣撰《藝舟雙楫》，見楊家駱主編《清人書學論著》，臺北市，世界書局，民61。

80. 〔清〕康有爲撰《廣藝舟雙楫》，見楊家駱主編《近人書學論著》上，臺北市，世界書局，民73。

81. 〔清〕姚配中撰《書學拾遺》，見崔爾平選編《明清書法論文選》，上海，上海書店，1994。

82. 〔清〕胡元常撰《論書絕句六十首》，見崔爾平選編《明清書法論文選》，上海，上海書店，1994。

83. 〔清〕何紹基撰《東洲草堂書論鈔》，見崔爾平選編《明清書法論文選》，上海，上海書店，1994。

84. 〔清〕蘇惇元撰〈論書淺語〉，見崔爾平選編《明清書法論文選》，上海，上海書店，1994。

85. 〔清〕劉熙載撰《書概》，臺北市，廣文書局，民58。

86. 〔清〕朱和羹撰《臨池心解》，見楊家駱主編《清人書學論著》，臺北市，世界書局，民61。

87. 〔清〕周星蓮撰《臨池管見》，見楊家駱主編《清人書學論著》，臺北市，世界書局，民61。

88. 〔清〕楊守敬著《書學邇言》，臺北市，藝文印書館，民63。

89. 〔清〕姚孟起撰《字學臆參》，見華人德主編《歷代筆記書論彙編》，南京市，江蘇教育出版社，1996。

90. 〔清〕沈曾植撰《海日樓叢札》，臺北市，河洛圖書出版社，民67。

91. 〔清〕沈增植撰《海日樓書論》，見崔爾平選編《明清書法論文選》，上海，上海書店，1994。

92. 〔清〕張之屛撰《書法眞詮》，見崔爾平選編《明清書法論文選》，上海，上海書店，1994。

93. 〔清〕李瑞清著《清道人遺集》，臺北縣永和市，文海出版社，民58。

94. 〔現代〕余紹宋《書畫書錄解題》,臺北市,臺灣中華書局,民 69。

95. 〔現代〕馬宗霍編輯《書林藻鑑》,臺北市,臺灣商務印書館,民 54。

96. 〔現代〕楊家駱主編《唐人書學論著》,臺北市,世界書局,民 64。

97. 〔現代〕楊家駱主編《宋元人書學論著》,臺北市,世界書局,民 61。

98. 〔現代〕楊家駱主編《明人書學論著》,臺北市,世界書局,民 62。

99. 〔現代〕楊家駱主編《清人書學論著》上下,臺北市,世界書局,民 64。

100. 〔現代〕楊家駱主編《近人書學論著》上下,臺北市,世界書局,民 73。

101. 〔現代〕楊家駱主編《宋人題跋》上下,臺北市,世界書局,民 81。

102. 〔現代〕楊家駱主編《明清人題跋》上下,臺北市,世界書局,民 77。

103. 〔現代〕華正人(黃簡)編輯《歷代書法論文選》,臺北市,華正書局,民 73。

104. 〔現代〕洪丕謨編著《古典書法理論》,江蘇古籍出版社 1987。

105. 〔現代〕張超編《書論輯要》,北京,教育科學出版社,1988。

106. 〔現代〕崔爾平選編《明清書法論文選》,上海,上海書店,1994。

107. 〔現代〕華人德主編《歷代筆記書論彙編》,南京市,江蘇教育出版社,1996。

108. 〔現代〕崔爾平選編《歷代書法論文選續編》,上海,上海書畫出版社,1999。

109. 〔現代〕毛萬寶、黃君主編《中國古代書論類編》,合肥,安徽教育出版社,2009。

110. 〔現代〕鄭一增編《民國書論精選》,杭州市,西泠印社出版社,2011。

111. 〔現代〕華人德、朱琴編著《歷代筆記書論續編》,南京市,江蘇教育出版社,2012。

(三)相關類（以撰著者朝代先後排序）

1. 〔秦〕韓非撰、陳奇猷注《韓非子集釋》,臺北市,華正書局,民 64。

2. 〔秦〕呂不韋撰《呂氏春秋》,臺北市,臺灣中華書局,民 57。

3. 〔漢〕董仲舒著、蘇輿撰、鍾哲點校《春秋繁露義證》,北京市,中華書局,1992。

4. 〔漢〕賈誼撰《賈子新書》,臺北市,臺灣商務,民 57。

5. 〔漢〕司馬遷著《史記》,臺北市,建宏出版社,民 67。

6. 〔漢〕揚雄撰、〔晉〕李軌注《法言》,臺北市,臺灣中華書局,民 55。

7. 〔漢〕揚雄撰《揚子雲集》,見《文淵閣四庫全書》1063 冊,臺北市,臺灣商務印書館,民 72～。

8. 〔漢〕劉向編纂、高誘注《戰國策》，北京市，中華書局 1985。

9. 〔漢〕劉歆撰《西京雜記》，臺北市，臺灣商務印書館，民 68。

10. 〔漢〕桓譚撰、孫馮翼輯注《新論》，臺北市，臺灣中華書局，民 55。

11. 〔漢〕桓譚撰《新論》，見嚴可均校輯《全上古三代秦漢三國六朝文・全後漢文》，北京市，中華書局，1958。

12. 〔漢〕王充著《論衡》，北京市，中華書局，1985。

13. 〔漢〕班固撰、楊家駱主編《新校本漢書》，臺北市，鼎文書局，民 69。

14. 〔漢〕鄭玄注《周禮鄭氏注》，北京市，中華書局，1985。

15. 〔漢〕鄭玄注《禮記鄭注》，臺北市，新興書局，民 60。

16. 〔魏〕王弼等著《老子四種》，臺北市，大安出版社，民 88。

17. 〔魏〕王弼、韓康伯注、孔穎達疏《周易注疏》，臺北市，臺灣學生書局，民 56。

18. 〔魏〕王弼撰《周易略例》，臺北市，成文出版社，民 65。

19. 〔魏〕何晏撰《論語集解》，臺北市，成文出版社，民 55。

20. 〔吳〕韋昭注《國語》，見永瑢、紀昀等撰《欽定四庫全書》406 冊，上海市，上海古籍出版社，1987。

21. 〔晉〕葛洪《抱朴子內外篇》，北京市，中華書局，1985。

22. 〔晉〕陳壽撰、楊家駱主編《新校本三國志》，臺北市，鼎文書局，民 66。

23. 〔晉〕干寶撰《搜神記》，北京市，中華書局，1985。

24. 〔南朝宋〕范曄撰、楊家駱主編《新校本後漢書》，臺北市，鼎文書局，民 67。

25. 〔南朝宋〕劉義慶著、楊勇校箋《世說新語校箋》，臺北市，正文書局，民 81。

26. 〔北齊〕魏收撰、楊家駱主編《新校本魏書》，臺北市，鼎文書局，民 68。

27. 〔北齊〕顏之推撰《顏氏家訓》，臺北市，臺灣中華書局，民 57。

28. 〔梁〕沈約撰、楊家駱主編《新校本宋書》，臺北市，鼎文書局，民 68。

29. 〔梁〕蕭子顯撰、楊家駱主編《新校本南齊書》，臺北市，鼎文書局，民 67。

30. 〔唐〕房玄齡等撰《晉書》、楊家駱主編《新校本晉書》，臺北市，鼎文書局，民 68。

31. 〔唐〕李百藥撰、楊家駱主編《新校本北齊書》，臺北市，鼎文書局，民 67。

32. 〔唐〕魏徵、姚思廉同撰、楊家駱主編《新校本梁書》，臺北市，鼎文書局，民67。

33. 〔唐〕令狐德棻等撰、楊家駱主編《新校本周書》，臺北市，鼎文書局，民67。

34. 〔唐〕魏徵、姚思廉等撰、楊家駱主編《新校本陳書》，臺北市，鼎文書局，民67。

35. 〔唐〕李延壽撰、楊家駱主編《新校本北史》，臺北市，鼎文書局，民68。

36. 〔唐〕李延壽撰、楊家駱主編《新校本南史》，臺北市，鼎文書局，民68。

37. 〔唐〕魏徵等撰、楊家駱主編《新校本隋書》，臺北市，鼎文書局，民68。

38. 〔唐〕魏徵等撰《羣書治要》，北京市，中華書局，1985。

39. 〔唐〕歐陽詢等撰《藝文類聚》，臺北市，文光出版社，民63。

40. 〔唐〕釋法海著、丁福保箋註，《六祖壇經箋註》，臺北市，天華出版事業，1979。

41. 〔唐〕張九齡等撰、李林甫等注《唐六典》，見《文淵閣四庫全書》595冊，臺北市，臺灣商務印書館，民72。

42. 〔唐〕吳兢撰《貞觀政要》，臺北市，河洛圖書出版社，民64。

43. 〔唐〕劉知幾著、浦起龍通識《史通通釋》，揚州，江蘇廣陵古籍刻印社，1991。

44. 〔唐〕張彥遠撰《歷代名畫記》，臺北市，臺灣商務印書館，民64。

45. 〔唐〕釋法海著、丁福保箋註《六祖壇經箋註》，臺北市，維新書局，民66。

46. 〔唐〕劉肅撰《大唐新語》，北京市，中華書局，1985。

47. 〔唐〕劉餗撰《隋唐嘉話》，見《筆記小說大觀》十四編，臺北市，新興書局，民65。

48. 〔唐〕徐靈府、〔宋〕朱弁、杜道堅注《文子》，見續修四庫全書編纂委員會編《續修四庫全書》958冊，上海市，上海古籍出版社，1995。

49. 〔唐〕釋道世撰《法苑珠林》，上海市，上海古籍出版社，1987。

50. 〔後晉〕劉昫等撰、楊家駱主編《新校本舊唐書》，臺北市，鼎文書局，民67。

51. 〔宋〕周敦頤撰《周濂溪集》，北京市，中華書局，1985。

52. 〔宋〕釋惠洪撰《冷齋夜話》，見永瑢、紀昀等撰《欽定四庫全書》863冊，上海市，上海古籍出版社，1987。

53. 〔宋〕程顥、程頤撰《二程文集》，北京市，中華書局，1985。

54. 〔宋〕蔡絛撰《鐵圍山叢談》，見永瑢、紀昀等撰《欽定四庫全書》1037冊，上海市，上海古籍出版社，1987。

55. 〔宋〕費袞撰《梁谿漫志》，臺北市，廣文書局，民58。

56. 〔宋〕朱熹編《二程遺書》，見永瑢、紀昀等撰《欽定四庫全書》698冊，上海市，上海古籍出版社，1987。

57. 〔宋〕朱熹撰《四書集註》，臺北市，世界書局，民55。

58. 〔宋〕黎靖德編《朱子語類》，北京市，中華書局，1986。

59. 〔宋〕朱熹撰；朱傑人、嚴佐之、劉永翔主編《朱子全書》，上海市，上海古籍出版社，2002。

60. 〔宋〕楊時著《楊龜山先生全集》，臺北市，臺灣學生書局，民63。

61. 〔宋〕陸九淵撰《象山全集》，臺北市，臺灣中華書局，民55。

62. 〔宋〕陸九淵撰《象山先生全集》，臺北市，世界書局，民55。

63. 〔宋〕釋贊寧撰《宋高僧傳》，見永瑢、紀昀等撰《欽定四庫全書》1052冊，上海市，上海古籍出版社，1987。

64. 〔宋〕釋德洪撰《石門文字禪》，見王雲五主編《四部叢刊・初編・集部》56冊，臺北市，臺灣商務印書館，民56。

65. 〔宋〕程洵撰《克庵先生尊德性齋小集》，見續修四庫全書編纂委員會編《續修四庫全書》1318冊，上海市，上海古籍出版社，1995。

66. 〔宋〕王若欽等編《冊府元龜》，臺北市，臺灣中華書局，民61。

67. 〔宋〕王象之《輿地紀勝》，北京市，中華書局，1992。

68. 〔宋〕趙彥衛著《雲麓漫鈔》，北京市，中華書局，1985。

69. 〔宋〕葉庭珪撰《海錄碎事》，見永瑢、紀昀等撰《欽定四庫全書》921冊，上海市，上海古籍出版社，1987。

70. 〔宋〕朱弁撰《曲洧舊聞》，北京市，中華書局，1985。

71. 〔宋〕張邦基撰《墨莊漫錄》，北京市，中華書局，1985。

72. 〔宋〕費袞撰《梁谿漫志》，臺北市，廣文書局，民58。

73. 〔宋〕杜佑撰《通典》　臺北縣板橋鎮，藝文印書館，民？。

74. 〔宋〕葉夢得撰《避暑錄話》，北京市，中華書局，1985。

75. 〔元〕脫脫等撰、楊家駱主編《新校本金史》，臺北市，鼎文書局，民68。

76. 〔元〕蘇天爵撰《滋溪集》，上海市，上海古籍出版社，1987。

77. 〔元〕馬端臨撰《文獻通考》，臺北市，新興書局，民52。

78. 〔明〕薛瑄撰、〔日〕佐藤仁解題《讀書錄》，臺北市，廣文書局發行，日本京都市，中文出版社，民 64。

79. 〔明〕陳獻章著《白沙子全集》，臺北市，河洛圖書出版社，民 63。

80. 〔明〕李贄撰《焚書》，臺北縣樹林鎮，漢京文化事業，民 73。

81. 〔明〕張懋修撰《墨卿談乘》，見華人德主編《歷代筆記書論彙編》，南京市，江蘇教育出版社，1996。

82. 〔明〕董其昌撰《容臺集》（四），臺北市，國立中央圖書館，民 57。

83. 〔明〕趙釴著《鸕林子》，北京市，中華書局，1985。

84. 〔明〕李紹文撰《皇明世說新語》，見《明代傳記叢刊》22 冊，臺北市，明文書局，民 80。

85. 〔明〕李流芳撰《檀園集》，臺北市，臺灣學生書局，民 64。

86. 〔清〕黃宗羲撰《宋元學案》，臺北市，臺灣商務印書館，民 54。

87. 〔清〕清高宗敕編《祕殿珠林 石渠寶笈初編》，臺北市，國立故宮博物院，民 60。

88. 〔清〕清高宗敕編《祕殿珠林 石渠寶笈續編》，臺北市，國立故宮博物院，民 60。

89. 〔清〕新城王士禛撰《分甘餘話》，濟南市，山東大學出版社，2009。

90. 〔清〕屈大均撰、〔清〕潘未敍《廣東新語》，臺北市，廣文書局，民 67。

91. 〔清〕紀昀等著《欽定四庫全書總目》，臺北市，臺灣商務印書館，民 72。

92. 〔清〕永瑢等撰《四庫總目提要》，臺北市，臺灣商務印書館，民 54。

93. 〔清〕張廷玉等奉敕、楊家駱主編《新校本明史》，臺北市，鼎文書局，民 67。

94. 〔清〕段玉裁撰《經韻樓集》，見續修四庫全書編纂委員會編《續修四庫全書》1435 冊，上海市，上海古籍出版社，1995。

95. 〔清〕阮元撰《揅經室集》，臺北市，臺灣商務印書館，民 56。

96. 〔清〕翁方綱撰《復初齋文集》，臺北縣永和市，文海出版社，民 58。

97. 〔清〕歐陽兆熊、金安清撰《水窗春囈》，見華人德主編《歷代筆記書論彙編》，南京市，江蘇教育出版社，1996。

98. 〔清〕陳康祺撰《郎潛紀聞》，臺北縣永和市，文海出版社，民 59。

99. 〔清〕陳康祺撰《郎潛二筆》，臺北縣永和市，文海出版社，民 59。

100. 〔清〕劉熙載著《遊藝約言》，王水照編《歷代文話》第六冊，上海市，復旦大學出版社，2007。

101. 〔清〕王先謙集解《荀子集解》，臺北市，世界書局，民 54。

102. 〔清〕郭慶藩輯《莊子集釋》，臺北市，河洛圖書出版社，民 63。

103. 〔清〕汪繼培輯《尸子》，見續修四庫全書編纂委員會編《續修四庫全書》1121 冊，上海市，上海古籍出版社，1995。

104. 〔清〕葉昌熾《語石》，臺北市，臺灣商務印書館，民 59。

105. 〔現代〕屈萬里著《尚書釋義》，臺北市，華岡書局，民 57。

106. 〔現代〕張宏庸輯《陸羽全集》，桃園縣，茶學文學出版社，民 74。

107. 大藏經刊行會編《大正新修大藏經》，臺北市，新文豐出版公司，民 76。

二、現代論著（以出版年代先後排序）

（一）專門論著

（1）文學類

1. 何定生著《詩經今論》，臺北市，臺灣商務印書館，1966（民 55）。

2. 朱潤東等著《中國文學批評家與文學批評》四冊，臺北市，臺灣學生書局，1971。

3. M. H. Abrams 《The Mirror and the Lamp：ROMANTIC THEORY AND THE CRITICAL TRADITION》，臺北市，巨浪出版社，1976（民 65）。

4. 薛鳳昌著《文體論》，臺北市，臺灣商務印書館，1977（民 66）。

5. 郭紹虞著《中國文學批評史》，臺北市，盤庚出版社，1978（民 67）。

6. 田博元、周何主編《國學導讀叢編》，臺北市，康橋出版事業，1979（民 68）。

7. 祖保泉《司空圖詩品注釋及釋文》，臺北市，新文豐出版公司，1980（民 69）。

8. 劉若愚著、杜國清譯《中國文學理論》，臺北市，聯經出版事業，1981（民 70）。

9. 姜濤主編《中國文學欣賞全集》，臺北市，莊嚴出版社，1981（民 70）。

10. 金榮華著《比較文學》，臺北市，福記文化圖書有限公司，1982（民 71）。

11. 劉勰撰、周振甫注《文心雕龍注釋》，臺北，里仁書局，1984（民 73）。

12. 郭紹虞撰《照隅室古典文學論集》，臺北市，丹青圖書有限公司，1985（民 74）。

13. 《書學論集》，上海，上海書畫出版社，1985。

14. 黃景進撰述《滄浪詩話》，臺北市，金楓出版有限公司，1986。

15. 諶兆麟著《中國古代文論概要》，長沙，湖南文藝出版，1987。

16. 司空圖原作、陳國球導讀《二十四詩品》，臺北市，金楓出版有限公司，1987。

17. 華東師範大學研究所編《中國古代文論研究方法論集》,濟南,齊魯書社,1987。

18. 童慶炳主編《文學理論導引》,北京,高等教育出版社,1988。

19. 楊肇祖著《詩品校注》,臺北市,文史哲出版社,1988（民77）。

20. 袁行霈著《中國文學概要》,臺北市,五南圖書出版公司,1988（民77）。

21. 古代文學理論研究編委會編《古代文學理論研究》,上海,古籍出版社,1989。

22. 王濟亨、高仲章選注《司空圖選集注》,太原,山西人民出版社,1989。

23. 蔡鐘翔、黃保真、成復旺著《中國文學理論史》五冊,北京,北京出版社,1991。

24. 劉大杰著《中國文學發展史》,上海,上海古籍出版社,1997。

25. 霍松林主編《古代文論名篇詳註》,上海,上海古籍出版社,2002。

26. 徐中玉主編《古代文學理論研究》,上海,華東師範大學出版社,2003。

27. 張少康著《中國古代文學創作論》,臺北市,文史哲出版社,2004（民93）。

28. 張少康著《中國文學理論批評史》,北京,北京大學出版社,2005。

29. 朱志榮主編《中國古代文論名篇講讀》,北京,北京大學出版社,2006。

30. 張少康著《司空圖及其詩論研究》,北京,學苑出版社,2006。

31. 姚文放著《文學理論》,南京,江蘇教育出版社,2007。

32. 夏傳才著《古文論譯釋》上下冊,北京,清華大學出版社,2007。

33. 賴力行著《中國古代文論史》,長沙,湖南師範大學出版社,2009。

34. 劉金波、高文強、王杰泓著《中國古代文論範疇發生史》（三分冊:《禮記》卷、《老子》卷、《莊子》卷）,武漢,武漢大學出版社,2009。

35. 汪湧豪著《中國文學批評範疇十五講》,上海市,華東師範大學出版社,2010。

36. 〔德〕朴松山著、向開譯《中國的美學和文學理論》,上海市,華東師範大學出版社,2010。

37. 許鎮東主編《中國古代文論題解》,天津,南開大學出版社,2010。

38. 王一川著《文學理論》,北京市,北京大學出版社,2011。

39. 姚愛斌著《中國古代文體論思辨》,北京市,北京大學出版社,2012。

（2）書法類

1. 〔日〕赤塚忠等撰、于還素等譯《書道全集》,臺北市,大陸書局,1975～1989（民64～78）。

2. 朱建新《孫過庭書譜箋證》,臺北市,河洛圖書出版社,1975（民64）。

3. 沈尹默作《二王法書管窺》，臺北市，漢華文化事業，1978（民67）。

4. 史紫忱著《書法美學》，臺北縣板橋市，藝文印書館，1979（民68）。

5. 書傭（馬國權）《孫過庭書譜譯註》，臺北市，書畫家什誌社，1981（民70）。

6. 包世臣著《藝舟雙楫疏證》，臺北市，華正書局，1982（民71）。

7. 康有爲著《廣藝舟雙楫疏證》，臺北市，華正書局，1982（民71）。

8. 梁披雲主編《中國書法大辭典》，香港，書譜出版社，1984。

9. 華正人編輯《現代書法論文選》，臺北市，華正書局，1984（民73）。

10. 啓功主編《書法概論》，北京市，北京師範大學出版社，1986。

11. 孫過庭原作、王仁鈞撰述《書譜》，臺北市，金楓出版有限公司，1986。

12. 康有爲原作、龔鵬程導讀《廣藝舟雙楫》，臺北市，金楓出版有限公司，1987。

13. 〔日〕中田勇次郎著、盧永璘譯《中國書法理論史》，天津，天津古籍出版社，1987。

14. 熊秉明著《中國書法理論體系》　臺北縣，文帥出版社，1988（民77）。

15. 祝敏申主編《大學書法》，臺北市，丹青圖書公司，1988（民77）。

16. 侯鏡昶主編《書法美學卷》，江蘇，江蘇美術出版社，1988。

17. 沈尹默著、馬國權編《論書叢稿》，臺北市，華正書局，1989（民78）。

18. 唐復年著《金文鑑賞》，北京，北京燕山出版社，1991。

19. 陳振濂著《書法學綜論》，杭州市，浙江美術學院出版社，1991。

20. 陳振濂主編《書法學》上下，臺北市，建宏出版社，1994。

21. 朱仁夫著《中國古代書法史》，臺北市，淑馨出版社，1994（民83）。

22. 王鎮遠著《中國書法理論史》，合肥，黃山書社，1996。

23. 姜澄清著《中國書法思想史》，鄭州，河南美術出版社，1997。

24. 金學智著《中國書法美學》，南京，江蘇文藝出版社，1997。

25. 潘運告編著《張懷瓘書論》，長沙，湖南美術出版社，1997。

26. 毛萬寶著《書法美學論稿》，北京，中國文聯出版社，1999。

27. 歐陽中石等著《書法與中國文化》，北京，人民出版社，2000。

28. 劉默著《書法與其他藝術》，瀋陽，遼寧美術出版社，2001。

29. 叢文俊著《中國書法史・先秦卷》，南京，江蘇教育出版社，2002。

30. 華人德著《中國書法史：兩漢卷》，南京，江蘇教育出版社，2002。

31. 陳振濂編著《書法美學》，西安，陝西人民美術出版社，2002。

32. 劉正成、王睿主編《現代書家書論》，太原市，山西人民出版社，2003。

33. 葛承雍著《書法與文化十講》，北京，文物出版社，2007。

34. 邱振中主編《當代書法創作‧理想與批判》，北京，中國人民大學出版社，2007。

35. 周睿著《儒學與書道》：清代碑學的發展與建構，北京，榮寶齋出版社，2008。

36. 金學智、沈海牧著《書法美學引論——新二十四品探析》，長沙，湖南美術出版社，2009。

37. 陳志椿、侯富儒著《中國傳統審美文化》，杭州，浙江大學出版社，2009。

38. 陳方既著《中國書法美學思想史》，鄭州，河南美術出版社，2009。

39. 王家葵著《近代書林品藻錄》，濟南，山東畫報出版社，2009。

40. 葉鵬飛著《書法與詩詞十講》，北京，文物出版社，2009。

41. 張天弓著《張天弓先唐書學考辨文集》，北京，榮寶齋出版社，2009。

42. 陳方既著《中國書法美學思想史》，鄭州，河南美術出版社，2009。

43. 傅如明編著《中國古代書論選讀》，西安，陝西人民美術出版社，2011。

44. 喬志強編著《中國古代書法理論解讀》，上海，上海人民美術出版社，2012。

45. 王世征著《歷代書論名篇解析》，北京市，文物出版社，2012。

（3）相關類

1. 熊十力著《新唯識論》，見《民國叢書》第二編 8，上海書店據商務印書館 1947 年版影印。

2. 侯外廬、趙紀彬、杜國庠著《中國思想通史》，北京，人民出版社，1957。

3. 董作賓著《甲骨文斷代研究例》，臺北市，中央研究院歷史語言研究所，1965（民 54）。

4. 郭沫若著《殷契萃編》，北京，科學出版社，1965。

5. 楊伯峻編著《論語譯注》，臺北市，明倫出版社，1971（民 60）。

6. 林尹、高明主編《中文大辭典》，臺北市，中國文化大學，1973（民 62）。

7. 聞一多撰《神話與詩》，臺中市，藍燈文化事業，1975（民 64）。

8. 王忠林譯註《新譯荀子讀本》，臺北市，三民書局，1977（民 66）。

9. 熊鈍生主編《辭海》，臺北市，台灣中華書局，1980（民 69）。

10. 勞思光著《中國哲學史》，香港，香港中文大學榮基學院，1980。

11. 宗白華著《美學散步》，上海，上海人民出版社，1981（2007 重印）。

12. 楊伯峻著《春秋左傳注》，臺北市，源流文化事業，1982（民 71）。

13. 楊伯峻著《孟子譯注》，臺北市，源流文化事業，1982（民 71）。

14. 葉朗著《中國美學史大綱》，上海，上海人民出版社，1985（2007 重印）。

15. 王更生注譯《文心雕龍讀本》，臺北市，文史哲出版社，1986（民 75）。

16. 李澤厚著《美的歷程》，板橋市，蒲公英出版社，1986（民 75）。

17. 李澤厚、劉綱紀主編《中國美學史》上下，中和市，谷風出版社，1986。

18. 朱光潛著《談美》，臺南市，信宏出版社，1987（民 76）。

19. 宗白華著《美從何處尋》，臺北縣板橋市，駱駝出版社，1987（民 76）。

20. 李澤厚著《華夏美學》，香港，三聯書局，1988。

21. 李澤厚著《美學四講》，香港，三聯書局，1989。

22. 黃永武著《字句鍛鍊法》，臺北市，洪範書局，1989（民 78）。

23. 黃慶萱著《修辭學》，臺北市，三民書局，1989（民 78）。

24. 童慶炳著《中國古代心理學與美學》，臺北市，萬卷樓發行，1994（民 83）。

25. 李永春主編《實用中醫辭典》，臺北市，知音出版社，1996（民 85）。

26. 陳鼓應註譯《莊子今註今譯》，臺北市，臺灣商務印書館，1999（民 88）。

27. 黃壽祺、張善文撰《周易譯註》，北縣土城市，頂淵，2000（民 89）。

28. 張嘉文主編《辭海》，臺北縣土城市，鐘文出版社，2000（民 89）。

29. 國立編譯館主編、何淑貞校注《新編抱朴子・外篇》，臺北市，國立編譯館，2002（民 91）。

30. 劉國忠、黃振萍主編《中國思想史參考資料集——隋唐至清卷》，北京，清華大學出版社，2004。

31. 尤煌傑著《美學基本原理：士林哲學的美學原理建構》，臺北市，哲學與文化月刊社，2004（民 93）。

32. 彭林、黃樸民主編《中國思想史參考資料集——先秦至魏晉南北朝卷》，北京，清華大學出版社，2005。

33. 陳鼓應註譯《老子今註今譯及評介》，臺北市，臺灣商務印書館，2007（民 96）。

34. 李叔同著、行癡編《李叔同談藝》，臺北縣新店市，八方出版社，2008。

35. 葉朗著《美學原理》，北京市，北京大學出版社，2009。

36. 黃峰著《中國古代書論與文論的關係研究》，武漢，華中師範大學出版社，2009。

37. 李翔得、鄭欽鏞著《中國美學史話》，太原，山西人民出版社，2010。

38. 〔德〕朴松山著、向開譯《中國的美學和文學理論》，上海，華東師範大學出版社，2010。

39. 周積寅、陳世寧主編《中國古典藝術理論輯注》，南京，東南大學出版社，
2010。

40. 周彥文著《中國文獻學理論》，臺北市，臺灣學生書局，2011。

41. 朱光潛著《朱光潛講美學》，南京，鳳凰出版社，2011。

42. 傅佩榮著《逍遙之樂——傅佩榮談《莊子》》，臺北市，天下遠見出版社，
2013。

（二）單篇文章（以出版年代先後排序）

（1）文學類

1. 王涵〈韓愈的「文統」論〉，見《北京大學學報》（哲學社會科學版）1994
年第六期。

2. 楊忠謙〈《詩經》比興淺談〉，見《雁北師院學報》1995 年第 2 期。

3. 許伯卿〈《詩經》比興探源〉，見《中國韻文學刊》1997 年第 1 期。

4. 黃桂鳳〈《詩經》比興的分類〉，見《玉林師專學報》第 20 卷第 4 期，1999
年。

5. 羅立剛〈論歐蘇文人集團對「文統」建設的貢獻〉，見《中國文學研究》
1999 年第 3 期，（頁 51～55）。

6. 李致誼〈司空圖《二十四詩品》之美學〉，見《第六屆南區五校中國文學
系研究生論文研討會》2000 年 4 月。

7. 金秀平〈古代帝王與文學〉，見《湖北汽車工業學院學報》第 14 卷第 3
期 2000 年 9 月。

8. 羅立剛〈宋代「文統」觀論綱〉，見《求索》2001 年第 5 期。

9. 王基倫〈歐蘇散文創作與接受活動的考察〉，見《東華學報》創刊號 2003
年 2 月。

10. 李宜蓬〈試探吳澄的文統論〉，見《牡丹江示範學院學報》（哲學社會科
學版）2005 年 4 月。

11. 錢志熙的〈再論古代文學文體學的內涵與方法〉，見《中山大學學報》社
會科學版 2005 年第 3 期。

12. 祝尚書〈論宋代理學家的「新文統」〉，見《文學遺產》2006 年第 4 期。

13. 劉達科〈金代科舉對文學的影響〉，見《江蘇大學學報（社會科學版）》
2007 年 3 月第 9 卷第 2 期。

14. 黃寶炬〈韓愈散文的遊戲質素〉，見《義守大學通識教育中心人文與社會》
學報第 1 卷第 10 期，2007 年 7 月。

15. 顏崑陽〈論「文體」與「文類」的涵義及其關係〉，見《清華中文學報》
第一期，2007 年（民 96）9 月。

16. 張濤〈明末科舉文風的文學效應〉，見《南京師大學報（社會科學版)》2007 年 9 月第 5 期。

17. 翟廣順〈歐陽脩的科舉仕途與嘉祐貢舉革新〉，見《綿陽師範學院學報》2007 年 12 月第 26 卷第 12 期。

18. 溫志拔〈東漢文章的文統與文氣論略〉，見《福建師範大學福清分校學報》2008 年第 1 期，總第 84 期。

19. 吳振華〈「序」體溯源及先唐詩序的流變歷程〉，見《學術月刊》2008 年 1 月第 40 期 1 月號。

20. 張鈞莉〈個性與風格——曹丕文氣說的審美主體與審美對象觀〉，見《中原華語文學報》2008（民國 97）第 2 期。

21. 楊靜芬《詩經·鄭風》新解，《國立虎尾科技大學學報》 第二十八卷第四期，2009（民 98）12 月。

22. 陳秀美〈從「文體」觀念論文體與文類混淆的文學現象〉，見《空大人文學報》第 18 期，2009 年（民 98）12 月。

23. 蔣寅〈權德輿與唐代贈序文體之確立〉，見北京大學學報（哲學社會科學版）2010 年 3 月第 47 卷第 2 期。

24. 白顯鵬〈南北地域對中國古代文學發展的影響〉，見《內蒙古民族大學學報》2010 年 3 月第 36 卷，第 2 期。

25. 季桂起〈『道統』、『文統』的失範與異端的興起——試論明代中葉文學觀念的變革〉見《德州學院學報》2011 年 6 月第 27 期第 3 卷。

26. 李春青〈中國文論中「文統」觀念的文化淵源〉，見《文學評論》2011 年第 2 期。

27. 林春虹《《唐宋八大家文鈔》與茅坤的文統觀〉，見《宜賓學苑學報》2011 年 10 月，第 11 卷第 10 期。

28. 羅書華〈唐宋派與中國文統的建立〉，見《學習與探索》2012 年第五期，總第 202 期。

29. 劉成群〈中州文獻之傳與金源文脈之正〉——金元「文統」儒士之研究，見《人文雜誌》2013 年第 10 期。

（2）書法類

1. 宗白華〈中國書法裏的美學思想〉，見宗白華著《美從何處尋》，臺北縣〔板橋市〕，駱駝出版社，1987（民 76）。

2. 王方宇〈黑的藝術〉，《現代書法》1995 年，第 6 期。

3. 方磊〈張旭生卒年代探析〉，見〈西北美術〉1996 年，第 4 期。

4. 阮堂明〈張旭卒年考辨〉，《太原師範學院學報》第 3 卷，第 4 期，2004 年 12 月。

5. 簡月娟〈書法美學研究方法論的省思〉，見興大中文學報第十八期，2006（民95年）1月。

6. 張天弓〈秦漢魏六朝隋主要書學文獻一覽表〉，見張天弓著《張天弓先唐書學考辨文集》，北京，榮寶齋，2009。

7. 張天弓〈蔡邕《九勢》考辨〉，見張天弓著《張天弓先唐書學考辨文集》，北京，榮寶齋出版社，2009。

8. 張天弓〈「鍾繇筆法」考辨〉，見張天弓著《張天弓先唐書學考辨文集》，北京，榮寶齋出版社，2009。

（3）相關類

1. 蕭麗華・吳靜宜〈從不立文字到不離文字——唐代僧詩中的文字觀〉，《中國禪學》第二期，2003年6月。

2. 汪軍〈《文賦》與《書譜》——中國古代文論與書論之間關係的個案分析〉，見《東南大學學報》第6卷第3期，2004年5月。

3. 劉國忠〈隋唐時的道教〉，劉國忠、黃振萍主編《中國思想史參考資料集——隋唐至清卷》，北京，清華大學出版社，2004。

4. 皮慶生〈唐宋間的各種思想〉，劉國忠、黃振萍主編《中國思想史參考資料集——隋唐至清卷》，北京，清華大學出版社，2004。

5. 胡舟〈「意象」在文論書論中的概念變遷與比較〉見《湖北社會科學》2004年9月。

6. 彭林〈周人的宇宙、社會與道德觀念〉，見彭林、黃樸民主編《中國思想史參考資料集——先秦至魏晉南北朝卷》，北京，清華大學出版社，2005。

7. 廖名春、黃振萍〈儒者的立場〉，見彭林、黃樸民主編《中國思想史參考資料集——先秦至魏晉南北朝卷》，北京，清華大學出版社，2005。

8. 黃振萍〈道者的立場〉，見彭林、黃樸民主編《中國思想史參考資料集——先秦至魏晉南北朝卷》，北京，清華大學出版社，2005。

9. 孫家洲〈讖緯思想〉，見彭林、黃樸民主編《中國思想史參考資料集——先秦至魏晉南北朝卷》，北京，清華大學出版社，2005。

10. 鍾仕倫〈中國古代南北審美文化的差異及成因〉，見李天道主編《古代文論與美學研究》，北京，商務印書館，2005。

11. 王水照、由興波〈論黃庭堅詩學思想和書法理論的互通與互補〉，見《南昌大學學報》第37卷第2期，2006年3月。

12. 張麗紅〈蘇軾：書如其詞，詞如其書〉，見《語文學刊（高教版）》2007年第3期。

13. 龐光華〈論《文心雕龍・定勢》篇的「勢」〉，見《五邑大學學報（社會科學版）》第9卷第4期，2007年11月。

14. 王德威〈國家不幸書家幸——臺靜農的書法與文學〉，見《臺大中文學報》第 31 期，2009 年 12 月。

15. 史月梅〈從《文心雕龍·練字》看劉勰的書法美學觀〉，見《蘭州教育學院學報》第 36 卷第 1 期，2010 年 2 月。

16. 劉褘、廖穎英〈東坡書畫題材詩文的思想內蘊〉，見《上饒師範學院學報》第 30 卷第 2 期，2010 年 4 月。

17. 周黃美惠的〈魏晉風度——論陸機《文賦》與音樂、書法〉，見《東方人文學誌》第 9 卷第 3 期 2010 年 9 月。

18. 陳俊堂、張暉〈王世貞文學理論與其書法理論的關係〉，見《山西大同大學學報》第 25 卷第 1 期，2011 年 2 月。

19. 資成都〈韓愈蘇軾看張旭草書〉，見《問學》第十六期，2012 年 6 月。

20. 資成都〈從唐代古文運動看相應的書法觀念〉，見《國文學報》第十六期，2012 年 6 月。

（三）學位論文

1. 林得雨《宋濂詩文理論述略》，內蒙古師範大學碩士學位論文，2011。

2. 徐純妲《魏晉南北朝書法與文學融攝之研究》，國立高雄師範大學書法教學碩士論文，2013。

（四）網路資料

1. 《中文百科在線》
   http://www.zwbk.org/zh-tw/Lemma_Show/106400.aspx（104.2.1）

2. 《維基百科》
   http://zh.wikipedia.org/zh-tw/%E4%BA%92%E6%96%87（104.2.6）

3. 《互動百科》
   http://www.baike.com/wiki/%E3%80%8A%E6%96%87%E7%AB%A0%E6
   %B5%81%E5%88%AB%E8%AE%BA%E3%80%8B2）

4. 《中華百科全書》
   http://ap6.pccu.edu.tw/Encyclopedia/data.asp?id=2161&forepage=1（104.2.12）

5. 《中國文化研究院》
   http://www.chiculture.net/php/sframe.php?url=http://hk.chiculture.net/0520/h
   tml/d01/0520d03.html（104.3.6）

6. 王開府〈佛教「會通」「和會」釋義〉
   http://r.search.yahoo.com/_ylt=A8tUwY_mW4lV_C4ATD9r1gt.;_ylu=X3oD
   MTBybTNvcjlkBGNvbG8DdHcxBHBvcwMyBHZ0aWQDBHNlYwNzcg--/
   RV=2/RE=1435094119/RO=10/RU=http%3a%2f%2fweb.ntnu.edu.tw%2f~t
   21015%2fHuiTong.doc/RK=0/RS=BXTtnlGe8QGLUcgpLSnldzV5NRQ-
   （104.6.24）

7. 羅義俊〈分判與會通──讀牟宗三先生《中西哲學之會通十四講》〉
http://www.wangngai.org.hk/docs/a19.html（104.6.24）

8.《中華百科全書》
http://ap6.pccu.edu.tw/encyclopedia_media/main-lan.asp?id=539（104.7.8）

9.《廣州日報》:〈宋代建「糊名謄錄」制度防科舉舞弊〉:見《華夏經緯網》
http://big5.huaxia.com/zhwh/gjzt/2011/05/2430732.html（104.7.8）